U0137696

古詩海

先秦汉魏六朝诗鉴赏

本社编

3

执行编委

杨明　蒋见元

王羲之

王羲之（321—379，一作303—361），字逸少，原籍琅邪临沂（今山东临沂），西晋渡江后居会稽山阴（今浙江绍兴）。出身世家大族。始任秘书郎，后历任征西参军、江州刺史等职，官至右军将军、会稽内史，世称王右军。永和十一年（355）后，称病不仕。长于书法，有"书圣"之称。亦能诗善赋，尤工散文。有辑本《王右军集》。　　　　　　　　　　　　　　　　　　　　　　　　　（张亚新）

兰亭诗

（二首选一）

三春启群品，寄畅在所因。
仰望碧天际，俯磐绿水滨。
寥朗无厓观，寓目理自陈。
大矣造化功，万殊莫不均。
群籁虽参差，适我无非新。

　　古人有在农历三月上巳日（三国魏以后固定为三月三日）临水而祭、以被除不祥的风习，称为修禊。永和九年（353）农历三月三日，王羲之和孙绰、谢安等四十余位名士在会稽山阴的兰亭（在今绍兴西南）修禊，临流畅饮，赋诗抒怀。所赋诗汇为一集，名《兰亭集》，王羲之为之作序。序云："此地有崇山峻岭，茂林修竹，又有清流激湍，映带左右，引以为流觞曲水，列坐其次。虽无丝竹管弦之盛，一觞一咏，亦足以畅叙幽情。是日也，天朗气清，惠风和畅，仰观宇宙之大，俯察品类之盛，所以游目骋怀，足以极视听之娱，信可乐也。"这首诗为《兰亭集》中的一首，是上引序文的诗化。

　　首二句总摄一笔，写暮春时节万物复苏、万象更新的景象及由此产生的舒畅、欣快之情。"三春"，春季的第三个月，即三月。"群品"，群类，即万物。"寄畅"，寄意畅情。"因"，凭藉。接下来四句，具体描述"寄畅"之"所因"：抬头仰望，天碧如洗，一眼可以望到尽头；俯下身来，又可以在绿水之滨尽情盘桓、游乐。宇宙的寥阔清朗、无边无际，万物的欣欣向荣、蓬勃生长都得到了充分的显示。面对如此景象，诗人不禁由衷地赞叹："大矣造化功，万殊莫不均。"造物主化育万物，真是一点也不偏心啊！这体现了诗人情钟万物、泛爱群品的宽阔胸襟。这样也就有了最后两句："群籁虽参差，适我无非新。""群籁"，犹万籁，指春天里自然界发出的一切声响，也指自然界的万物。"新"，《诗话》《诗纪》均作"亲"，"亲"也通"新"。诗人说：这自然界的万物虽然千差万别，各有不同，但我置身其中，无不觉得适宜，无不觉得新鲜，无不觉得亲密。其舒畅欣快、逍遥自得之情洋溢楮墨。

　　诗人性爱山水，加之受玄学影响，故情调悠闲，意致萧散，诗风旷逸疏朗。诗中有写景，但多为叙述，并不着意刻画；有抒情，但率性直出，自然真朴；有议论，也属有感而发，理趣盈然。

（张亚新）

吴隐之

吴隐之（？—413），字处默。濮阳鄄城（今山东鄄城县北）人。历官晋陵太守、广州刺史，后迁中领军。博涉文史，以儒雅、清廉著名。　　　　　　（孙安邦）

酌 贪 泉

古人云此水，一歃怀千金。

试使夷齐饮，终当不易心。

　　这首述志诗言浅意深，直抒胸襟。一字一句流露出不信邪恶的浩然之气，表示自己操守坚定，不会因任何事物而改变。

　　贪泉，在今广东南海县西北，又名石门泉。相传做官的人若饮此水，必"怀无厌之欲"而成贪官，因名之曰贪泉。《先秦汉魏晋南北朝诗》注引《晋书》曰："隆安中，以隐之为龙骧将军、广州刺史。未至州二十里，地名石门，有水曰贪泉，饮者怀无厌之欲。隐之至泉所酌而饮之，因赋此诗。及在州，清操逾厉。"《晋书·吴隐之传》还有"隐之既至，语其亲人曰：'不见可欲，使心不乱，越岭丧清，吾知之矣。'"云云。

　　诗开头以"古人"二字领起，大有揆压千古、舍我其谁之势。"歃（shà）"，饮，《北堂书钞》即作"饮"。"怀千金"，指心有希望获得千金的贪念。

"试使夷齐饮，终当不易心。"诗人不直述自己即使饮贪泉也决不改变节操的心曲，而是用典以明志。伯夷、叔齐是商末孤竹君的两个儿子。孤竹君死时，遗嘱由叔齐继位。叔齐让位于兄长伯夷，伯夷避而不受，出奔在外；叔齐也不登位，效兄出逃。后两人反对武王伐纣，耻食周粟，采薇充饥，饿死首阳山中。这两句用笔委婉，而寓意深刻。贪泉乃封建时代无官不贪的见证，而吴隐之这样一位在贪风炽盛中清操逾厉、终不易心的清官实属凤毛麟角、难能可贵！

这首五言小诗历代传诵不衰。唐代王勃《滕王阁序》有"酌贪泉而觉爽，处涸辙以犹欢"二句，即本此诗意，而有同工异曲之妙。

（孙安邦）

陶渊明

陶渊明（365—427），一名潜，字元亮。浔阳柴桑（今江西九江）人。他的曾祖据说即晋大司马陶侃，祖父和父亲都曾为太守，至他时家世已衰落，故早年生活贫困。少有大志，然几次出仕，只当过小官。晋安帝义熙元年（405），最后一次出仕为彭泽令，任职仅八十多天即辞去，从此隐居躬耕二十余年。刘宋时曾召为著作佐郎，拒不出仕，世号"靖节先生"。

陶渊明是我国文学史上伟大诗人之一，他的许多诗写农村生活和对人生的领悟，表达了对社会和官场的不满。风格自然淳厚、亲切隽永。但一些言及世事理想的作品，又表现出慷慨激昂的特色。陶诗对后世影响巨大，"学陶""仿陶"者代不乏人。有《陶渊明集》。

（赵志伟）

辛丑岁七月赴假还江陵夜行涂口

闲居三十载，遂与尘世冥。

诗书敦宿好，园林无世情。

如何舍此去，遥遥至西荆？

叩枻新秋月，临流别友生。

凉风起将夕，夜景湛虚明。

昭昭天宇阔，晶晶川上平。

怀役不遑寐，中宵尚孤征。

商歌非吾事，依依在耦耕。

投冠旋旧墟，不为好爵萦。

养真衡茅下，庶以善自名。

这首诗是晋安帝隆安五年（401）陶渊明三十七岁时作。这一年，他在做桓玄的幕僚时曾告假还家，假满往江陵赴职途中经过涂口（今湖北安陆县境内），朋友临流送别，因作此诗抒怀。诗中抒写了在赴职途中的所见所感，表达了诗人对仕宦生涯的厌倦和对田园生活的向往。

全篇采取叙事、抒情和写景交织穿插，而又有机融合的写法。前六句主要是叙事，述其平生志趣。他曾在家闲居近三十载，与世俗社会互相隔膜。园林生活使他厌恶世俗之情，而诵读诗书更加深了他洁身自好的志趣。中间一段主要写景，从江边与朋友相别，一直写到途中夜不能寐，中宵孤征，感叹行役之苦，表明出外任职并非出于本愿。最后六句侧重抒情，写自己不愿像春秋时宁戚向齐桓公讴歌自荐那样汲汲求官，不想受功名禄位的羁束，决心归田隐居，保养淳真朴素的本性，以立善自洁。

这首诗的思想和艺术特色，就是真实细致地描叙出诗人归返自然的心灵历程。"少无适俗韵，性本爱丘山"（《归园田居》）的诗人，整个青少年时代一直在家闲居，受到家乡宁静幽美的田园山水的深深陶冶，有着不慕荣利、忘怀得失的淡泊胸怀和自然质性；另一方面，儒家的传统思想教育，曾祖父陶侃功成身退的高风亮节，又使他从小便树立起"猛志逸四海，骞翮思远翥"（《杂诗》）的宏大抱负。他二十九岁时出仕，既是由于亲老家贫，为生活所逼迫，同时也是想济世，探索一条光明正直的人生道路。然而多次的仕宦经历使他看透了当时政治的黑暗，官场的腐败，世情的虚伪和狡诈。他的幻想破灭了，精神十分痛苦，充满了悔恨负疚的心情。几度悔恨之后，他终于下定决心与世俗官场永诀，躬耕田园，复返自然。这首诗妙就妙在深刻地揭示出诗人身与心的矛盾冲突。他这次是假满赴职，向着险恶、污浊的官场走去；而他的内心，却希望回到淳朴清静的田园，以便保养淳真朴素的本性，找回一度失落了的自我。这表里身心的矛盾冲突，两条道路的方向逆反，表现出诗人的人生奋斗与精神追求的痛苦和艰辛；而当最终完成了归返自然的心灵历程时，又显示出他的精神的自由和解脱，他的自然质性的升华，从而使诗的意境显得相当高远。

陶渊明的诗作旨在写心写意，无意于模山范水。所以他的诗集中写景的句子并不多，称得上是山水诗的只有一首《游斜川》。但在这首纪行抒怀的诗中，描写新秋月明、天阔川平景色的一段却非常出色，成为诗篇的精彩部分，给我们留下鲜明的印象。看，正当诗人告别朋友荡起船桨之际，一轮新秋的明月冉冉升起；时近傍晚，凉风习习，使人心清神爽。诗人仰视碧空，但见月光朗照天宇，一片澄清透明；远眺水天相接之处，银辉灿灿，江面空阔，水平如镜。这几句诗纯用白描，却展现出一个无比纯洁透明、宁静和平的琉璃世界。它之所以格外动人、迷人，乃是由于诗人并非客观、孤立地写景，而是紧密地结合了自己的行动和心情。这空明澄澈的江天月色，弥漫着诗人领略那种未经开发的大自然之美的情思，是诗人清湛无滓的心灵同大自然的交融契合。也是诗人归返自然的心灵历程的具象化和象征化，从而也反衬出诗人此刻被迫奔赴的官场世界的狭窄、黑暗和污浊。

这首诗运笔有如行云流水，自然流畅，却又起结照应，段意相连。全篇看似散漫，其实章法严谨。这也是陶诗艺术结构的一个特色。清方东树评此诗"直书胸臆与即目，而清腴有穆如清风之味"（《昭昧詹言》卷四），比较中肯地指出了它的风格。　　（陶文鹏）

癸卯岁始春怀古田舍

（二首选一）

先师有遗训，忧道不忧贫。

瞻望邈难逮，转欲志长勤。

秉耒欢时务，解颜劝农人。

平畴交远风，良苗亦怀新。

虽未量岁功，即事多所欣。

耕种有时息，行者无问津。

日入相与归，壶浆劳近邻。

长吟掩柴门，聊为陇亩民。

此题有诗二首，这是第二首。

这首诗真实地表现了诗人在人生道路和思想认识上的深刻转变。由于社会的动乱和贫困生活的逼迫，诗人感到自己原先所遵奉的孔子"忧道不忧贫"这一遗训，虽不失为激励士子们济苍生、安社稷的至理名言，但它太高远，可望而不可即。于是诗人决心效法长沮、桀溺，隐居避世，守节自励，躬耕陇亩，自食其力。诗人对孔子不主张稼穑的批评，虽然委婉、有分寸，却切中肯綮，难能可贵。"耕种有时息，行者无问津"两句，感叹当代已无"问津"以求济世之人，也流露出深深的忧世之情。

诗人第一次从自己与农民的亲切关系来表现躬耕之乐，这是以往文人作品所未有的。诗中描绘他喜逐颜开地劝勉农人抓紧春耕，同农人谈笑结伴在夕烟中漫步回村，拿出酒浆与近邻共饮。他们的关系是那样地平等、和睦、亲热。作为劳动者的一员，诗人不仅体验到了劳动的愉悦，而且也感受到了同劳动人民相处的欢乐。

这首诗写田园景色虽仅两句，但逼真传神。"平畴交远风，良苗亦怀新"十个字，活画出一幅清新秀美、生意盎然的平畴春稼图。诗人对天时、物理观察得十分准确细致，捕捉住禾苗在春风中返青孕芽的色彩、情态。你看，远来的和风吹掠过平旷的田畴，一片新绿的禾苗在风中飘拂起舞。画面色彩淡雅，自然和谐，静中见动，境界平远，给人以美的享受。清人温汝能说："'交'字活，妙。下句'亦'字亦活，传神在此二字。"（《陶诗汇评》卷三）诗人用一"交"字，传写出了春风的柔软、舒缓、绵长，它们从远处一阵阵吹来，毫不间断，而且互相交流汇合。而这种状态只有在广阔无际的平畴上才有可能产生，因此"平畴"二字也极准确。"交"字还有"送交"之意，自然造化给平畴送来了清风，那么自然造化也是有情有义的了。"亦"字则赋予禾苗以灵性，使其人格化。"良"字下得妙有分寸，只有长势良好的秧苗，才有可能"怀新"，迎风泛绿，新芽苗壮。这两句诗所写之景，与诗人内心之情达到了水乳交融、天然凑泊的境地。这平畴上吹拂交汇的和风，风中起伏荡漾的禾苗，不正是诗人劳动的喜悦和对丰收的希望的寄托么？只有对耕稼生活十分热爱、并有切身体会的人，才能将禾苗写得这样充满生气。所以宋代大诗人苏轼称赞说:"非古之耦耕植杖者不能道此语,非予之世农亦不能识此语之妙也。"(《东坡题跋》卷二《题陶渊明诗》)据元陈秀明编《东坡诗话录》载:"苏子瞻一日在学士院闲坐,忽命左右取纸笔,写'平畴交远风,良苗亦怀新'两句,大书小楷行草,凡写七八纸,掷笔太息曰:'好!好!'散其纸于左右给事者。"这两句诗,是陶渊明即目会心,"一时兴到之言"(清沈德潜选《古诗源》卷九),清陈祚明也说:"'平畴'二语写景,神到之句,写物者摭实,写气者蹈虚,便已生动;若写神,谁能及之。"(《采菽堂古诗选》卷十三)

(陶文鹏)

饮　酒

（二十首选三）

结庐在人境，而无车马喧。

问君何能尔？心远地自偏。

采菊东篱下，悠然见南山。

山气日夕佳，飞鸟相与还。

此中有真意，欲辨已忘言。

陶渊明的《饮酒》诗共二十首。诗前有序文。据序文可知这组诗均为诗人酒后所作，但并非成于一时，写作年代当在辞官归隐之后。这里选的是其中第五首。这首诗一向脍炙人口，既抒发了作者归隐之后悠闲恬静的欢快心情，又蕴涵着对某种宇宙人生的超然境界的向往与憧憬。辞淡意远，潇洒飘逸，无论在思想上还是在艺术上，都称得上是田园诗中的上品。

诗的前四句一开始就将诗人的生活志向和人生态度明言道出，一个耕隐之士的音容笑貌和高洁情怀因而跃然纸上。"结庐在人境"是说要生活在现实社会中。陶渊明对佛道的出世之说始终持否定态度，他弃官而不弃世，归田而不遁匿山林。他的隐居，离黑暗的官场是远了，但对农村生活反而更贴近了。"车马喧"指人世间各种纷繁的尘杂，概括了很深广的社会内容。世人为蝇头微利竞相奔走的百态、官场为功名荣禄钩心斗角的龌龊，尽在一个"喧"字中显见。诗人在《归去来兮辞》里曾写道："富贵非吾愿，帝乡不可期。"正好说明了这种不愿与官场同流合污、也不相信神仙世界的现实主义人生态度。然而，"结庐"（造屋）于人世间就免不了车马喧嚣的纷扰，诗人何以能居身入境而尘杂不染呢？"问君何能尔？心远地自偏"，很自然地道出一个富有深刻哲理意蕴的回答：因为心境高远，虽然身处喧杂也犹如僻壤。原来，诗人生活的环境并非真的没有车马的纷扰，而是因为诗人的心灵已经得到超脱和净化，喧闹的环境也因此变得幽静偏僻了。诗人在此力图用诗的语言告诉世人：人的形迹是无法脱离现实的，而人的精神却可以超越现实而趋于恬淡虚静。这四句诗，近乎乡俚口语，仿佛信手拈来，然一实一虚，一问一答之间，不假雕饰而浑然天成，纯淳真情扑面而来。

"采菊东篱下，悠然见南山"，是诗人推崇的田园生活优雅闲适的绝妙写照，也是"心远地自偏"的刻意阐发。黄昏时分，诗人在东篱下满手把菊，自赏自得之际，偶一抬头，匡庐（南山）秀色飘然而入眼帘，真是传神入妙，情韵只可意会而难以言传。特别是一"见"字，极精确地表现了诗人超然冥邈、神逸方外的悠闲心情。寓弦外之响于一俯一仰、无意有意之间。《昭明文选》曾将"见"改作"望"，即与"心远"本意大相径庭，故苏东坡批评曰"则此一篇神气都索然矣"（《东坡题跋》）。诗人的爱菊，也是有所寄托的。安贫守道，凌霜傲立，是菊花的风骨，也是陶渊明的品格。

"山气日夕佳，飞鸟相与还"，是诗人"悠然见南山"时所见之景，它把充溢于诗人心中的宁静、恬淡推向了高潮。此时此刻，诗人的主观心境与无意中见到的客观景物已丝丝入扣，浑然一体，人与大自然达到了神形相契、物我两忘的最高境界。最后，诗人用"此中有真意，欲辨已忘言"这样充满哲理的诗句，对他所歌颂的田园生活作了总结。表面上说自己想辨别此中的含义，却忘了怎样用语言来表达，其实诗人是要说：既然领会了"此中有真意"，又何必再去"辨言"呢？"真意"是诗人对宇宙人生之理、造化自然之趣的领悟，这种悟性也唯有"心远"之人才能相通。所以清人吴淇说："'心远'为一篇之骨，'真意'为一篇之髓。"（《六朝选诗定论》）

（施中宪）

少年罕人事，游好在六经。

行行向不惑，淹留遂无成。

竟抱固穷节，饥寒饱所更。

弊庐交悲风，荒草没前庭。

披褐守长夜，晨鸡不肯鸣。

孟公不在兹，终以翳吾情。

这首诗慨叹自己少年时游好六经，有济世之志，而世路坎坷，淹留无成，乃固穷守节，隐居躬耕，饱经饥寒而孤独自守。全篇感慨深沉，唏嘘动人。

起首二句追述少年事。他很少与外界人事交往，所好者唯在儒家六经。"好六经"即已暗示自己少年有济世大志，非烟霞痼疾而已。接下二句回忆中年事。渐近不惑之年，但学业停滞，功业无成。语似平淡，而自惭与愤世之情意，兼在言外。学业无成，乃自责疏懒，未能深得圣贤之奥；功业无成，则隐含世风浇薄，世路崎岖，志士仁人怀才不遇之愤郁不平。中四句写诗人当时，即晚年境况。"竟抱固穷节，饥寒饱所更"，说自己最终抱着"君子固穷"的节操隐居田园，因而历尽饥寒之苦。"固穷"一语，出于《论语·卫灵公》里孔子所说"君子固穷，小人穷斯滥矣"，意为君子能固守穷困，不像小人一旦困乏就肆意为非。这里借用儒家经典，对自己坎坷的一生作了高度的概括。既有自怜，更有自负。以下四句，均由此而发。"弊庐"二句，写寒风袭击破屋，前庭长满荒草。语炼境真，句中含情。风曰"悲风"，令人闻之生哀。"交"字原意为交接、相交；用在此处，平中见奇。试想，悲风掠过村野，唯与诗人此弊庐亲近、缠绵，诗人住处之荒凉、冷落、破败可知。下句"没"字，夸张而逼真。荒草掩没了前庭，可见其高密，其无视诗人之狂态。诗人于长夜披褐，坐待天明，暗写出饥寒难眠之情状。偏偏晨鸡不肯报晓，则更感夜长。诗人怨怪晨鸡，以主观之情猜度无情之物，用一种带有喜剧性的情趣写出悲哀之感，甚为动人。这四句是"饥寒"的具象化，也是"固穷节"的必然后果。最后两句，借用典故，含蓄地抒发感慨。"孟公"，指东汉刘龚，字孟公。据《高士传》载，汉张仲蔚隐居不仕，"常居贫素，所处蓬蒿没人，闭门养性，不治荣名，时人莫识，唯刘龚知之"。诗人以张仲蔚自喻，慨叹如今已无孟公那样的知己，自己只好把真情深深埋藏于心，了此一生。诗至此戛然而止，而一种对现实的绝望感和人生的孤独感，却如袅袅余音，在读者心弦上震颤。

此诗全篇用赋笔，直抒胸臆。有概括勾勒，也有具体描写，有虚笔，也有实笔。以"固穷节"为一篇本意，将少年、中年、晚年情事有机连缀起来，篇中字法一气串下，写得自然流畅。清人邱嘉穗认为，这首诗亦赋亦比，有象征意蕴。他说："'悲风'比世乱，'荒草'比小人。刘裕弑零陵，天昏地黑，夹日无人，真如漫漫长夜、晨鸡不鸣之时。玩'悲风'、'荒草'、'长夜'、'晨鸡'等字，亦赋而比也。"（《东山草堂陶诗笺》卷三）今人刘继才、闵振贵说："如果联系当时写作背景，此诗似有隐喻时局动乱、政治黑暗之意，但倘若处处坐实，一一明其所指，则未免穿凿附会。"（《陶渊明诗文译析》，黑龙江人民出版社 1986 年版）刘、闵的看法是中肯的。

（陶文鹏）

羲农去我久，举世少复真。

汲汲鲁中叟，弥缝使其淳；

凤鸟虽不至，礼乐暂得新。

洙泗辍微响，漂流逮狂秦；

诗书复何罪？一朝成灰尘！

区区诸老翁，为事诚殷勤；

如何绝世下，六籍无一亲；

终日驰车走，不见所问津。

若复不快饮，空负头上巾；

但恨多谬误，君当恕醉人。

这是《饮酒》组诗的最后一首，带有总结意味，包蕴着丰富深刻的思想内容。诗人以沉痛的心情，慨叹历史的变化和现实的变化，表达了他对远古伏羲、神农时代淳朴之风的向往，赞美孔子辛勤奔走、西汉老儒伏生等人悉心传经努力复原淳朴民风世俗的济世热肠，抒发出自己对世风日下的忧愤之情。诗中所表现的主旨，是一种"复真""还淳"的道家思想。诗人把孔子的学说道家化，将"复真""还淳"的重任放在孔子肩上。其目的是为了通过鲜明的对照，揭露世俗之辈为名利奔走的丑态，批判晋宋之际那个腐朽堕落的上层社会。

这首诗采用咏史兼谈哲理的表现手法，体现出诗人高超卓越的史识和哲思。诗从远古写到当世，所论人物形形色色，有圣贤帝王，也有名儒俗人，纷至沓来。诗人对他们的评论褒贬或详或略，都相当中肯。例如写孔子，"汲汲"二字形容他的奔波劳苦，称他为"鲁中叟"，既尊敬又亲切有味。"弥缝使其淳"一句尤为生动、精警。"弥缝"二字，道尽孔子一生述作周游的苦心。正因为礼乐崩裂多端，就使得这位老人家煞费心力地去弥合、补救。"使"字下得很有分量。在诗人看来，非孔子无弥缝手段，非孔子不能使世风淳。"凤鸟"两句中，"虽"字、"暂"字都用得妙，有分寸。又如评秦始皇，用"狂秦"二字，愤恨之情跃然纸上。又加上"诗书复何罪，一朝成灰尘"两句，义正词严，怒斥秦始皇焚书坑儒的疯狂愚蠢，能令千古同叹。接下去论汉初老儒伏生等人，用"区区"二字，颇有斟酌，表明他们虽不能同孔子相并，却也努力、热心地传授经书。"如何绝世下"等四句，揭露和批判当时士大夫不亲六籍、驰逐权势的世风，则毫不留情，连续责诘，感叹深沉。这些都显示出诗人史识与哲思的高深、广博。

在章法布置方面，这首诗也很有艺术性。全篇总揽上下几千年的历史，时空跨度极大，但诗人依次写来，井然有序。更妙的是叙事波澜起伏，毫不板滞。诗中先写伏羲、神农已逝，风俗不淳；次写经孔夫子弥缝补救，风俗又新；接写狂秦逞暴，焚毁诗书；再写汉代诸儒，悉心传经。抑扬顿挫，曲折跌宕，令人读时忽忧忽喜，忽限忽叹，心潮激荡。诗人运笔灵动自如，真有绛云在霄，舒卷自如之致。

诗的情趣韵味，也是丰富多样，不拘一格。从开篇至"不见所问津"句，都是庄语，"若复不快饮"二句，忽作醉语，"但恨多谬误"又作醒语。忽庄，忽醉，忽醒，笔法恣肆，奇妙不测，使全篇既有深沉的慨叹、清醒的思索，也有亲切的揶揄、滑稽的情趣。一首对历史作深刻哲理反思的诗，写得如此多滋多味，确实难得。

最后，从《饮酒》组诗全篇的角度看，这首诗在反思历史，揭示礼崩乐坏、世风浇薄之后，接以"若复不快饮，空负头上巾"二语，意在表明"世莫知吾，曷不饮酒"（清陈祚明《采菽堂古诗选》），"不若沉饮者，反与真淳之意差近矣"（清何焯《义门读书记·陶靖节诗》），点出他写这组诗是借饮酒咏怀言志，寄托对于现实、人生的感慨。最后以"醉人"回应"饮酒"，紧扣诗题。同组诗第一首阐述衰荣无定、彼此交替的历史发展规律前后映照，使这组诗章法完整，浑然一体。

（陶文鹏）

癸卯岁十二月中作与从弟敬远

寝迹衡门下，邈与世相绝。

顾盼莫谁知，荆扉昼长闭。

凄凄岁暮风，翳翳经日雪。

倾耳无希声，在目皓已洁。

劲气侵襟袖，箪瓢谢屡设。

萧索空宇中，了无一可悦。

历览千载书，时时见遗烈。

高操非所攀，谬得固穷节。

平津苟不由，栖迟讵为拙。

寄意一言外，兹契谁能别。

诗题中的敬远，是陶渊明同祖父的弟弟，二人的母亲也是姐妹。辛丑年（401）冬，陶母去世。居丧期间，二人同住，一起读书、耕种，志趣相投。但农耕一年，所得不能自给。诗即描写了二人寒冬缺衣少食的共同境况。

全篇写生活情景，无一语涉及时事。然而如果联系当时的社会背景来看，便能感到诗中笼罩着浓郁的时代氛围。题中癸卯岁即晋安帝元兴二年（403），这一年东晋王朝发生了桓玄公开篡夺帝位的大事。他篡位后，改国号为楚，改元永始，贬晋安帝为平固王，并把他迁徙幽禁在陶渊明的家乡浔阳。诗人曾在桓玄幕下任职，后因母丧辞归故里，倘再次投奔桓玄，求得一官半职并非难事。但他在诗中对桓玄称帝却不屑一提，这本身就显示了诗人的鄙视态度。诗的前四句写自己居室简陋，远离世俗，孤高自许，独守穷庐。四句四意，一意一转，曲折尽致。诗人的劲直气节、高傲个性已跃然纸上，令人赞叹。诗中对暮冬大雪、阴沉天气的刻画、渲染，也隐隐透露出对于政治动乱的深深忧虑。是年十一月，桓玄已称帝改元，诗题仍照旧书甲子"癸卯"，亦可发人深思。清人陶必铨说："著眼年月，方知文字之外，所具甚多。"（《萸江诗话》）这是我们读此诗应予注意的。

这首诗运用"烘云托月"的艺术手法十分成功。用暮冬阴暗的天色，衬托雪的晶莹洁白；用萧索饥寒的生活情景，衬托诗人光明磊落的人格。这样就使写景和抒情相互映照，和谐合一。诗人写雪景，先写一阵阵凄厉呼啸的寒风，继写窗外越来越暗淡阴沉的天色，天地间一片沉寂。他怀着好奇的心情向窗外一望，映现于眼前的竟已是一片晶莹洁白的世界。"倾耳"两句，不仅把雪花轻盈洁白的形态写得十分简洁传神，而且又传达出诗人在降雪时细致微妙的主观感受，暗示了诗人光明高洁的人品志趣，因而成为历代诗评家赞赏不已的佳句。清人沈德潜将这两句诗同谢灵运的"明月照积雪，朔风劲且哀"并举，称誉为"千古咏雪之式"。（《古诗源》卷九）而这两句的精绝，也得力于前两句有声有色的烘托。在描写生活情景方面，更是层层烘托。诗人先写茅舍简陋，环境荒僻，继写岁暮严寒，劲气侵袖，进而写箪瓢屡空，环堵萧然，最后再总揽一笔，说眼前情事，无一可悦。他把饥寒交迫的窘境写足、写透，似乎他已因此而极度消沉、颓唐，但"历览"以下，笔墨陡然振起。在这极艰难严峻的时刻，诗人历览千载书籍，从古代仁人志士的高尚人格风范中汲取了无穷无尽的精神力量。他表示决不走那趋炎附势、追求富贵的所谓平津捷径，而要继续隐居躬耕，保持固穷的骨气，并要以这种气节同从弟敬远相互勉励。

陶渊明运笔善于顿挫开合，起伏跌宕，绝少平直率易之病。此诗首四句写荆扉常闭，傲睨一世；不料岁暮风雪，饥寒交迫，无一可悦；忽又接以历览古书，时见遗烈，昂首自命，升腾而起；以下高操难攀，俯首自谦，又一跌；最后表示不走平津，反诘隐居非拙，又昂首自尊。诗的章法承转犹如层波叠浪，忽起忽伏，滚滚而来。

（陶文鹏）

归园田居

（五首选二）

　　少无适俗韵，性本爱丘山。

　　误落尘网中，一去三十年。

　　羁鸟恋旧林，池鱼思故渊。

　　开荒南野际，守拙归田园。

　　方宅十余亩，草屋八九间，

　　榆柳荫后檐，桃李罗堂前。

　　暧暧远人村，依依墟里烟。

　　狗吠深巷中，鸡鸣桑树颠。

　　户庭无尘杂，虚室有余闲。

　　久在樊笼里，复得返自然。

　　《归园田居》是一组组诗，共五首，为陶渊明的代表作之一，约作于晋安帝义熙二年（406），诗人辞去彭泽县令归隐后不久。

　　陶渊明之所以辞官归隐，萧统说是"不愿为五斗米折腰向乡里小人"（《陶渊明传》），其实是由于他的性情与社会习俗不合所致。在他出仕的十二年间，即自太元十八年（393）为江州祭酒至义熙元年（405）辞彭泽令，先是东晋皇族司马道子与子元显专权，荒淫贪鄙，群小竞进；继则父子争权，斗争激烈。这十多年间兵戈不息，吏治不修，赋税日多，百姓颠沛流离，饿殍遍地，社会昏浊多变，世风颓败，"自真风告逝，大伪斯兴。闾阎懈廉退之心，市朝驱易进之心"（陶渊明《悲士不遇赋》）。身处这样的环境，诗人既无力抗争，又不愿同流合污，自然只有退隐一条路了。他归隐不久，即写下了著名的《归去来辞》和这组《归园田居》诗。

这里选的是组诗中的第一首，基调同《归去来辞》相仿，主要表现诗人归隐的本志和村居的乐趣。全诗用对比手法，以入俗之苦衬托归隐之乐，以示自己高洁的操守。前六句叙入俗之苦。"少无适俗韵"，"韵"字本指趣味、兴致、风度，此处言自己从小与世俗不合，性喜优游山水、不受拘束。"尘网"，世俗人事的束缚；此专指官场仕途。"误落"点出为官并非本意，透露出"觉今是而昨非"的心境。"三十"有人疑当作"十三"，因为从诗人初仕祭酒到辞官归隐，正合十三年。在这十三年中，诗人宦海浮沉，精神经历了无穷的苦恼，"拜迎长官心欲碎，鞭挞黎庶令人悲"（高适《封丘作》），本来生性酷爱自由，现在却如笼鸟池鱼，不得片刻欢乐。"羁鸟"两句由陆机"孤兽思故薮，羁鸟悲旧林"（《赠从兄车骑》）句化出，因化用巧妙，了无痕迹，与全诗融为一体而成脍炙人口的名句。

后十二句主要写归田之乐。"暧暧"，昏昧貌。"依依"，轻柔貌；"墟里"指小村落。"狗吠""鸡鸣"二句直接套用汉乐府《古鸡鸣行》："鸡鸣高树颠，狗吠深巷中。"这些农村中常见之景本不足为奇，但在诗人看来，却显得十分可爱。因为他过了十几年"违己交病"（《归去来兮辞·序》）、心为形役的生活，饱尝羁绊之苦，所以一朝归田隐居以守拙，开荒南野以自养。虽然贫贱劳苦，却自由自在，随心适性，享尽山水田园之乐。境由心造，心随境安，"庭户无杂尘，虚室有余闲"，一切都显得那么恬静、美好。"久在樊笼里，复得返自然"是全诗的主旨，也道出了作者归田的原因和摆脱束缚、获得自由的喜悦之情。

这首诗妙在天然真淳，诗中有画。金代诗人元好问称陶诗"一语天然万古新，豪华落尽见真淳"（《论诗绝句》），而要做到这一点，首先是诗人具有高尚的人格，他的退隐并非故作高蹈，走博取名利的所谓"终南捷径"，而是真正出于真心本意，抛却乌纱帽，跳出铁樊笼，投向大自然，寻求自由的个性。所以落笔真淳，了无矫饰，实所谓"不别作一副旷达之语，所以为真旷达也"（钟惺《古诗归》）。其次是诗人手法高超，描绘的情景真实。王国维云："能写真景物、真感情者，谓之有境界。"（《人间词话》）诗中由方宅、草屋而远人村、墟里烟，由榆柳桃李而狗吠鸡鸣，自远及近，动静交错，情景互生。这种世外桃源式的景物，倾注了作者的美好理想和高尚情感，在思想和艺术上都达到了一个很高的境界。

正是这种真淳自然的高超技巧，加上完美人格，奠定了陶渊明在中国文学史上的地位。他的诗开创了田园山水诗一派，唐代王维、孟浩然、李白、储光羲、韦应物、白居易，以及宋代苏轼、辛弃疾等，莫不受其影响。

（赵志伟）

种豆南山下，草盛豆苗稀。

晨兴理荒秽，带月荷锄归。

道狭草木长，夕露沾我衣。

衣沾不足惜，但使愿无违。

这首诗描绘自己一天的劳动情景，透露出对隐居躬耕、自食其力生活的热爱和珍惜。

"种豆南山下，草盛豆苗稀。"起笔用"赋"的手法叙事，已露出不善经营之意。"草盛豆稀"是实况，没有任何修饰、形容，却意蕴丰富。诗人没有说原因，但联系他的生平，不难想象那是因为他初归园田，经验不足，体力有限，或土地贫瘠，杂草丛生，难以根除。"盛""稀"相对，流露出诗人自我揶揄、自惭自嘲之情，不失幽默。两句既是写实，又暗用《汉书·杨恽传》"田彼南山，荒秽不治。种一顷豆，落而为萁。人生行乐耳，须富贵何时"典，寄托自己志在田园、鄙视利禄的志趣。

"晨兴理荒秽，带月荷锄归。"上句写耕种的辛勤、艰苦，下句写劳动后的轻松、愉快。这两句同样用简洁的写意笔法创造赋象，并巧妙绾合前二句。"带月荷锄"四字，活现出诗人悠然自得的神情意态。我们好像看见他肩荷锄头，披着月光，沿着露湿草长的小径漫步归来，一副心满意得的样子。温汝能说："'带月'句，真而警，可谓诗中有画。"（《陶诗汇评》卷二）陈祚明说："'晨兴'四

句，风度依依。"(《采菽堂古诗选》卷十三)

"道狭"二句续写归途情景。田园的荒芜，环境的幽僻，夜气的潮湿、寒凉，无不历历在目。"夕露沾衣"这个细节，还为下文升华诗意诗境作了铺垫。

"衣沾不足惜，但使愿无违"用"顶真格"紧承前文，进一步抒写微妙心理。夕露沾衣，本使人不快，而诗人却说"不足惜"，只要使"愿"无违，即将摒弃尘俗、躬耕自食、归返自然的情志和盘托出。陶渊明能打破儒家鄙视体力劳动的传统思想偏见，躬耕自食，甘之如饴，并将劳动的休戚甘苦写入诗中，确实难能可贵。难怪宋代大诗人苏轼和友人同读此诗时深受感动："览渊明此诗，相与太息。嘻嘻！以夕露沾衣之故而犯所愧者多矣。"(《东坡题跋》卷二《书渊明诗》)

全诗以赋笔白描为主，将对劳动的清新感受和山村月夜的幽静景色融成浓郁的意境，所以清人方东树说此诗"真景、真味、真意如化工"(《昭昧詹言》卷四)。日本近藤元粹更盛赞它是"五古中之精金良玉"(评订《陶渊明集》卷二)。
（陶文鹏）

读山海经

（十三首选二）

孟夏草木长，绕屋树扶疏。

众鸟欣有托，吾亦爱吾庐。

既耕亦已种，时还读我书。

穷巷隔深辙，颇回故人车。

欢言酌春酒，摘我园中蔬。

微雨从东来，好风与之俱。

泛览周王传，流观山海图。

俯仰终宇宙，不乐复何如。

《山海经》是一部记载古代神话传说和海内外山川异物的书（相传是大禹命伯益记录治水时的所见所闻，恐不足信），汉刘歆校定，晋郭璞作注并图赞。

陶渊明的《读〈山海经〉》是组诗，共十三首。除首尾两首外，余皆咏《经》中所记一二事物。诗约作于刘宋永初三年（422），诗人时年五十八。

这是组诗中的第一首，系序诗。全诗环绕"读经"，分四层展开描述，每层四句。

　　首层先点明季节是孟夏（农历四月），景物是草木长、树扶疏（枝叶纷披而周布）。由此引起众鸟欢欣、诗人对被扶疏树木围绕的庐舍的喜爱，层次井然。

　　"众鸟"句活脱勾画出鸟雀啁啾呼唤跳跃于枝头、飞翔于绿丛的生动景象。下句一"亦"字，写出人鸟同一欣乐的关联。然鸟"有托"之欣，实基于先有"无托"之苦。故人之"爱吾庐"，亦非只见眼前绿树绕屋，庐舍清幽之可"爱"，实亦从草木萧疏，人受寒冻之苦而来。由于备受"敝庐交悲风，荒草没前庭。披褐守长夜，晨鸡不肯鸣"（《饮酒》）之苦，而眼前气节温和，树木扶疏，就特别觉得居处之可爱了。此层写"读经"的自然背景。

　　农事已毕，身有余闲，且门巷僻陋，人迹罕至，正可静心"读我书"。"书"先泛写，初应题目。"时还"一语，透露出百无聊赖，唯以书作伴的意绪，这也就是作者自谓"好读书，不求甚解"（《晋书》本传）之意，为后文"泛览""流观"作了铺垫。"穷巷"二句明写居处清静，实亦寓人情冷暖之慨与无可奈何之情。一个"颇"字，点出诗人"读经"的人事环境。

　　东风送来微雨，暖洋洋、润滋滋，使人肢体酥松，心地舒和。在房内，煮起春酒，摘来园中的时鲜蔬菜，品酒尝新。风吹雨来，似有情挚友挟带温润来存问故人，与上文"颇回故人车"形成鲜明对比。"欢言"一词，《文选》李善注引张协《归旧赋》"善辞既接，欢言乃周"句，意为"欢乐言谈"。依此，则作者此时该是与家人或邻翁对饮言笑。就观上下诗句，此"言"该作语助词，无义，即自己独自安乐地饮酒。此写"读经"时的心境。

末四句承上。除饮酒取乐外，还可读读喜爱之书聊以消闲。"泛览""流观"，表明阅读广泛，无一定的目的和要求。"周王传""山海图"，《文选》李善注谓《穆天子传》与《山海经》。"穆传"记周穆王驾八骏西征故事，多为神话传说，与《山海经》相类（有谓《山海图》是指郭璞所作《图赞》。郭书此时已问世，或即陶所读本。但诗为韵约束，不必如此拘泥，看作只观图而不读经）。此为直接点题，与前文"时还"句呼应。在两句叙述之后，紧接两句议论，使诗意深化：俯仰之间（短促时间），就可全面了解古往今来，天地万物种种情事，这怎能不乐呢！此即"每有会意，便欣然忘食"之意。然究竟为什么如此之乐？后诗将一一写出。这就为以下各诗开了门，起到了序诗的作用。此直写"读经"以及感受之乐。

姜夔《白石道人诗说》评陶诗"散而庄、淡而腴"，陈泽曾谓"工夫精密，天然无斧凿痕迹"（《诗谱》），胡应麟说陶诗"开千古平淡之宗"（《诗薮》），周紫芝亦说"士大夫学渊明作诗，往往故为平淡之语，而不知渊明制作之妙已在其中矣"（《竹坡诗话》）。观此诗，如行云流水，信笔书写，毫无作意雕琢之痕，可谓真率平淡之至。然结构严密，用语精当，含意深沉，都寓于似不经意的平淡之中，是所以为"妙"！

（潘善祺）

　　　　精卫衔微木，将以填沧海。

　　　　刑天舞干戚，猛志固常在。

> 同物既无虑，化去不复悔。
>
> 徒设在昔心，良辰讵可待。

这是原组诗的第十首。

开头四句，记《山海经》中的两个故事。《山海经·北山经》中有炎帝之女女娃，游于东海而溺死，后化为鸟，名精卫，常衔西山之木石以填东海的故事。《山海经·海外西经》中有名为刑天之兽，与天帝争神，帝断其首，乃以乳代目，以脐为口，操干（盾）、戚（斧）继续挥舞的故事。这两故事都自读《山海经》得来，与总题相切。

诗人从《山海经》的不同篇章、不同的故事中，看到共性，汇在一起，加以评论。可见他的读书绝非漫不经心的"流观""泛览"，而是深析肌理，常有会于心的。"猛志"句不仅是对刑天的评价，亦同样是对精卫的赞美。这几句就故事本身而言，从"读"字落笔。

第五、六句过渡。精卫与刑天都是失败者，生前都遇挫折而丧身，但他们于心未甘，绝不低头屈服，死而不休，继续奋战，哪怕条件恶劣、力量悬殊，也无所顾忌，毫不反悔。这是由前引出的结论，是承前。然第五句一"既"字，表明语意未尽。精卫、刑天与我同为物，他们能如此心无挂虑，勇往直前，而自己如何呢？从而顺势逼出七、八两句。此为启后。

末两句由神话回到现实，由精卫、刑天联系到自己，回应五句中的"既"字。精卫、刑天都是神话人物，化去以后仍能奋其猛志，以示不屈。然自己则是现实中人，情况有所不同。在昔，"猛志逸四海，骞翮思远翥"（《杂诗》）、"少时壮且后，抚剑独行游"（《拟古》）、"丈夫志四海，我欲不知老"，是一个意志坚强、进取心很强的人。然生不逢时，光阴虚掷，倏忽老去，壮志未酬："素标插人头，前途渐就窄"，"日月掷人去，有志不获骋"（《杂诗》），故"念此怀悲凄，终晓不能静"，"眷眷往昔时，忆此断人肠"（《杂诗》）！这些诗句都可作"徒设（空怀）在昔心，良辰讵（岂）可待"的注脚。他清醒地意识到"良辰"不待人，"人生似幻化，终当归空无"（《归田园居》），到了这"空无"之境，那是"得失不复知，是非安能觉"，"欲语口无音，欲视眼无光"（《挽歌》），绝难像精卫、刑天那样再有所作为，以继前志了！由神话到现实，由精卫、刑天到自己，逼出末二句，感慨深长。

（潘善祺）

和郭主簿

（二首选一）

蔼蔼堂前林，中夏贮清阴。

凯风因时来，回飙开我襟。

息交游闲业，卧起弄书琴。

园蔬有余滋，旧谷犹储今。

营己良有极，过足非所钦。

春秫作美酒，酒熟吾自斟。

弱子戏我侧，学语未成音。

此事正复乐，聊用忘华簪。

遥遥望白云，怀古一何深。

《和郭主簿》二首，大约作于晋安帝元兴元年（402），诗人时年三十八岁。他从二十九岁时起至归隐，十二年中时官时隐，此诗当作于隐居时。这里选的是第一首，主要抒写夏居家中闲适愉快的生活和心境。郭主簿，事迹不详。主簿，主管簿书一类官。

开首四句写堂前林木茂盛，虽时至仲夏，堂上仍很阴凉，南风随着时令而至，不时吹开诗人的胸襟。其中一、二句颇著名，前人对一"贮"字每加称道，细品之，实堪当"诗眼"之称。它用在此处虽平常，却极为生动、含蓄，使人感到仲夏时幽静清凉的林阴仿佛是可以贮存、可以触摸似的，吟诵之际犹觉有一股清新之气扑面而来，炎夏的暑气为之一扫。

"息交"，罢交游；"闲业"，对"正业"而言，正业当为研读儒家经典，"闲业"指泛览老、庄，《山海经》一类书籍。两句写闲居家中，驰心于琴书闲业，怡然自得。史称陶渊明精于儒家经典，旁通老庄哲学，性情旷达，不拘小节。人处浊世之中，身居名利之外。虽不解音律，却常常摆弄一张无弦琴，"每酒适，辄抚弄以寄其意"（萧统《陶渊明传》）。别人问他："无弦之琴，有何用处？"他答道："但识琴中趣，何劳弦上音。"足见他性格的拔俗之处。接下来八句是描写日常生活之景："余滋"，生长得很多；"秫"，黏稻；"弱子"，幼子。这几句说园中菜蔬自给有余，家有余粮，捣谷酿酒自斟，生活过得去即可，不企羡更多的东西。其中"弱子"两句很有生活气息，将幼子绕膝而戏、牙牙学语之景展示出来，十分亲切动人。后来杜甫的"老妻画纸为棋局，稚子敲针作钓钩"（《江村》），清郑燮的"荆妻拭砚磨新墨，弱女持笺索楷书"（《闲居》）等，都富有这种情趣。在这样天真而无拘无束的生活氛围里，诗人自然感到十分惬意，所以他说："此事真复乐，聊用忘华簪。""华簪"原为漂亮的发簪，此处借代荣华富贵。忘却了世事令他想到上古时代的生活景象，"怀古"是为了讽今，正是世俗太龌龊，更见古风简朴之可爱可怀，诗人的味外之旨于斯可见。在另一名作《五柳先生传》里，诗人描绘了一个隐士，他整日"衔觞赋诗，以乐其志"十分向往上古无怀氏、葛天氏时代的那种生活，即可与此诗参照而读。

全诗格调清新朴素，清和平远，洋溢着浓郁的诗味，表达了诗人安贫乐道、闲适自如的心境，抒发了望云怀古之幽情。前人评陶诗多盛赞其意境，此诗意境在一个"淡"字：淡泊、淡雅，平淡而有思致，但并不寡味。苏轼说："渊明作诗不多，然其诗质而实绮，癯而实腴"（《与苏辙书》）。确实，陶诗少有奇特的形象与华美的词藻，粗粗看来平淡无奇，细细品味却质朴中见美丽，平淡里含醇雅，达到了真情、美景、哲理的高度统一。这首诗便是一个极好的例子。这是当时一般诗人所未能达到、后世一些诗人也难以企及的。

（赵志伟）

庚戌岁九月中于西田获早稻

人生归有道，衣食固其端。

孰是都不营，而以求自安？

开春理常业，岁功聊可观。

晨出肆微勤，日入负耒还。

山中饶霜露，风气亦先寒。

田家岂不苦，弗获辞此难。

四体诚乃疲，庶无异患干。

盥濯息檐下，斗酒散襟颜。

遥遥沮溺心，千载乃相关。

但愿长如此，躬耕非所叹。

　　这首诗是诗人在秋收时的即兴之作。诗一开篇便超越"获稻"的具体情事，而直写由此而引发的对人生真谛的思考与总结。诗人认为，人生应该把谋求衣食放在首位。要想求得身安，就得参加农业劳动，创造赖以生存的物质财富，这是诗人在长期躬耕实践中的深刻体会。这几句诗语言平易而警策，道理平凡而朴素。

　　以下八句叙述一年来春耕到秋收的情况，表现了诗人对劳动的态度和感情的微妙变化：过去是"解颜劝农人"（《劝农》）；如今是

"开春理常业",把农事作为日常事务。过去种豆南山,"草盛豆苗稀";如今种稻却已"岁功聊可观"了。过去对农业收成漫不经心,"虽未量岁功,即事多所欣"(《癸卯岁始春怀古田舍》);如今他要认真估量并殷切期望稻谷丰产了。常业理要,岁功靠勤,诗人已深悟农家三昧。他坚持每天日出而作,日入而息,虽自谦"肆微勤",但也是天黑才收工,可见劳动是多么辛苦。对农耕的辛苦有了切实体验,便自然感受到农民的疾苦,所以明人钟惺说"田家岂不苦?弗获辞此难"两句"气森意远"(《古诗归》卷九),寓慨悠长。

"四体"两句意蕴又深一层。诗人写此诗时,农民起义军乘刘裕北伐之际,在豫章、浔阳一带与官军展开激烈的争夺。人民纷纷逃亡,不少人惨死于战乱之中。这些遭受"异患"侵犯的人们,生命受到严重威胁,想求四体疲惫艰苦耕作也不可得了。诗人插入这一笔,使田园诗蒙上动乱时代的阴影,反映了当时人民饱受战乱的痛苦,从而丰富了诗的内涵。梁朝萧统在《陶渊明集序》中曾指出,陶诗"语时事则指而可想",这首诗即可见这一特点。

诗的最后几句写劳动归来的乐趣。收工回家,在屋檐下洗手濯足,再斟酒自酌,散心解乏,可谓苦中有乐。这同千载以前躬耕隐居的高士长沮、桀溺是彼此相通的。结尾"但愿"二字,同上文"异患干"照应,再次暗示诗人对战祸的忧惧、憎厌。

这首诗笔法灵活,语意婉折。或数句一转,或一句一转,笔气文势如波澜起伏,具有一种"峥嵘飞动之势"(清方东树《昭昧詹言》),从而使平凡而精辟的人生哲理与丰富复杂的思想感情都得到了自然而尽致的表达。

(陶文鹏)

移居二首

昔欲居南村，非为卜其宅。

闻多素心人，乐与数晨夕。

怀此颇有年，今日从兹役。

弊庐何必广，取足蔽床席。

邻曲时时来，抗言谈在昔。

奇文共欣赏，疑义相与析。

　　《移居》二首，是诗人迁居南村后的抒怀之作。第一首写移居卜邻，得友论文；第二首写饮酒务农，不虚佳日。两首诗都以写喜得佳邻为主，而描叙情事又各有侧重。

　　这是第一首。开篇四句写移居到南村的原因，一句一意，层层深入。第一句表明移居南村是多年的愿望，"昔"字伏下文的"颇有年"。第二句化用《左传·昭公三年》所引古谚"非宅是卜，惟邻是卜"语意，点及移居目的。第三句直写南村多心地朴素的人。"闻"字颇有味，温汝能《陶诗汇评》说："素心人固不易多得。'闻'字却妙，或作'间'字，便索然了。"（《陶诗汇评》卷二）第四句明确托出移居目的是为了与"素心人"朝夕相处。

　　中间四句写终于实现移居南村的夙愿。诗人先以"怀此颇有年"铺垫一笔，申足心愿的迫切和强烈，衬托"今日从兹役"的欢快。正因为诗人移居，意在求友，所以对新居要求不高。房子简陋、狭窄都没关系，只要能容得下一张床席就心满意足了。"敝庐"与"床席"相映，"何必广"和"取足"点染情怀，表现了诗人安贫乐道的生活态度。这里既照应了"非为卜其宅"，又紧扣"素心人"。诗人乐于与"素心人"朝夕相处，因为他本人就是一个"素心人"，这是不言自明的。

最后四句，写移居后和"素心人"融洽而快乐的生活，层层递进。先写与邻时相来往，自由随便，不拘礼节；再写彼此任情纵谈，直言不讳。这里只说"谈在昔"，据明黄文焕说，那是因为他们对于"一切世事，不入眼，不入口"（《陶诗析义》卷二），可供参考。"时时来"和"抗言谈"，把他们之间和睦、融洽的关系具体生动地显现出来，诗人心地真率、平易近人，也跃然纸上。收尾"奇文共欣赏，疑义相与析"两句，诗情推向高潮，将移居后的生活乐趣归结到与友人一同欣赏美妙诗文、探讨疑难之义这一点上。黄文焕说："胸中能具疑义者几人？非真正读书，不解蓄疑。"（同上）由此可见，同诗人为邻的，也是几个隐居田园的文士，而不是一般农民。以赏诗文、析疑义作人生乐趣，其情操何其高雅！

全篇紧紧围绕"素心人"来描写，章法似散实严。诗中所写都是极平常、极普通的事，语言又平易、素淡，而其中却内蕴着真笃的情意、高洁的志趣，诗人的人格美也因此得到了充分的体现。

（陶文鹏）

春秋多佳日，登高赋新诗。

过门更相呼，有酒斟酌之。

农务各自归，闲暇辄相思。

相思则披衣，言笑无厌时。

此理将不胜，无为忽去兹。

衣食当须纪，力耕不吾欺。

　　此诗承接前一首，先写登高赋诗，不虚佳日。起笔两句纯是记事，无一字描状景物，但田园春秋风光之旖旎高爽、诗人和朋友神情之潇洒超旷，都宛然在目。前人说："起句韵极，靖节难到处，正在此等。"（清张潮、卓尔堪、张师孔同阅《曹陶谢三家诗·陶集》卷二）

　　"过门"两句写与邻人饮酒之乐。谁有酒，便过门招呼，相聚共酌。口语般的诗句，非常生动地传写出他们大呼小叫、亲热随便、率真融洽的情态。这些生活在田园之中的素心文士，已俨然是一群乡村野老。以下"农务各自归"等四句，进一步表明他们友情的深挚。在农忙季节，他们各自经营和处理农田上的事务；而在农闲时候，彼此经常思念。一有思念之意，便披衣相访，又聚集在一起谈谈笑笑。因为大家情趣相投，兴致很高，谈起来没完没了，从不感到满足。"闲暇辄相思"和"相思则披衣"二句，运用了顶针格，更显出相思之情的迫切。"披衣"，也暗示他们的互相招邀不分昼夜，哪怕是睡下了，只要朋友来招呼，立即披衣而起。这几句连接紧凑，层层递进，把他们的友谊写得多么纯朴率真！接下去写诗人感慨"此理将不胜，无为忽去兹"，便如水到渠成，十分自然。我们好像听到诗人情不自禁地说："这种生活的乐趣真比什么都美，千万不能轻易地抛弃呵！"这两句对以上所写的生活情景总收一笔，由叙事转为直抒胸臆，又紧扣住题目"移居"，表达了长期居住南村的心愿。

诗的结尾："衣食当须纪，力耕不吾欺。"由抒情引发出议论。初看似与上文不相衔接，细味之下，却有深意。它点明了以上种种田园生活乐趣，根源于勤恳的耕作。躬耕自给，衣食不愁，才有心情去登高赏景，吟诗作赋，也才能"有酒斟酌之"，有余暇"言笑无厌时"。而这也正是诗人和他的朋友们共同遵循的一个质朴的生活准则，是他们深厚情谊的基础。这两句诗作为全篇的点睛之笔，使全诗闪烁着劳动创造生活的思想光彩。

全诗以"乐"开篇，以"勤"收结，中间"文心"与"农务"交织穿插，赋诗饮酒同经营衣食兼写，结尾议论警策。上首通篇叙事，本章由叙事到抒情、议论；在叙事中更注意描绘饶有情趣的生活场面，并精选出"过门相呼""有酒共斟""披衣相访"等典型细节，这就显得风神摇曳，逼真如画。

(陶文鹏)

形影神并序

贵贱贤愚，莫不营营以惜生，斯甚惑焉。故极陈形影
之苦，言神辨自然以释之。好事君子，共取其心焉。

形 赠 影

天地长不没，山川无改时。
草木得常理，霜露荣悴之。
谓人最灵智，独复不如兹。
适见在世中，奄去靡归期。
奚觉无一人，亲识岂相思？
但余平生物，举目情凄洏。
我无腾化术，必尔不复疑。
愿君取吾言，得酒莫苟辞。

影 答 形

存生不可言，卫生每苦拙。
诚愿游昆华，邈然兹道绝。
与子相遇来，未尝异悲悦。
憩荫若暂乖，止日终不别。

此同既难常，黯尔俱时灭。

身没名亦尽，念之五情热。

立善有遗爱，胡可不自竭。

酒云能消忧，方此讵不劣！

神　释

大钧无私力，万物自森著。

人为三才中，岂不以我故？

与君虽异物，生而相依附。

结托既喜同，安得不相语！

三皇大圣人，今复在何处？

彭祖爱永年，欲留不得住。

老少同一死，贤愚无复数。

日醉或能忘，将非促龄具？

立善常所欣，谁当为汝誉？

甚念伤吾生，正宜委运去。

纵浪大化中，不喜亦不惧。

应尽便须尽，无复独多虑。

《形影神》三首，是陶渊明在黑暗社会中长期寻求解脱人生痛苦之道的总结，是对神学迷信思想的否定，是对天道自然观的阐释与颂扬。

如何才能解脱人生的苦难？这是许多人都在探讨的问题。现世的俗人，或主张及时行乐，或追求功利盛誉，或游移于两者之间；神学鼓吹者则寄希望于现实以外的极乐世界。稍早于陶渊明的道教理论家葛洪认为，神仙之道可以消除现实人生的一切痛苦；陶渊明的方外交、当时的佛教领袖慧远，又认为念佛可以通达神灵，使人摆脱生死轮回，进入天堂佛国。晋安帝元兴三年（404），慧远作《形尽神不灭论》，对于当时驳斥佛教因果报应的理论，竭力进行反驳，宣扬灵魂不死、善恶报应的思想。义熙八年（412），西域和尚佛陀跋陀罗对慧远讲了"佛影"的情况。"佛影"本是佛教的一个传说，讲释迦牟尼为了制止恶龙的邪念而在他寂灭（涅槃）之时，在那揭罗曷国的罗刹石窟（在今阿富汗贾拉拉巴德）留下了他和其他菩萨圣僧的影子。这则传说在佛教界流传很广，慧远早年即已听人说过。这次听了之后，他便借题发挥，在庐山大兴土木，建造佛影台。花了将近一年半时间，佛影台终于落成，于是慧远召集佛教徒，不仅顶礼膜拜，而且作文写诗，还派弟子道秉远至江东，请当时文坛名人谢灵运撰写铭文，以扩大影响。当时与陶渊明并称"浔阳三隐"的刘遗民和周续之也都皈依佛门，成了慧远的弟子。

陶渊明则信奉天道自然观。他认为只有按照天道自然对待人生，才能解脱痛苦。当然这并不是一条真正的解脱之道，但与上述主张相比，却有一定的进步意义。在《形影神》三诗中，陶渊明结合他长期来探索解脱之道的经验，对及时行乐、立善求名以及神学所倡导的人生哲学，概予挥斥。他假借形、影、神之口，对慧远的形尽神不灭论、善恶报应思想，用生动的艺术形象、戏谑的笔触，加以否定。

第一首《形赠影》，作者假借形的感慨，描叙人生苦短而要求及时行乐的主张。这首诗有三层意思，前八句为第一层，感叹人不及天地山川那样长久，甚至不如草木那样能够荣悴代谢，枯而复苏，而是一离人世，永不再来。这些看法虽不科学，却是对轮回转世说的否定；同时也反映出陶渊明的自然观，与庄子循环运化说之间的区别。中间四句是第二层，描写死亡带给世人的痛苦。最后四句是第三层，形感到生离死别是人生最大的痛苦，然而无人能够逃避。正因为"我无腾化术"，形劝影"得酒莫苟辞"，要及时行乐，尽情享受。

第二首《影答形》，也有三层意思。前四句为第一层，指出世无长生成仙之道。中间八句为第二层，形象地描写了形影之间的密切关系。影和形有着同悲共喜的命运，虽然在树荫下休息时，影与形暂时告别，但是一到阳光下，它们又亲密地在一起，始终不相离。可惜这种亲密关系不能永远保持，一旦形体逝世，影也不复存在。诗人以幽默的笔调，否定了慧远在《万佛影铭》中强调的"落影离形"说。最后四句为第三层，提出了戒酒立善的主张。立善指立德立功立言，儒家以此为三不朽的事业。陶渊明的思想受到儒家的深刻影响，所以儒家积极有为的思想，在陶诗中时有流露。在这里，他借影对形的批评，指出酒虽能够消忧，然而与立善相比，岂不低劣？从而否定了以及时行乐求得解脱的道路。

第三首《神释》，即神对形影之说的答辩解释。这首诗有四层意思。第一层是开头两句，作者对天道自然进行了热烈的歌颂：大自然最大公无私，万物由于它而繁茂地伫立在世上。这是天道自然观的基本观点。这里作者虽未明言人由自然派生，其实已经包括在内。他在《自祭文》中说得很明白："茫茫大块，悠悠高旻，是生万物，余得为人。"第二层共十二句，是对慧远的形尽神不灭论的否定。前六句，从理论上指出神与形影之间密不可分的关系。陶渊明认为人是形影神之者的结合体。神与形影虽有不同，但随着人的诞生而两者互相依附在一起，善则同善，恶则同恶。因此他反诘形神之间"安得不相语?""语"通"与"，意即形影神之间怎么能生死存亡不相与? 也就是他在《连雨独饮》中所说的"形骸久已化，心在复何言"，人的形骸与心神的变化是同步的。后六句诗人以现实人生为据诘问：如果形尽而神可不灭，那么已死的三皇大圣人等神，现在什么地方? 这一反诘非常有力。虽然在理论上《形影神》不及范缜的《神灭论》那样分析论证，深刻透辟，但陶渊明对形尽神不灭论的否定，毕竟比范缜早了九十年左右。陶渊明的这一思想有朴素的唯物论因素，这不仅见诸本诗，在其他诗中也常表现出来。第三层有四句，指出形影的主张都非解脱之道。为了及时行乐而天天醉酒，则是缩短寿命的愚蠢行为；至于立善，虽是好事，但世道黑暗，善恶不分，谁会肯定善行而为你延誉后世呢? 第四层是最后六句，诗人借神之口，从正面提出只有用天道自然观对待人生，才能求得解脱。他认为形的及时行乐，影的立善遗爱，以及种种对于生死的忧虑和设想，都会损伤自己的生命。人应该抛开一切顾虑，听凭自然造化的安排，无拘无束地生活在宇宙之中，既不以生为喜，也不以死为惧，到了应该完结的时候就完结，不必要独自苦恼、多所忧虑。这也就是作者在《归去来兮辞》中所说的"曷不委心任去留""聊乘化以归尽，乐夫天命复奚疑"的人生观。

《形影神》三诗的内容，有的人故神其说，认为"三篇皆寓意高远，盖第一达摩也"（宋葛立方《韵语阳秋》），有的称"渊明一生之心寓于《形影神》三诗之内，而迄莫有知之者，可叹也"（清马璞《陶诗本义》）。我们通过上述分析，感到有三点值得注意。首先是对形尽神不灭思想的否定，其次是对天道自然观的宣扬，这是有进步意义的；但在这里，他把自然的安排作为最好的安排，抹去了人的能动作用。这与他在《五月旦作和戴主簿》中的"居常待其尽，曲肱岂伤冲，迁化或夷险，肆志无窊隆"有明显的不同。我们应该把它们联系起来分析，才能对陶渊明的天道自然观有比较全面的认识。第三是形、影、神三者的不同主张都包含着陶渊明自己的思想。不论是形对酒的肯定，还是影对酒的否定，不论是影的立善遗爱，还是神的纯任自然，这些对立的思想，我们都可在陶诗中找到例证。所以说陶渊明在对形影思想的否定中，也包含着他的自我否定。这是陶渊明在寻求解脱的过程中经常陷入自相矛盾的结果，同时也说明《形影神》三诗所写并非一时感触，而是诗人长期对解脱之道进行探索的总结。

《形影神》在艺术上最突出的特点是借用寓言体，以诙谐幽默的笔调，抒写意味深长的哲理。寓言诗早在《诗经》中即已出现。《豳风·鸱鸮》即是著名的篇章。汉乐府民歌中的《枯鱼过河泣》

也是有名的作品。但二诗虽然生动，却缺少哲理意味。《形影神》则继承了庄子寓言谈哲理的特点，为寓言诗增加了新的色彩。庄子在《齐物论》与《寓言》篇中都曾借形、影对话的形式，宣扬形、影相待而又有待的思想。陶渊明则在形、影之外，又增加了神的形象，采用了三者互相驳辩的形式，因而在结构上形成了波澜叠起、层层深入的特点，消除了《庄子》中形、影一问一答的呆板感。尤其是三诗以简练的笔触，勾勒出生动的形象。"得酒莫苟辞"，一笔画出了酒徒的贪杯；"纵浪大化中，不喜亦不惧，应尽便须尽，无复独多虑"，又活托出诗人放旷洒脱的精神风貌，生动地表现出作者所信奉的天道自然思想。《形影神》三诗在生动的艺术形象中蕴含着深奥的哲理，在说理时又兼具诙谐幽默的意趣，既使我们看到了陶渊明超然洒脱、与天地同流的人生哲学，又使我们领略了陶诗骋词寄意的艺术造诣。

（颜应伯）

拟挽歌辞

（三首选一）

荒草何茫茫，白杨亦萧萧。

严霜九月中，送我出远郊。

四面无人居，高坟正嶣峣。

马为仰天鸣，风为自萧条。

幽室一已闭，千年不复朝。

千年不复朝，贤达无奈何。

向来相送人，各自还其家。

亲戚或余悲，他人亦已歌。

死去何所道，托体同山阿。

　　挽歌就是葬歌，最初为牵挽灵车的人所唱。晋代成为一种习俗，以唱挽歌来表示对死者的哀悼。陶渊明卒于宋文帝元嘉四年（427）十一月，终年六十三岁。是年九月，自感病笃，作《拟挽歌辞》和《自祭文》。魏晋风气，所谓文人雅士每于宴游闲暇之际，多自作挽歌与左右相和歌唱，以示对死生的达观。陶渊明本是达人，对生死看得从容洒脱，也很实在。他不赞同佛教的灵魂不灭之说，也不附和道家的虚无态度。他哀悼死亡，也坦然平静地接受死亡。因此他的《拟挽歌辞》写得亦庄亦谐，毫无矫饰，被颜延之誉为"视化如归，临凶若吉"(《陶征君诔》)。

《拟挽歌辞》共三首，这里选的是第三首。全诗可分三个层次。第一层写诗人设想人们为他送葬时的凄凉情景，肯定了死亡对个人来说是一种悲哀：荒野上衰草茫茫一片，寒风中白杨萧萧作响；九月霜天，阴霾沉沉，自己的尸体被送往荒凉的远郊，氛围严酷寒冷。"四面无人居，高坟正嶕峣"是写入葬的地点。嶕峣，高兀突起貌。一处四周无人居住的乱岗僻野，一座座坟堆到处突起。面对这样的场景，连马也禁不住仰天悲鸣，风也止不住呜咽长啸，天地万物为"我"的死亡而悲泣同哀。陶渊明在此否定了庄子在妻子丧亡时鼓盆而歌的逃避现实的虚无态度，敢于哀悼死亡，并把葬礼的凄凉变成悲壮、死亡的灰白变成辉煌。

第二层写入葬以后的情形，借以进一步表明诗人的宇宙观、生死观。"幽室一已闭，千年不复朝。"幽室，指墓穴。墓穴的门一旦紧紧封闭，就陷入了永久的黑暗，千年万载不再重见天日了。"千年不复朝，贤达无奈何"，面对千年万载的黑暗，圣者贤人也无可奈何。陶渊明这种直面死亡的无畏精神，带有明显的唯物因素，也闪烁着他弃厌名利、追求平等的思想火花。死亡对于达官贵族和贱民寒门，都是平等的。"千秋万岁后，谁知荣与辱"(《拟挽歌辞·其一》)，既没有幽灵鬼魂，又无所谓地狱天堂。接着，诗人把笔转向活着的送葬人："向来相送人，各自还其家。亲戚或余悲，他人亦已歌。"死亡对一个具体的人来说，固然非常不幸；但对于整个自然和人类来说，却又是那么平常、普通。诗人的这些曲折描述，似乎在向世人告示：不必耿耿于生死之间，作出种种悲愁凄苦之状；生当旷达，死当洒脱，才是大彻大悟的人生。

最后两句为第三层次，谓死后无所挂牵，唯愿与山陵同存。诗人正是以这种"视化如归"的泱泱大度，来直面人生、直面死亡的。宋代惠洪《冷斋夜话》引苏轼语："渊明诗初视若散缓，熟视之有奇趣"，又清沈德潜《说诗晬语》云："陶诗胸次浩然，其有一段渊深朴茂不可到处"，此诗正可当之。

（施中宪）

桃花源诗并记

晋太原中，武陵人捕鱼为业，缘溪行，忘路之远近。忽逢桃花林，夹岸数百步，中无杂树，芳草鲜美，落英缤纷，渔人甚异之。复前行，欲穷其林。林尽水源，便得一山。山有小口，仿佛若有光。便舍船，从口入，初极狭，才通人，复行数十步，豁然开朗。土地平旷，屋舍俨然，有良田美池桑竹之属；阡陌交通，鸡犬相闻。其间往来种作，男女衣着，悉如外人，黄发垂髫，并怡然自乐。见渔人，乃大惊，问所从来，具答之。便要还家，设酒杀鸡作食。村中闻有此人，咸来问讯。自云先世避秦时乱，率妻子邑人来此绝境，不复出焉，遂与外人间隔。问今是何世，乃不知有汉，无论魏晋。此人一一具言所闻，皆叹惋。余人各复延至其家，皆出酒食。停数日，辞去。此中人语云："不足为外人道也。"既出，得其船，便扶向路，处处志之。及郡下，诣太守，说如此。太守即遣人随其往，寻向所志，遂迷不复得路。南阳刘子骥，高尚士也，闻之，欣然规往，未果，寻病终。后遂无问津者。

赢氏乱天纪，贤者避其世。
黄绮至商山，伊人亦云逝。
往迹浸复湮，来径遂荒废。

相命肆农耕，日入从所憩。

桑竹垂余荫，菽稷随时艺。

春蚕收长丝，秋熟靡王税。

荒路暧交通，鸡犬互鸣吠。

俎豆犹古法，衣裳无新制。

童孺纵行歌，斑白欢游诣。

草荣识节和，木衰知风厉。

虽无纪历志，四时自成岁。

怡然有余乐，于何劳智慧！

奇踪隐五百，一朝敞神界。

淳薄既异源，旋复还幽蔽。

借问游方士，焉测尘嚣外！

愿言蹑清风，高举寻吾契。

自汉末纷扰，历三国、两晋以至南朝，数百年间王朝屡更，战乱频临。豪门大族奢靡成风，平民百姓则饱受乱离之苦。知识分子的下层为门阀所限，进身无阶；名门望族亦往往为政治因缘，诛戮累累，处境危殆。陶渊明生于晋，身历晋宋易代之变。他"少有高趣"，"脱颖不群"（萧统《陶渊明传》），难以随俗浮沉，故"薄身厚志"（颜延年《陶徵士诔》），退隐以全真。他恬居田园，超然物外，歌咏自然，似乎忘情乎世态；然其内心深处，仍存强烈的爱憎，有鲜明的理想追求。《桃花源诗》并记，就是这种思想光芒的折射。

《桃花源诗》并记大约作于南朝宋永初二年（421），时渊明五十七岁，是其饱受困厄之苦的晚年之作。故事虽有所本，然经其点染，遂成千古绝唱。

《桃花源记》流布广，传颂多；相对而言，《桃花源诗》似较落漠。然原集题"桃花源诗并记"，则《记》有类乎诗序，是为了让人了解《诗》的背景故事；而《诗》亦有类乎《记》的读后感，是在《记》的故事基础上钩精发微，直抒情感。两者互为表里，各有千秋。

诗的前二十八句叙桃源本事，后四句写作者的感慨。

前一部分开首六句，写世外桃源的肇始。"先世"为避秦乱而进山，里不复出，外无续进，"来径"荒废，遂与外界间隔。这里以黄绮（夏黄公、绮里季，他俩与东园公、甪里先生当时共进商山隐居，汉时称"商山四皓"）与"伊人"（桃源人，实指时人的"先世"）并提，暗示"伊人"亦是无名"贤者"。这与后文所述桃源风俗淳美，人情闲雅不无关联。

接着十八句具体介绍桃源情景。

那里的环境：桑盛竹茂，菽稷盈畴。村落间道路虽"荒"，来往人迹虽"暖"（不显），然鸡鸣犬吠，远近听闻，一派和平宁静气象。

那里的人："童孺"边走边歌，"斑白"（老者）优悠闲雅，壮年尽力农耕，日作夜息。全体村民熙熙乐乐，无忧无虑。

那里的风气：服饰穿戴，祀神祭祖，一仍古法。以四季物候变化纪年，没有历法束约，一任自然。人情忠厚古朴，尚真崇实。

这种生活来自祖先进洞时就"相命肆（致力）农耕"，树菽艺稷，勿误天时。春养蚕收丝，秋收割庄稼。勤劳质朴，代代相传。

外部世界农民亦如此勤劳，为何独此桃源这般美好？作者在此十分巧妙地安排了"靡王税"三个字，给予点示。孔子"苛政猛于虎"的比喻直接指控"苛政"的罪恶，陶渊明这里则从侧面暴露了"王税"的残酷。

在桃源里，智慧似乎无用。这里的"智慧"似指有关文明建设所需的才学，但也包含尘世间那些为攫取与保卫权势财物等所用的机巧伪诈。

这十八句前六句重在写劳动生产，后十二句重在写风俗习气。而环境的幽美，气象的淳朴，人物的豁达等描写散敷其中，不仅有声有色，如闻似见，而且还纵剖（历史）与横截（现状）结合，涵蕴丰富。

下面四句为这部分的收结。"奇踪"句回应起首一层，点出自秦至晋已有五百来年。"一朝"句指渔人入洞。由于内外淳薄迥异，两不相融，故渔人去后，旋又"幽蔽"，与《记》所述对应。

"敞"而复"蔽"，这"神界"犹如昙花之一现。这样安排，给世外桃源蒙上了一层神秘色彩，真耶幻耶，让人将信将疑，读后难禁怅惘，空余嗟叹。这是作者创造"乌托邦"式的境界的高超手法，是作者企羡而又明知难以遂愿的心情反映。

以上是诗的主体，对桃花源的介绍全面完整，首尾呼应，结构谨严。

后部分四句是作者的感喟。游于方内（尘世间）之士，哪怕像刘子骥那样"高尚"，都难以测知"尘嚣外"桃花源的情事。而诗人自己，却十分希望踩驾清风，高高飘举，彻底脱离烦嚣，去追寻志趣契合的桃花源人。心有此"愿"而难以遂"愿"，怅然意绪溢于言表。

这前后两部分一叙一议，相互配合，突出了主题：尽情描写桃源光明美好，实显所处现实黑暗丑恶；倾心追慕桃源，又表明憎恶现实。《记》与《诗》在表现主题时，各有侧重，各有特色。《记》重故事情节，为纵式记叙，诉诸读者的直感；《诗》重概括介绍，为横式述说，诉诸读者的理性。《记》中作者之情寓于字里行间，《诗》则给以直接抒发。《记》文字活泼生动，步步引人入胜；《诗》则沉厚古朴，处处发人深思。同一题材，不同体裁，取舍各异，手法多样，显示出作者不同凡响的匠心。

《诗》《记》中反映出作者受老庄思想的影响是很明显的。他所追慕的理想世界是"山无蹊遂，泽无舟梁"，人们"甘其食、美其服、乐其俗、安其居、邻国相望、鸡犬之声相闻，民至老死不相往来"的"小国寡民"社会。"于何劳智慧"句亦有那种"圣人不死，大盗不止"、"绝圣弃智，而民利百倍"、"绝巧弃利，盗贼无有"等否定文明进步的思想成分。这当然有某些消极因素。不过从诗人所处现实和生活境遇——出仕要"向乡里小儿折腰"，退耕则"夏日长抱饥，寒夜无被眠"，甚至于叩门求乞来看，他追求那种幼有所长，老有所终的安宁而淳朴的社会生活是很自然的。故不必对此加以苛责，而应着重领会作者的"弦外之音"。

（潘善祺）

乞 食

饥来驱我去，不知竟何之！

行行至斯里，叩门拙言辞。

主人解余意，遗赠岂虚来。

谈谐终日夕，觞至辄倾杯。

情欣新知欢，言咏遂赋诗。

感子漂母惠，愧我非韩才。

衔戢知何谢，冥报以相贻。

陶渊明躬耕田园，晚年因体衰多病，常饥寒困顿。这首诗叙写了他有一次向人乞食的境况，表现了复杂的心情。

这首诗写得真率自然，感人至深。正如苏轼所说："渊明饥则叩门而乞食，饱则鸡黍以延客，古今贤之，贵其真也。"（《东坡题跋·书李简夫诗后》）封建时代的读书人，难免讲虚荣、要面子，即使穷愁潦倒，也总是竭力遮掩，唯恐被人耻笑。陶渊明却不以穷困为耻，径以《乞食》为题赋诗，真实坦诚地描述自己为饥饿所迫而向人乞讨的情形，没有丝毫的矫饰做作，实为士林和诗史所罕见。饿而乞讨，是否失去人格气节？对此应具体分析。诗人毅然辞官归隐，躬耕自食，不愿与世同流合污，不羡慕荣华富贵，一直安贫乐道，可谓人格高尚、气节凛然。晚年尽管贫病交迫，以至偃卧瘠馁有日，却依然拒绝江州刺史檀道济馈送的粱肉，坚不出仕，便是固穷守节的有力证明。他虽守固穷之节，却又坦率承认饥饿乞食的事实，其绝弃伪饰、一任自然之质性，显得可爱可贵。诗人是向亲朋知己求食索酒，而不是向官府权贵摧眉折腰，表现了他宁愿乞食，也不愿苟合于腐败官场的崇高气节。诗人饥而乞食，内心仍平和豁达，既不装腔作势，也不怨天尤人。因此当他在叩门谋食时，固然难免羞涩，拙于言辞；但当主人解意授餐，他又坦然而受，倾杯酣饮之余还即席赋诗，露出自己的性情本色。其胸无芥蒂、真率自然、不卑不亢、落落大方，达到了常人难及的境地。

清人陶必铨《萸江诗话》说："此诗寄慨遥深，着眼在'愧非韩才'一语。"品味"感子漂母意，愧我非韩才"二句，确实包含着诗人壮志未酬的无限激愤。而"衔戢知何谢，冥报以相贻"二句，言外之意是将来仍要像韩信一样干一番大事业。真是"烈士暮年，壮心不已"！陶必铨又云："志不能遂，而欲以死报，精卫填海之意见矣！"见解颇深刻。总之，《乞食》诗不仅真实地叙写了诗人晚年的贫困生活，显示出诗人固穷之节，而且揭示了封建社会中正直的知识分子怀才不遇的悲剧、壮心不已的情操。作品的思想蕴含是深刻的。

这首诗文字质朴平淡，叙事抒情却生动逼真，耐人寻味。开篇写饥来驱人，行而不知所之，可谓平中见奇，将诗人为饥饿所煎迫而离家"行乞"的无奈心情，身不由己、漫无所适的神态动作，表现得惟妙惟肖。"行行至斯里，叩门拙言辞"二句，更活画出诗人彼时彼地进退失据、羞于启齿的难堪尴尬之状，令读者由此窥见其复杂微妙的心理活动。接下去，写他"求食得食，因饮而欣，因欣而生感，因感而思谢，俱是实情实境"（清温汝能《陶诗汇评》）。没有切身的体验，写不出如此真率动人的文字。陶诗的好处，常在平淡中含蓄着炽热的感情，质朴中显出真淳深厚的情趣。这正是诗人率真高洁的人格的自然流露，实非常人所能及。　　　　（陶文鹏）

杂 诗

（十二首选二）

白日沦西阿，素月出东岭。

遥遥万里辉，荡荡空中景。

风来入房户，夜中枕席冷。

气变悟时易，不眠知夕永。

欲言无余和，挥杯劝孤影。

日月掷人去，有志不获骋。

念此怀悲凄，终晓不能静。

　　白日沉落西山，素月升上东岭，瞬刻之间，银辉万里，夜色空
明。面对着这优美而壮观的景色，诗人心情激动不已，不能入寐。
忽然，一阵风吹进房里，携来了肃杀的秋气，床上枕席也变得凉冷
了。气候的变迁，使诗人深感时光易逝；辗转不眠，却又使他觉得
秋夜漫长。诗人多么渴望能说点什么，借以排遣心中的苦闷。但是
寂静的深夜里，到哪里去找能与之交谈的知音呢！在孤独寂寞之
中，诗人只好对影闷饮。借酒浇愁，愁肠却郁结不解，诗人不由得
喟然长叹：时光流逝，日月疾去，事业无成，有志不骋。他满怀悲
凄，直到曙色临窗，心情仍难以平静。读完全诗，我们眼前活现出

一个壮志难酬、彻夜失眠的诗人形象。

这首诗采用白描手法，描写从黄昏到次日黎明不断变化的情景。首四句写秋夜月色非常出色。"白""素"二字修饰"日""月"，着意描状其皓洁；"辉"字加倍强调月光的明亮；"景"字，捕捉住了月亮刚出时芒彩闪熠新美迷人的意象，更是发前人所未发。"遥遥"与"荡荡"两个叠字相互映衬，形容空间的辽远、空旷。诗人以洗炼自然的语言，创造出一个光华璀璨、空明澄澈、辽阔无际的境界。清代方东树评论说："白描情景，空明澄澈，气韵清高，非庸俗摹习所及。"（《昭昧詹言》卷四）是精当之论。

以上四句对月生情，写室外景，展现的是视觉意象；中间四句因风致感，写室内景，却从触觉和内心感觉落笔。"入房户"的风和侵肌砭骨的枕席，不仅传达出初夜到中宵的时间推移和节候的变更，而且深刻微妙地透露出诗人内心的凄凉和苦闷。从开篇到这里，萧瑟的秋意愈来愈浓。"气变悟时易，不眠知夕永"二句，写出了他对于"气变"和"不眠"的独特感受。这种感受，人们可能都曾经体验过，但未能用恰当的语言表达出来。诗人却用简洁的文字、工整的偶句，把它表达得那么曲折委婉，饶有理趣，耐人寻味。清人邱嘉穗认为："日沦月出，气变时易，似亦微指晋宋革代之事而言。"（《东山草堂陶诗笺》卷四）据史载，刘裕平灭桓玄后，为篡权作准备，曾大肆杀戮异己，培植党羽，权势日益显赫，终于在晋安帝义熙十四年（418）——渊明作此诗的四年后擅权废立，再过两年后篡晋。当然，坐实诗中所写的时节移易为晋宋易代，未免拘执，但萧瑟凄冷的气氛和诗人终夜不寐的情景，使人隐隐感到是当时的政局变化在诗人心中的微妙感应。总之，从前半篇来看，诗人巧妙地以情写景，景中含情，景物的变化同诗人情绪的变化息息相关，自然季节的移易暗寓着朝代的替换；而对诗人心境的揭示，更是步步深入。

这首诗揭示诗人内心世界，还采用先"染"后"点"的手法，开篇写景，诗人感情含而不露，写到夜半风起，秋席生寒，诗人感叹时节变易，夜不能寐，感情已变为激动，再写到欲言无和，挥杯对影，孤独、苦闷之情渲染得更浓烈，但仍未说明诗人为何如此苦闷。直到接近结尾，才以"日月掷人去，有志不获骋"两句诗，将满腹心事点破，诗情至此亦达到高潮。结尾再点出"悲凄"一笔，随即戛然而止。足见诗人运用点染之妙。

此外，诗中"欲言无余和，挥杯劝孤影"二语，前人说："妙在'欲'字、'劝'字，于寂寞无聊之况，得此闲趣。"(清温汝能《陶诗汇评》卷四) 其实，"挥"字也妙，写出诗人借酒浇愁的愤激与悲凉；"孤影"暗写月色，令人想见诗人在月下朦胧的身影。又如"日月掷人去"照应开篇"白日""素月"，"掷"字传出诗人对于日月疾去却无可奈何的情绪，也新奇而妙。这些都表现出诗人炼字锻句的功力。

(陶文鹏)

> 忆我少壮时，无乐自欣豫。
> 猛志逸四海，骞翮思远翥。
> 荏苒岁月颓，此心稍已去。

　　值欢无复娱，每每多忧虑。

　　气力渐衰损，转觉日不如。

　　壑舟无须臾，引我不得住。

　　前途当几许，未知止泊处。

　　古人惜寸阴，念此使人惧。

　　这是一首由今昔之感而生自勉之意的诗。全篇是从回首往事生发的。首四句为第一节，写他少壮年时代的无乐自欢和猛志超群。那时候，诗人朝气蓬勃，胸襟开朗，即使没有碰到什么快乐的事，心里也常常感到喜悦。遇到快乐事时的狂喜雀跃，自不言而喻。这种"无乐自欣豫"的心情，来源于诗人少年时代就有丰富的精神生活。他在不少诗中曾经谈过："弱龄寄事外，委怀在琴书"（《始作镇军参军经曲阿作》）；"少年罕人事，游好在六经"（《饮酒》其十六）；"少无适俗韵，性本爱丘山"（《归园田居》）等。可见，他的生活志趣多么高雅、多彩！但更值得自豪的是，他在少年时代便有超越四海的"猛志"，他的理想好像长上了翅膀，在辽阔无际的云天上高高飞翔。他的"猛志"是什么呢？那就是"大济于苍生"（《感士不遇赋》）的远大政治抱负，还有驱除胡虏、恢复中原的壮志。他在《拟古》（其八）中写道："少时壮且厉，抚剑独行游。谁言行游近，张掖至幽州。"当时张掖和幽州早已被胡马的铁蹄践踏，诗人却要仗剑前往，真有那么一股勇武精神、豪侠气魄！不料，下四句由回忆转到目前，由写昔我过渡到写今我，诗意突然转折。岁月流逝，诗人昔日的雄心壮志逐渐减损，于是当乐不乐，郁郁寡欢。这一节，诗意在转折中又有照应。"值欢无复娱"，正好同上文"无乐自欣豫"对比映照。这四句写心志的变化。以下四句是第三节，写身体的变化。正像大自然的不停运转能摧毁、销蚀藏在山沟中的木船一样，诗人逐渐衰老，气力已一天不如一天了。心志和身体两方面的巨大变化，使诗人深深感慨。瞻望前途，究竟人生还有多少里程？何处是自己的归宿？诗人想到这里，内心茫然，情绪有点消沉。然而，诗人毕竟不肯放弃对理想的追求，也不甘于在郁郁寡欢中虚度余年。他仍要以古人和他所敬爱的曾祖父陶侃爱惜寸阴的教诲来鞭策自己，及时自励，奋进不止。这两句对于前两句来说，又是一个转折。最后结束于一个"惧"字，既回应中间的"忧虑"，又与开头的"欣豫"适成鲜明对照。前后呼应，一气贯注。这贯串全诗的一股"气"，就是直到晚年仍要葆其猛志的奋发之气。鲁迅先生说："陶渊明正因为并非浑身静穆，所以他伟大。"（《题未定草（七）》）是十分中肯的。从上面的逐层分析，也清楚地见出这首诗在谋篇布局上的艺术匠心，既情绪变化又一气贯注，层层翻转却显出清晰脉络。清吴瞻泰评此诗："诗意极有渐次，层层翻转，所谓情随年减也。"（《陶诗汇注》卷四）指出了它的章法结构的特点。

　　在语言的提炼和典故的运用方面，这首诗也有值得借鉴之处。比如"无乐自欣豫"中的"自"字，就包涵无乐自感为乐，无乐犹自生乐，化无乐为有乐，因而无处不乐等多种意蕴。"猛志逸四海"中的"猛"字，显出诗人少壮时代的满腔豪情；"逸"字，写出志气的高远超拔，仿佛可以凌云乘风，笼盖四海。"骞翮思远翥"，将理想比喻为鸟儿展翅飞翔。"骞翮"与"远翥"对举，状其高远。五个字创造出富于诗意的新鲜意象，挟带着一股"鲲鹏展翅九万里"的气势。"值欢无复娱"句，"欢娱"与前面"欣豫"映照，字面上避免重复，又同下文"忧虑"对比。"欢"与"娱"分用，意思又有微妙差别。正如清人温汝能所说："欢娱皆乐也，然欢属声气，娱属心志，中年以后，百忧感心，往往不在欢乐一边……寻常语却说得如此警透。"（《陶诗汇评》卷四）作为全篇结穴的"惧"字，刻画出老人深感岁月无多而忧虑、戒惧、警惕等复杂心态。"壑舟无须臾"两句，吸取《庄子》中的形象和理趣，又改造其意蕴，借以表现时间的流逝不停，可谓典故的活用。　　（陶文鹏）

咏 荆 轲

燕丹善养士，志在报强嬴。

招集百夫良，岁暮得荆卿。

君子死知己，提剑出燕京。

素骥鸣广陌，慷慨送我行。

雄发指危冠，猛气冲长缨。

饮饯易水上，四座列群英。

渐离击悲筑，宋意唱高声。

萧萧哀风逝，淡淡寒波生。

商音更流涕，羽奏壮士惊。

心知去不归，且有后世名。

登车何时顾？飞盖入秦庭。

凌厉越万里，逶迤过千城。

图穷事自至，豪主正怔营。

惜哉剑术疏，奇功遂不成。

其人虽已没，千载有余情。

《咏荆轲》是一首借史咏怀、托古言志的咏史诗，也是陶渊明

"金刚怒目"式诗作中的光辉篇章。它在艺术上最大的成功之处，就是在悲壮慷慨的浓烈抒情气氛中，塑造出荆轲这一个铲强锄暴的英雄形象。

开篇四句，便点出了这首诗的人物、主题、情调和气氛。诗人直接揭示燕太子丹供养门客的目的，在于向秦王嬴政报仇：以"强嬴"称秦国，强调秦国的强横暴酷；又将荆轲与"百夫良"并提，烘托荆轲卓然出众的英姿，表明荆轲刺秦王是除暴的正义行动，使除暴的主题笼盖全篇。这四句似乎只是客观叙述，不动声色；实际上诗人鲜明的爱憎情感已洋溢其间。

诗人描绘荆轲这个英雄人物，不是采用写实摹形的工笔细描，而是线条粗略的传神写意笔法。诗中没有人物的语言，对人物行动的描写只是简劲的勾勒。"君子死知己，提剑出燕京"两句，"提剑"二字精警、传神，一笔勾出荆轲知遇图报、痛快豪爽的性格特征，也使人物嫉暴如仇、挥剑欲试的神情跃然纸上。但诗中这种正面描写人物行动及其细节的笔墨很少，都是在大关节处略作点染，可谓惜墨如金。诗人着重通过环境气氛的渲染烘托出人物之"神"，竟不惜浓笔重彩，用墨如泼。例如写燕丹及宾客出京送荆轲赴秦场面：白马号鸣，益增送别气氛之悲壮；众士情绪激昂，雄发指冠，猛气冲缨，笔墨全在送行者身上。对荆轲虽未着一字，但从送行者的愤怒之态、激昂之情，已烘托出主人公横眉怒目之神，英勇赴义之气，真是司空图《诗品》所说的"不着一字，而尽得风流"。又如"饮饯"以下八句，写易水饯别场面，也不直接、具体刻画主人公，全从乐声和景物环境气氛的渲染着笔。诗人先以渐离击筑、宋意高歌创造出悲壮的气氛，再借眼前易水的淡淡寒波和耳边的萧萧哀风，把宴会的悲壮激昂气氛推向了高潮。"商音"二句又从描写群英闻乐的情绪变化，继续渲染饯别的悲壮气氛。在这悲壮气氛中，荆轲为了除暴安良不怕牺牲的壮烈神态毕出。环境气氛的烘托用实笔，使人如临其境；主人公的描写虽用虚笔，却能虚处传神，诱人想象，比实写更耐人寻味。送别之后，荆轲踏上征程。"登车"四句写荆轲登车赴死，义无反顾，疾风般直奔秦国宫廷。略带铺排的笔调，突然变换的急促节奏，体现出一股视死如归、气冲霄汉的气势。"万里""千城"渲染了征途之遥远，"逶迤"强调了道路之曲折，"凌厉"体现了主人公一往无前、势不可当的英雄气概。可见，即使是正面叙写主人公的行动，诗人也注意到气氛的渲染。"图穷"二句写搏击秦庭，笔墨更简括含蓄。"豪主正征营"，写豪横不可一世的秦王大惊失色、手足无措，有力地反衬出荆轲行刺时迅猛凌人之势。至此，主人公的高大形象已如浮雕般鲜明地凸现在读者面前。诗末"惜哉"一声长叹，道出了诗人对于奇功不成的深沉惋惜之情，对英雄无限景仰之意，也倾泻出诗人对于黑暗暴乱政治的强烈愤懑。

总之，全诗叙事简括生动，抒情淋漓酣畅，刻画人物神态栩栩、须眉如画。而情绪的悲壮慷慨，语言的刚毅豪放，音调的高亢激越，在陶诗中亦别具一格。正如宋人朱熹在《朱子语录》中所说："渊明诗，人皆说平淡，余看他自豪放，但豪放得来不觉耳。其露出本相者，是《咏荆轲》一篇。平淡底人，如何说得这样言语出来？"指出了《咏荆轲》及其作者的豪放风格，颇有见地。(陶文鹏)

无名氏

陇上为陈安歌

陇上壮士有陈安，躯干虽小腹中宽，
爱养将士同心肝。骕骦父马铁锻鞍，
七尺大刀奋如湍，丈八蛇矛左右盘，
十荡十决无当前。战始三交失蛇矛，
弃我骕骦窜岩幽，为我外援而悬头。
西流之水东流河，一去不还奈子何！

　　这首歌所歌唱的陇上陈安，原是西晋南阳王司马模帐下的一名
都尉。陇，山名，在今甘肃东南、陕西西南交界处。西晋末年，天
下大乱，司马模遇害，陈安乃自称秦州（治上邽，今甘肃天水）刺
史，归降于匈奴族的割据者、前赵皇帝刘曜。不久又背叛前赵，自
称凉王。曾拥众十余万，据有陇上诸县，氐、羌部族都归附于他。
但为时不久，即被刘曜围困于陇城（今甘肃张家川）。陈安率数百
骑突围而出，意欲往上邽等地集合兵众，还救陇城之围。出城之
后，方知上邽也已被困，陇上诸县皆已降赵。他已陷入四面楚歌之

境，不得已，乃率骑南奔。刘曜派将军平先等穷追不舍。陈安屡战
屡败，终于只剩下十余壮士，与追兵展开恶斗。他左手奋动七尺大
刀，右手执丈八蛇矛，腰间两侧都佩弓带箭。近战则刀矛并舞，动
辄刺杀五六人，远则左右驰射。这样杀开血路，且战且走。平先也
壮健绝人，勇捷若飞。陈安到底众寡不敌，终于失手，连蛇矛也被
平先夺走。此时已是黄昏，适逢大雨如注，陈安乃弃马逃窜，与左
右五六人越岭翻山，藏身涧谷。一场雨连下数日，放晴之后，他终
被追兵发现，斩首于穷山恶水之间。

　　据记载，陈安善于抚循士卒，与之同甘共苦，不避患难，故颇
得人心。这首歌便是其部众哀悼他所唱。由歌中"为我外援而悬
头"之句推测，大约是困守陇城的健儿们所作，意谓陈安突围而
出，本是为我们求援，却因此而身首异处了。第二句"腹中宽"之
语，是说陈安气量恢宏，善待下属，故下句便说"爱养将士同心
肝"。"躯干虽小"，言身材矮小，与"腹中宽"成为对照。此四字
一作"头小面狭"。总之陈安其貌不扬，并非七尺身躯，仪表堂堂。
他的部下敬爱他，但并未连其外貌也加以美化，这倒使我们感到真
实。"骚"（niè），马迅跑。"骢"（cōng），青白色相杂的马。"父
马"，公马。"骚骢父马铁锻鞍"以下四句，唱出了陈安武艺高强、
勇猛善战的形象。"奋如湍"三字，说他舞动大刀，疾如飞瀑，多
么虎虎有生气！"荡"，冲杀。"十荡十决"，是说每次冲杀都突破敌
阵。"战始三交"三句，悲歌陈安最后失败被杀。最后两句以流水
东西、一去不返的比喻，唱出了这些陇上健儿无限的哀伤。这两句
一作"阿呵呜呼奈子何！呜呼阿呵奈子何！"更为率直粗豪，似乎

更接近于原始面貌。

我们想象一下当日那些健儿们欷歔流涕唱起这首歌的情景，似乎能听见那粗犷的歌声震撼天际，回荡于孤城叠嶂之间。陈安虽只是一位草莽英雄，但他的名字和形象，却因这首歌而不死了。那临死前的激战，使人想起项羽垓下突围时的情景。据《晋书·刘曜载记》说，连刘曜听了这首歌，都为之感动，因而命其音乐官署收录歌唱。

(杨　明)

白纻舞歌诗

轻躯徐起何洋洋，高举两手白鹄翔。

宛若龙转乍低昂，凝停善睐容仪光。

如推若引留且行，随世而变诚无方。

舞以尽神安可忘，晋世方昌乐未央。

质如轻云色如银，爱之遗谁赠佳人。

制以为袍余作巾，袍以光躯巾拂尘。

丽服在御会佳宾，醪醴盈樽美且淳。

清歌徐舞降祇神，四座欢乐胡可陈。

　　白纻（zhù），苎麻织成的白布。其布原为吴地所产，故有人推断，白纻舞原本该是吴舞。至于它如何起源，与白纻有何关系，是否与某种民俗有关等等，均已难以考知。舞时配以歌唱，本诗即留传下来的最早的歌辞之一。

　　这篇歌辞共十六句，分为两段，各用一韵。前段歌咏舞者姿态之曼妙，后段歌咏白纻之美。两段在内容上似不甚连贯，但此种情形本为乐府歌辞所常见。明人胡应麟说"自'质如轻云色如银'下，当另为一篇"（《诗薮·内编》卷三），也是一种看法，但并未提出什么根据。今仍依《宋书·乐志》《乐府诗集》，视为一篇。

由"轻躯徐起""清歌徐舞"等语看，舞蹈的节奏是舒缓安详的。舞女高举双手，如纯洁的白色天鹅振翅飞翔。大约她身穿白纻所制的舞衣吧，故以白鹄（hú）为喻。舞姿轻婉而多变：忽而低身，忽而昂首；又像前行，却又停住不动，正如轻迅的鸟儿，欲飞又止。"如推若引留且行"，写出了姿态的含蓄。蓄势而不发，最为耐看。"宛若龙转"，状其体态和舞姿的婀娜柔美。古人每以龙比拟女子之窈窕，如宋玉《神女赋》："婉若游龙乘云翔。"傅毅《舞赋》："体如游龙。""凝停善睐容仪光"一句，则是写舞女的神情。当其舞姿娇凝不动时，她那善睐的明眸如秋水横波，流光溢彩，更让观者觉得她是多么容光焕发！

下段歌唱白纻既轻柔又洁白，送给所思念的人制成衣袍。穿上之后，光彩照人；参加宴会，美酒盈樽，真是乐不可言！佳人，美好的人，可指女，也可指男。

上段末尾说"舞以尽神"，下段末尾说"清歌徐舞降祇（qí）神"，似乎白纻舞当初与敬神有关。尽神，当即敬神之意。《礼记·祭统》云："诚信之谓尽，尽之谓敬，尽然后可以敬神明。"古代歌舞，往往既以敬神，又以娱人。至于"晋世方昌"，是晋代人歌颂本朝之语。南朝宋仍沿用此歌辞，便改为"宋世方昌乐未央"了。未央，未尽。

晋宋时无名氏《白纻舞歌诗》共有三篇。第三篇中"如矜若思凝且翔，转眄遗精艳辉光"，写舞女神情姿态，也极生动。还有"将流将引双雁翔"之句，表明大约是两人共舞。南朝拟作此歌者颇多。写舞姿，则曰"将转未转恒如疑""为君娇凝复迁延"（宋汤惠休所作）；写神情，则曰"短歌流目未肯前，含笑一转私自怜"（梁武帝所作）、"如娇如怨状不同，含笑流盻满堂中"（沈约《春白纻》），都可看出受晋辞启发的痕迹。而其栩栩如生，刻画细腻，似更过于晋辞，而且着意渲染舞女与观者的情感交流。相比之下，晋辞显得较为浑成。胡应麟说："晋《白纻辞》，绮艳之极，而古意犹存。"（《诗薮·内编》卷三）或许就是有见于此而说的吧。（杨　明）

陇 头 歌

陇头流水，流离四下。
念我行役，飘然旷野。
登高望远，涕零双堕。

这是一首游子的悲歌。陇，山名，在今陕西宝鸡、陇县和甘肃清水、张家川之间。

这首歌首见于东晋、刘宋时人郭仲产所著的《秦州记》（全书已散失，今传少数佚文）。推测起来，它该是魏晋时代北方的民歌罢。《秦州记》载录此歌时，尚有一段文字加以说明，说陇山东西约百八十里。登山岭，东望秦川，四五百里，极目泯然。但见墟宇桑梓，与云霞一色。山上有悬溜飞下，汇为澄潭，名曰万石潭，流溢散下，皆注入渭水。过陇之后，物候即变，五月方解冻，八月方麦熟，且不见蚕桑。故中原人行役过此者，莫不悲伤。这段说明可以帮助我们理解和欣赏这首歌。试想远行的游子登陇回望东方，乡关已渺不可见；度陇之后，便更与家乡隔绝，连气候物色，也迥然有异，自己将更觉孤单了。这怎不令他潸然泪下！"涕零双堕"，涕，泪；零，落。那流离四下的山涧，尚能注入渭水，东流入秦；他却是身不由己，越行越远了。那水声幽咽，似也在为他哭泣。另一首也被称作《陇头歌》的诗便特地歌唱那水声道：

陇头流水，鸣声呜咽。

遥望秦川，肝肠断绝。

此首出于辛氏《三秦记》，其书也已散佚，辛氏的名字、时代均不详。不过从内容、风格、语言、体制看，此首无疑与上述《秦州记》所载的那首为同时代之作。

这两首北国民歌，后来流传到了江南。南朝梁的音乐官署所演唱的节目中便有这两首歌。可见其感染力的强大。确实，虽然其曲调久已失传，但歌辞中那强烈的悲剧性情感不是至今仍令人怦然心动吗！

（杨　明）

颜延之

颜延之（384—456），字延年，琅琊临沂（今山东临沂县北）人。少孤贫，好读书，无所不览，喜饮酒，不拘小节。官至金紫光禄大夫。诗与谢灵运并称"颜谢"，然才不逮谢。其诗多华丽词藻，好炼句用事而少感人情致。唯《五君咏》得文质相半之效。有《颜光禄集》。

（赵志伟）

五君咏·阮步兵

阮公虽沦迹，识密鉴亦洞。

沉醉似埋照，寓词类托讽。

长啸若怀人，越礼自惊众。

物故不可论，途穷能无恸。

　　颜延之《五君咏》，分咏"竹林七贤"中阮籍、嵇康、刘伶、阮咸、向秀五人，此其一。据《宋书·颜延之传》载，颜曾为步兵校尉，"好酒疏诞，不能斟酌当世"，对权贵刘湛、殷景仁专权甚不平，常说："天下大事应当与人共同商讨，岂能让一二人独专？"辞甚激扬，每犯权要。后来终于受到报复打击，"延之甚怨愤，乃作《五君咏》"，借古代贤人达士抒发自己的怨愤。

　　阮步兵，即阮籍，曾为步兵校尉，故世称"阮步兵"。诗的前六句说阮籍晦其踪迹，隐其真相，但洞察世事细密而且深邃，因而假醉自敛以免遭杀身之祸。然又不甘于此，故发而为诗，越礼惊世，长啸傲人。"寓词"指阮籍的《咏怀诗》，阮曾作《咏怀诗》八十余首，颜延之为之注云："阮公身仕乱朝，常恐遇祸，因兹发咏，故每有忧身之嗟。虽志在刺讥，而文多隐避。百世以下，难以猜测也。""啸"，蹙口出声。魏晋人喜啸，以示有风度。据说阮籍游苏门山与人谈无为之道及五帝三王之义时，曾对之以长啸。"越礼"，不拘礼教，魏晋很讲究名教，但阮籍反对名教，旷达而不拘礼俗。据说他的嫂嫂回家，他与之相见而别，有人讽刺他有违礼教，他回答：礼教岂是为我辈所设？表示出极端蔑视。

最后两句说阮籍不论世事，因世事颓败已不可论，所以他要途穷而哭。《魏氏春秋》："籍时率意独驾，不由径路，车辙所穷，辄病哭而返。"唐王勃《滕王阁序》所谓"阮籍猖狂，岂效穷途之哭"，即本此。所谓哭是真哭，而"狂"则是佯狂，晋代社会现实于斯可见。

与颜延之其他诗不同，这一首咏怀诗不以"错采镂金"式的丽词艳句取胜，而以深刻的思想内容、郁勃不平之气、硬朗劲健风格见长，一反当时诗坛以及他本人的讲究辞藻形式、忽视思想内容的一贯作风，用简洁明了的语言勾勒出一个雅好老庄、不同流俗，然又不得不与社会虚伪委蛇周旋和消极反抗的"狂生"形象。全诗颇具建安诗人那种"志深而笔长，梗概而多气"的风骨。其借咏古人，正反映了诗人"意有所郁结，不得通其道也，故述往事，思来者"（司马迁《太史公自序》）的思想感情。后人所谓"诗穷而后工""愤怒出诗人"，恐怕也是这个意思。

（赵志伟）

谢灵运

谢灵运（385—433），陈郡阳夏（今河南太康）人，生于始宁（今浙江上虞），寄养杜氏，小名客儿；袭谢玄爵封康乐公，世称谢客、谢康乐，又与谢朓分称大谢、小谢。晋末初为琅琊王德文行军司马，又为刘裕政敌豫州刺史刘毅记室参军。刘宋代晋后，降爵康乐侯，由中朝左迁永嘉太守，辞官归隐。又与庐陵王刘义真往还密切，阴为文帝义隆所忌，虽征为秘书监而不见重用，出为临川内史。不久被诬以叛逆罪，徙广州，旋被杀。灵运博学多才艺，玄佛兼胜，诗文并擅，其十四字音训，开声律说先河。既以门第高才自傲而都不得志，遂放情于山水，常作百里之游，从者数百，动逾旬朔；将传统的宴游行旅诗，参以玄趣，发展为山水游览诗。体擅五言，临景结构，兴会标举，善将郁勃之气融于山水之精细体察和刻画之中，由景而理，由骚入庄，情景双线，隐显交叠，天矫连蜷。虽时有繁富之累，理过于辞之嫌，却开创以刻炼精思返之自然，隐秀新警，纵横开阖之新体格。其清新秀丽处，中经谢朓等人，于唐人山水田园诗影响甚巨。方东树《昭昧詹言》又以之下开杜甫、韩愈、黄庭坚一脉，则由其奇崛刻炼，以文法入诗处窥入。有《谢康乐集》。

（赵昌平）

过始宁墅

束发怀耿介，逐物遂推迁。

违志似如昨，二纪及兹年。

碻磷谢清旷，疲苶惭贞坚。

拙疾相倚薄，还得静者便。

剖竹守沧海，枉帆过旧山。

山行穷登顿，水涉尽洄沿。

岩峭岭稠叠，洲萦渚连绵。

白云抱幽石，绿筱媚清涟。

葺宇临迥江，筑观基曾巅。

挥手告乡曲，三载期归旋。

且为树枌槚，无令孤愿言。

永初三年（422），诗人受权臣徐羡之等排挤，由京都建邺（今江苏南京）外放永嘉（治今浙江温州）太守，此时他已年届不惑了。从元兴年间（402—404）初仕算起，至此几近二纪，即二十四年的岁月。这是人生中风华正茂的时期，偏巧时运多舛，在晋宋之交风云变幻的权力之争中，诗人一而再、再而三站在失势者一边。当宋公刘裕威震晋主时，他与叔父兼导师谢混均从刘裕的政敌刘毅，后虽未像谢混一样遭诛，却决定了他在刘宋代晋后的不被信用。偏偏在刘裕病笃、诸子夺嗣之争中，他又支持了失败者庐陵王刘义真，少帝继位，义真被挤到历阳，谢客也因此被放永嘉。这些经历对于家世簪缨、而又自谓才能宜参权要（《宋书》本传）的诗人来说可谓不幸，于是他在赴永嘉途经始宁（今浙江上虞）故宅时，将一腔愁怨贯注于本诗。

诗分三个层次：起句至"还得静者便"，反复剖陈心志；"剖竹"句至"筑观基曾巅"正写过旧宅；"挥手"以下四句告别乡亲，表明三载归隐之愿。中间一段景语是前后两段情语的过渡，使全诗的感情呈现出由显至隐、隐而复显的曲折。这后一个显，经由景物的浸润，产生了升华。这是谢客永嘉时期诗作最常见的格局，表现出对建安以来行旅诗的继承与发展。

建安诗人一变《诗经》《汉乐府》之即具体之事抒具体之情的传统，往往借事发端，歌咏积久的情思，显示一己的个性，这种情对事的超越，是建安诗的最突出转变。所以那时的行旅诗多表现为行旅性的咏怀诗，谢客本诗也如此。

始宁墅是灵运之祖、淝水之战的英雄谢玄功成后急流勇退的归居之处，它对于少年袭封康乐公的诗人来说，既是祖上勋业卓著的丰碑，又是先人明哲高栖的标志。当贬斥途经此地，诗人不禁感触万千，迸发为首八句的感慨。他反复说由己少怀耿介之志，误入官场，实有违初志而误沾尘垢，这显然是有感于先祖高栖远祸的明智而言。但是在人生最宝贵的二纪中，他未能像祖先那样建立功业，所以诗中的"清旷"，就不如先辈那样平和恬淡。于是用了汉代名臣汲黯"拙"于为宦而多挫折之典，"拙疾相倚薄，还得静者便"，表面是说拙宦与疾病给了自己静居山墅以遂初志之便，其实却是这位"静者"内心因仕宦无成而不平的微妙吐露。如果说这种矛盾心理在第一段以静为主，以愤为辅，那么经由二层过宅景物的蕴酿，至第三层就转为以愤为主了。且为树枌槚，用《左传》季孙为己树棺木之材——六棵槚树于蒲团东门之外一典，预想归隐而竟言及备下棺木，毒誓之中可见"静者"的幽愤已不可掩抑了。这种幽愤是谢客山水行旅诗的一贯主题，继承了建安诗人"慷慨以任气，磊落以使才"的特点。

然而在写景与结构上，本诗又较建安诗进步。其中"白云""绿筱"一联是有名的秀句，其实它所以为佳，更在于全篇中所显示的象中之意。诗人帆沧海，过旧山，山行曲折，水涉沿回，重重掩抑，步步曲屈，正在"山重水复疑无路"之际，眼前突然出现一派明丽新景。洁白的云絮环抱着向空壁立的幽峭山岩，而翠绿的藤蔓临岸袅娜映流自媚。这景象清丽之中有一种孤芳自赏的傲兀之气，既含有久经仕途风霜、企望在故宅一憩的心境，又体现其负才自高的气质，是谢氏家风两重性的形象反映。也正因此景物的蕴酿，前后抒情的重心由静主愤辅，转为愤主静辅了。这种深蕴感情而秀美真切的景物描写是谢诗不同于建安诗的第一个重要特征。刘勰所说"隐秀"，即由此发轫。

景物比重的增大使情景转化较前不易，又促使了结构技巧的进展。诗以"剖竹守沧海，枉帆过旧山"倒插收束大段抒情，转入过宅本题以写景，由情景起"葺宇""筑观"之想，又转入归隐之誓。两处顿挫，使情景相融，在一气贯注中见曲屈沉健之致。这又是谢诗结构上较建安诗的重大发展。嗣后杜甫、韩愈诸宗最得力于此。

《过始宁墅》诗景物描写的发展，显示了山水诗其实主要从行旅（另一类是游宴）诗而非从玄言诗中蜕出的轨迹，谢灵运作为山水诗鼻祖的地位由此奠基。由于山水诗尚处草创之期，故谢作较后来诸作为单纯，所以也更能看出与建安诗的沿革关系。至此钟嵘《诗品》论谢诗源出曹植而杂有张协之体一评，当不难理解了。

（赵昌平）

登池上楼

潜虬媚幽姿，飞鸿响远音。

薄霄愧云浮，栖川怍渊沉。

进德智所拙，退耕力不任。

徇禄反穷海，卧疴对空林。

衾枕昧节候，褰开暂窥临。

倾耳聆波澜，举目眺岖嵚。

初景革绪风，新阳改故阴。

池塘生春草，园柳变鸣禽，

祁祁伤豳歌，萋萋感楚吟。

索居易永久，离群难处心。

持操岂独古，无闷征在今。

本诗作于景平元年（422）初春，诗人贬永嘉已近半载。《太平寰宇记》："谢公池，在温州（永嘉）西北三里，积谷山东，'池塘生春草'即此处。"知以本诗名盛，楼居所在之池，因名谢公池。

"池塘""园柳"一联传为名句而古今争议甚大。《谢氏家语》记灵运"在永嘉西堂，思诗竟日不就，寤寐间，忽见惠连，即成'池塘生春草'，故尝云：'此语有神助，非吾语也。'"后世誉之者以为"情在言外"(《诗式》),"非常情所能得"(《石林诗话》);贬之者以为"反复求之,终不见此句之佳"(《溇南诗话》)。其实均有弃篇论句之弊。《冷斋诗话》云:"此当论意,不当泥句。"方为探本之论。

诗的结构一同于前篇《过始宁墅》。前八句、中六句、后六句,构成情—景—情二显一隐的线索。

诗人说虬龙以深潜川渊而保真自媚,飞鸿以奋飞青云而扬音宇寰;二者出处幽显虽然不同,却能各得其性之所安。而我立朝廷,薄云霄,则不能进德修业,有用于世,所以有愧于飞鸿;退居栖川则不能力耕以自养,故而更惭于潜虬。今日落到为求一官之禄,贬处穷荒,数月来卧疾在床,日日与秋冬之空林相对而已。可见永嘉之贬加以秋冬阴冷、病魔缠缪,使诗人的心境处于十分抑郁的状态。这时他偶尔揭起窗帷登楼临眺,突然发现卧疾衾枕中不觉已物换星移,侧耳倾听远处传来春水的波涛声,举目遥望,远山曲屈,尽来眼前。初春的阳光驱散了秋冬的余风,丽日新鲜改变了旧年的阴冷。而近处池塘边更不知不觉地长出了茸茸新草,园柳上栖息的鸣禽变换了种类。这蓬蓬生机的初春景象,便诗人的心情为之一变。他说《诗经·豳风·七月》"春日迟迟,采繁祁祁,女心伤悲,殆及公子同归",《楚辞·招隐士》"王孙游兮不归,春草生兮萋萋",诗人骚客都曾因春景而引起感伤。自己离群索居更感时日永长,难于安心,甚至孔门高足子夏也有"离群索居,亦已久矣"之慨(《礼记·檀弓》)。今日我已处于春日独居之中,但却要使《易·乾》所说"龙德而隐者,不易乎世,不成乎名,遁世无闷"在我身上征验，而可与坚持操守的古圣贤人——当是他在其他一些诗作中提到的张良、鲁仲连等——相比并。

从诗意的简析中可见，"池塘""园柳"一联实于即日之景中包含了诗人与自然猝然相对时的某种感发式的解悟，这就是世界处于新陈交替的不断变化之中，唯有这一点是永恒的，所以自己正不必如先前那样为一时的宦海浮沉而苦闷，而应真正像《易经》所云的那样，不为世俗易其志，不为成名戕其身。情、景、理的高度融洽，又在全诗中处于枢纽地位，方使这一联成为千古不朽的名句。

由此也可悟到人们常批评谢诗"有一条玄言尾巴"之说大可商榷。"无闷"虽用《易》语，却是即景自然而生的悟彻，与其说他是在误玄，毋宁说他是抒情，不过是把建安以来常见的儒理性抒情变为玄理性抒情而已。谢诗受到晋人玄风影响，但他的山水诗既渊源于建安以来咏怀性的行旅诗，所以他把谈玄化为情景理融一的理趣。刘熙载曰："陶谢用理语，各有胜境。"钟嵘《诗品》称孙绰、许询、桓、庾诸公诗"皆平典似道德论"，刘熙载《诗概》亦云"所由乏理趣耳，夫岂尚理之过哉"。这才是探本之论。诗尚理趣由陶谢始，这是二大家的卓著功迹。

本诗还显示了谢灵运用典的功力，不仅前析"祁祁"以下文句都用典，就是第一段前六句也分用《易》经"潜龙勿用"、"鸿渐奋飞"、"君子进德修业，欲及时也"及《尸子》"退耕"之典。建安诗人用典主要为史事，以经子，尤其是《易》辞《庄》语入诗始于谢客，其佳处一在于切而不隔，即使不知是典，从字面意义上也可理解诗意；二在于贯穿。"无闷"结句，遥应起笔"潜虬"，将"潜龙勿用……遁世无闷"一典分于首尾，表现了精神的升华。这种手法在谢诗中是屡见不鲜的，后世以才学为诗之风实启于此。

（赵昌平）

游 南 亭

时竟夕澄霁，云归日西驰。

密林含余清，远峰隐半规。

久晦昏垫苦，旅馆眺郊歧。

泽兰渐被径，芙蓉始发池。

未厌青春好，已睹朱明移。

戚戚感物叹，星星白发垂。

乐饵情所止，衰疾忽在斯。

逝将候秋水，息景偃旧崖。

我志谁与亮，赏心惟良知。

　　本诗为上篇《登池上楼》后一二月，春尽夏来时所作。南亭，在温州城外一里处。诗记南亭之游，分三个层次。起四句写季春黄昏，久雨初霁之清景。"久晦"以下六句写清景涤烦，引动游思，又因所见景色，感知春去夏来。"戚戚"以下八句，即游而起老病之叹，归隐之志。确实，在作诗三个多月后，诗人就挂印买舟，归返故居，比《过始宁墅》诗中预许的"三年"之期，更早了两载。而诗歌的技巧，又较《过始宁墅》至《登池上楼》表现出进一步的发展。

最可注意的是，前此情—景—情（或景—情—景）的结构，演化为景—情—景—情，亦即情景多重交替、盘旋曲折以尽意的格局。这在谢客永嘉之作中尚属偶见，在下一时期初隐始宁后即成了主要体式。诗的主旨仍是一以贯之的幽愤之思，但起笔四句却先勾勒出一派清澄之景。"久晦""旅馆"一联，逆笔补出生在谪宦羁旅，时逢久雨阴霾，心境如陷淫霖之中，久已昏昏沉沉的了。因可见起处之清景，实为偶一临眺所见，隐含有诗人企图摆脱困烦的潜意识。与《登池上楼》篇含意几近而笔法迥异，逆笔写来，便觉不群。为清景引动，诗人漫步郊埛，本意当在希望自然之清气为我进一步澡雪精神，但潜在的幽愤却如此难以摆脱。他一路行来，见到久雨前泽畔方生方长的兰草已经繁茂向老，当时绿叶一片的莲池中荷花已初绽朵蕾。这美景在他人许会感到赏心悦目，但于诗人却适足勾动其深长的幽愤。于是由春夏叠代的"物移"之景，更生白发衰疾的"人老"之叹。《老子》云"乐与饵，过客止"，而诗人则深慨不仅目前的困窘，即如在京之声歌饮食也尽属虚妄。只有乘即将到来的"秋水"，偃息旧山而已。"秋水"用庄子《秋水》"返其真"之意，这归静复本的旨趣，又有谁知？唯二三知己而已。起处的清澄之心，几经曲折，终于又跌入了沉郁的幽恨之中。"时竟"（春尽）、"朱明移"、"秋水"，首、腰、尾三处所用时间词，体现了诗思的顺向展开。而"久晦"一联的逆折，"戚戚"一联的顺转，又使全诗显示出顿挫夭矫之势，遂使两情两景的转化融而为一，诚如王夫之所评："以意为主，势次之；势者意中之神理也；唯康乐为能取势，宛转屈伸以求尽其意。……夭矫连蜷，烟云缭绕，乃真龙，非画龙也。"

与此相应，诗歌的意象也更趋深曲隐秀。试以陶潜《杂诗》之二比较。陶云："白日沦西阿，素月出东岭。遥遥万里辉，荡荡空中景。"每句五字是一层意，且三、四句分承一、二句写来，勾勒出银辉满空、启人远思的澄明之景。谢诗前四句也写昼夜交替，而前二句每五字各二重景：时竟、夕澄霁；云归、日西驰。先构成富于动态美的大背景来。接着三句"含余清"承一句"夕澄霁"；四句"隐半规"承二句"日西驰"，却又分别拈入"密林""远峰"二物。近处密林余清，较远青山落日，与久雨后天清霞飞的背景构成三个层次的景物群，再缀以"含"字、"隐"字，遂在季节交替、晴雨变化、昼夜叠代的动景中酝酿出一种清澄恬美的静景来，正体现出诗人由昏垫而渐渐苏生的心境。

诗的用典更精。"泽兰"以下四句分用《楚辞》"皋兰被径兮斯路渐"、"芙蓉始发，杂芰荷兮"（《招魂》）、"青春受谢，白日昭兮"（《大招》）、"朱明承衣兮时不见淹"（《招魂》），深切即目之景，且隐含有"目极千里伤春心，魂兮归来哀江南"（《招魂》）之意。自然引出下文"秋水"之想，由屈入庄，显示了谢客以屈子之放自比，以庄生达生自解的两个思想侧面。数典连用而一气呵成，不啻口出，这就是谢客之精微稳老。

陶、谢分启田园山水两体，其体格也迥异，嗣后各有传承。试以韦应物《田家》同陶渊明《杂诗》之二对看；谢灵运本诗与柳宗元《南涧中题》比读，其间传承不难自明。

（赵昌平）

游赤石进帆海

首夏犹清和，芳草亦未歇。

水宿淹晨昏，阴霞屡兴没。

周览倦瀛壖，况乃陵穷发。

川后自安流，天吴静不发。

扬帆采石华，挂席拾海月。

溟涨无端倪，虚舟有超越。

仲连轻齐组，子牟恋魏阙。

矜名道不足，适己物可忽。

请附任公言，终然谢天伐。

　　赤石在永嘉郡南永宁（今浙江永嘉）与安固（今浙江瑞安）二县中路之东南，去郡数十里，东濒今温州湾。帆海，注家均以为地名，然据宋郑缉之《永嘉郡记》"帆游山，地昔为海，多过舟，故山以帆名"，在安固县北。则灵运所谓帆海之地，当在此山一带；郑记并无帆海地名，故"帆海"当为动宾结构，题意为游览赤石进而扬帆海上，颇疑帆游山也因谢客此诗得名。诗的重点在帆海，游赤石只是引子。

　　诗作于南亭之游约一月后谢客遍游永嘉山水时，分三个层次。

由起句到"况乃陵穷发"写倦游赤石，进而帆海；"川后"句至"虚舟"句正写帆海情状与心态变化；"仲连"句以下即游生想，结出顺天适己、安养天年之旨。

"首夏"二句遥应《游南亭》诗"朱明移"，既点明此游节令，又显示了自己索漠的心境。游南亭后，谢客诗中常出现"倦"游字样，山水使他暂纾积郁，却不能抚平他内心的幽愤。这里说初夏天气总算清爽和煦，芳草也未因炎威而焦枯。"芳草犹未歇"实反用《离骚》"及年岁之未晏兮，时亦犹其未央。恐鹈鴃之先鸣兮，使夫百草为之不芳"语意，可见二句表面虽言时令，实际却蕴有自己总算未被贬放生活压垮之意。但欣慰并不能持久，在出郡数十里南游赤石时水行水宿，日复一日，单调已极；阴晴雨霞的变化也因屡见而失去了新鲜感。这滨海之游未免使人厌厌生倦，更何况面临的是极北不毛之地穷发更北的冥海呢？

然而当舟船沿港湾进入大海，却奇景忽开：川后既令江水安流，朝阳谷神水伯天吴，虽奇形怪状，脾气暴虐，今日却也"静不发"，仿佛都在迎接诗人的到来。于是他高张云帆，泛舟海上，随意掇取那形如龟足的石华和其大如镜、白色正圆的海月；当他抬头四望，溟海一览无涯，心情也随之豁朗，竟如所乘之轻舟，凌空飘然起来。

出涯涘而观大海，诗人正像《庄子·秋水》中那位河伯一样，心胸顿时开张，积郁烦醒为之一漾。于是他即游生想，远追往古，遥思海上曾有过形形色色的隐者，其中有功成辞赏的鲁仲连，也有"身在江海之上，心居魏阙之下"的公子牟（《庄子·让王》）。但后者只是矜伐虚名的假隐士，与庄子所说无以得殉名（《秋水》)的至理大道格格不入；而鲁仲连所说"吾与富贵而诎于人，宁贫贱而轻世肆志"，才深合漆园微吏物我两忘、适己顺天的第一要义。于是诗人对自己既往自负任气、蹙蹙于得失的生活有所警省，他愿意铭记《庄子·山水》中太公任（任公）对孔子的教训，"直木先伐，甘泉先竭"。露才扬己，必遭天伐，唯有"削迹损势"，澡雪精神，中充而外谦，才能养生以全年——这心胸，不正与渊深无底、广浩无涯、却一平如镜的大海一样吗？这样谢客就以帆海之所见所感，又一次由隐及显地完成了精神的暂时升华。

本诗不仅取义于庄子，且在构想上也得力于《秋水篇》，可见方东树《昭昧詹言》所云谢客博洽，尤稔《老》《庄》，洵为不虚。

诗中"周览""况乃"一联收束倦游赤石，折入扬帆沧海，"溟涨""虚舟"一联由景物而转入抒情，顿束收放之法一同于前数篇；而前者反问后陡转，借"超越"字运神，技巧已更为精到。"扬帆采石华，挂席拾海月"是名句，海产珍奇，而俯拾皆是，加以"扬""挂"两动词之高朗，"石华""海月"自然光华，足见诗人荡舟暖风静海中盈满心胸的恬适之感，下文适己顺天之想也就水到渠成了。这种中充实而溢于外、风华流丽而不伤巧的语言，诚不愧于鲍照"如初发芙蓉，自然可爱"之评。

（赵昌平）

从斤竹涧越岭溪行

猿鸣诚知曙，谷幽光未显。

岩下云方合，花上露犹泫。

逶迤傍隈隩，迢递陟陉岘。

过涧既厉急，登栈亦陵缅。

川渚屡径复，乘流玩迥转。

蘋萍泛沉深，菰蒲冒清浅。

企石挹飞泉，攀林摘叶卷。

想见山阿人，薜萝若在眼。

握兰勤徒结，折麻心莫展。

情用赏为美，事昧竟谁辨。

观此遗物虑，一悟得所遣。

　　本诗为灵运归隐始宁期间所作，唯究竟为景平元年（423）至元嘉三年（426）初隐时，抑或元嘉五年（428）至七年（430）再隐时作，则未能详究。二隐始宁，是谢客山水诗的高度发展时期，较之永嘉之贬时技法、风格又有所进展，本诗可为代表。

　　表面看来本诗的结构反较简单："企石""攀林"二句之前写游程所见，经此转折，"想见山阿人"以下抒情。然而仔细涵咏可见其感情层次更复杂隐蔽，已由情景多次互转，发展出新的格局，即以描写与途述交替，篇中不用情语，却以途述性记游，将几个含蕴不同的景物群连缀为整体，叙述既是游程的环节，又是心情转化的过渡。这样感情线索完全隐伏于游程景物的更迭之下，直至篇末才由隐而显，发抒出来。

起四句是第一个景物群，写侵晨由会稽（今浙江绍兴）东南斤竹涧启程时景象，深山幽谷，晨光来迟，只是从猿啼声中知道天已拂晓。岩下晓雾曙云蒸腾环合，花枝上隔宿的露珠还泫然欲滴。"逶迤"以下六句用叙述法，前四后二分写题面"越岭"与"溪行"。诗人傍崖登顶，过涧升栈，百回千折，终于沿斤竹涧出斤竹岭，涧水流为溪泉，景象渐见舒展，他乘流回折，观赏川流景色，只见浮萍飘浮在沉沉碧潭上；清浅处菱白冒出水面，嫩绿生鲜。这样又构成了第二个清新秀丽的景物群。见此美景，诗人逸兴遄飞，他濯足石上，弄泉挹流，又攀林援枝，摘取尚未舒展的嫩叶。他仿佛已置身于楚辞奇丽的美景中，看到了那"披薜荔兮带女萝"的山鬼。于是他撷取了芬芳的兰草，摘下了洁莹鲜新的瑶华，想献给那美丽圣洁的女神。可是定睛一看，山阿空旷，女神子虚。于是他自我慰遣道：唯自然美景为我真赏，人事仙踪本难分辨。故而只需静观物景，即可去除一切身外之累，从而彻悟至理妙道，"无所不遣"，达到物我同一、皈依自然的精神境界。

诗至最后方可悟，起笔处于幽微中透出一线明丽的光景，其实正反映了诗人出游前迷惘而又渴欲冲破迷惘的心境。在越岭度溪的叙述中，简洁的短句、急促的音调，隐隐可感诗人游兴的逐渐高扬；而山回水转后第二个景物群的清新明丽，更将游兴升华到神思飞驰、现实与神话合一的境界。正在高扬的顶点时，诗人又突然发现，想象中的神灵——现实中的知音，实不可见，于是又从飞扬跌入怅惘，蕴酿出篇末玄气缊缊中一点灵明的抒怀，正与起处幽微中一丝明丽之景相应。首尾融浑，中间感情线曲屈潜流，夭矫连蜷。这种格局与情景多重交叠的格局，是谢客归隐后山水诗的两种主要体式。较之永嘉时期，诗中的景象更为繁密，意脉也因此更为深隐；形成密丽深秀中见郁勃情思的风格；与建安诗之发越疏朗神虽通而貌迥异，最能体现谢诗的个性特征。

这种风格，当然要求更精巧的构思，来使繁密的景物丽而不滞，使情景之间不致断裂。诗人在这里运用了将实景虚化的手法。"企石挹飞泉，攀林摘叶卷"，在景中融入诗人的动作，动作的轻快将景物点缀得轻灵欲飞，人景合一，这样自然导入了想象中的神话世界。真可谓"天质奇丽，运思精凿"（王世贞《艺苑卮言》），体现了晋宋之间由深究物理，然后返之于自然的美学观念。（赵昌平）

入彭蠡湖口

客游倦水宿，风潮难具论。

洲岛骤迴合，圻岸屡崩奔。

乘月听哀狖，浥露馥芳荪。

春晚绿野秀，岩高白云屯。

千念集日夜，万感盈朝昏。

攀崖照石镜，牵叶入松门。

三江事多往，九派理空存。

灵物怪珍怪，异人秘精魂。

金膏明灭光，水碧缀流温。

徒作千里曲，弦绝念弥敦。

　　诗作于元嘉八年（431）晚春，由京城建康赴临川（治今江西南昌）内史任途中。先此会稽太守孟顗诬奏谢灵运在浙聚众图谋不轨，谢灵运赴京自诉，总算宋文帝"见谅"，留他在京一年后外放江西，其意实在驱虎离山，断其根本。聪敏如灵运，当然心中明白。前此二度归隐已使他悲愤难已；今日横遭罗织自然更添怨望。从离开石首城起，途中诸作均以屈子自比，一旦入水势浩渺的彭蠡湖，心潮更与风涛激荡。遂以如椽雄笔，总揽入湖三百里景物，抒达幽愤。

诗以"倦""难"二字双起，立一篇总纲。"洲岛"两句从"风潮难具论"生发，总写洞庭水势之凶险浩荡。"难"因"倦"生，隐隐见出诗人如潮心声。然而五、六句笔势陡转，二句一组，忽开一朝一夜两幅恬静的美景。诗人沿途或乘月夜游，聆听那哀怨的猿啼，赏玩那芳草的浓香；或晨起远眺，近岸秀野晚春，一望碧茵，远处苍岩高峙，白云抱峰。然而静景其实不静，"千年""万感"两句打转，抉出诗人在"日夜""朝昏"中不停地思索着这"难具论"的冥冥之理。但百思千索，看来依然只是"难具论"，于是他再也不耐这静思默想，攀援峭崖，登上了浔阳城旁、庐山之东的石镜山；更牵萝援叶，穿过四十里夹路青松，进入湖中三百里的松门山顶，访异探秘，登高远望，企望灵踪仙迹能照彻他心中的疑难。但往事已矣，《尚书·禹贡》以后，古书所记"三江既入""九江孔殷"等说，由于沧桑变迁，均已难得其详，难究其理；郭璞《江赋》中曾载"纳隐沦之列真，挺异人乎精魂"；"金精玉英瑱其里，瑶珠怪石琗其表"；然而时至如今，灵物异人固已惜其珍藏，秘其精魂；金膏仙药，温润水玉，更早已秘其明光，唯余流温。"天地闭，贤人隐"，对于这"难具论"的宇宙之理，诗人再也不愿寻究了。于是他奏起了哀怨的《千里别鹤》古琴曲，"黄鹤一远别，千里顾徘徊"，是到了决计归隐、千里远遁的时候了。心潮阵阵，催促诗人紧拨快弹，企望琴音能一洗烦襟。突然断弦一声，万籁俱寂，不尽余音在江天久久回荡……从这弦外之音中，人们可以听到诗人心中无可排遣的愁思，他写的是湖行风潮，深隐其中的，则是对人生旅途的厌倦，对生活之理的苦苦沉思而"难"于"具"解。

本诗表现了谢诗的新进境。首先是边幅趋向广远，打破了游程的格局，以二十句之数总揽入洞庭后三百里景物，以少总多，词气飞动。其次是笔致趋于跳荡，虽然保持着谢诗固有的绵密思理，但景象的转换完全泯去了针痕线脚，由水势到夜游二番景象间不用任何过渡，全由空际运神，再逆挽醒明含意，得动静相生、浓淡相间之理。又于似断复续中，得拗健夭矫之致。再次是情、景、理的进一步融洽。全诗反复要说的是自然人生的难究之理，这理既由"倦"游——山河旅游与人生旅游——之情而生，又以"三江""九派"一联作中峰回互，将旅途之实景与往古之传闻组成叠出重见、虚实相映的景象。情思如伏洞潜注，百折千转，最后在铮然断弦声中向空际发散，形成极其宽远的诗歌境界。

谢诗下开诗史上密丽深复一脉，承中有变，一变建安之体，而其临川后诗，又表现出由密复疏的倾向，这是一个典型的例子，预示了以后杜甫、韩愈诗的某些特征。

（赵昌平）

谢惠连

谢惠连（397—433），陈郡阳夏（今河南太康）人，谢灵运族弟。少年因行止失检而不得仕进，后为彭城王刘义康法曹参军。他十岁能作文，深得谢灵运赏识，据说谢灵运名句"池塘生春草"即因梦见惠连而得。工诗赋，除名篇《雪赋》外，诗作多俳偶雕刻，极似灵运，其乐府诗则颇有牢骚不平之气。后人将他与谢灵运、谢朓合称"三谢"。原有集，已散佚，明人辑有《谢法曹集》。　　（朱迎平）

捣　衣

衡纪无淹度，晷运倏如催。

白露滋园菊，秋风落庭槐。

肃肃莎鸡羽，烈烈寒螀啼。

夕阴结空幕，宵月皓中闺。

美人戒裳服，端饰相招携。

簪玉出北房，鸣金步南阶。

楸高砧响发，楹长杵声哀。

微芳起两袖，轻汗染双题。

纨素既已成，君子行未归。

裁用笥中刀，缝为万里衣。

盈箧自余手，幽缄俟君开。

腰带准畴昔，不知今是非？

这是一首思妇诗。古代游子远行，家中妻子每于秋风起时，捣帛裁衣，远寄亲人。《诗经·豳风·七月》中已有"七月流火，九月授衣"的诗句，晋、宋间产生于长江下游的乐府歌曲《子夜四时歌·秋歌》中，更有具体的描写："风清觉时凉，明月天色高。佳人理寒服，万结砧杵劳。""白露朝夕生，秋风凄长夜。忆郎须寒服，乘月捣白素。"谢惠连的这首《捣衣》诗，在民间歌词的基础上进一步渲染铺张，将秋夜月下捣衣的情景描绘得历历如画，并细腻地刻画了闺中思妇的心理，将传统的思妇题材引入了一个新的境界。

这首五言古诗共分三层。第一层八句，以斗转星移、日月如梭点明时间，渲染了一派夏去秋来的景象：白露初降，秋风顿起，园菊开放，庭槐落叶，蟋蟀振翅，寒蝉啼鸣，夕阴如幕，皓月中天。这一系列典型景物的铺叙，构成了一幅清秋月夜的明丽画面。第二层八句，描绘了思妇辛勤捣衣的情景：郑重其事地装饰出闺，满怀深情地举杵击砧。这里用砧响时发、杵声哀急，烘托人物的思绪心态；用两袖起落、双额轻汗，刻画其动态神情，由此形象鲜明地展现出一幕月下捣衣的动人场景。第三层八句，进一步刻画思妇对亲人的思念之情。刀裁手缝，寒衣告成，这盈箧的衣物都是亲手制成，紧闭的衣箱等待夫君开启：思妇的一片真情将通过这针针线线带给远方的亲人。更动人的是末两句：腰带仍是依照原来的尺寸，不知如今束上是太松还是太紧？这细微的心理活动，蕴含着多少对亲人的关切、爱怜和思念！人物的内心在此展现得极为细腻，又极为含蓄。

思妇是古典诗歌的传统题材，但历来的思妇诗往往着重表现主人公悲切、哀怨的情思。这首《捣衣》则别出机杼：它描绘的秋景萧瑟而不悲，它刻画的思妇端丽而不怨，它尤其着力表现思妇对亲人的一往情深。因而整首诗格调开朗明丽，情致缠绵，开辟了思妇诗的崭新意境，给人以清新的艺术享受。

诗篇善于抓住典型的细节绘景状人，刻画心理，融汇成情景交融的动人意境。工整的俳偶、绮丽的藻饰，则直接效法谢灵运，体现了惠连诗歌的特色。至如"櫩高砧响发，楹长杵声哀。微芳起两袖，轻汗染双题"等句，更是笔调轻灵，词采清丽。诚如钟嵘《诗品》所评："小谢才思富捷……《捣衣》之作，虽复灵运锐思，亦何以加焉。"

谢惠连之后，梁代柳恽、萧衍、王僧孺、费昶，周代庾信等，都有捣衣题材的诗作，唐代李白更有"长安一片月，万户捣衣声"（《子夜吴歌》之三）的名句。因此，惠连对于这一传统题材上承民间歌曲、下开文人先声的功绩也是值得一书的。 　　　　（朱迎平）

陆　凯

陆凯（生卒年不详），字智君，代（今河北蔚县东）人。为人谨重好学，以忠厚见称。曾任正平太守，在郡七年，号称良吏。　　　　　　　　　　　　（曹明纲）

赠范晔

折花逢驿使，寄与陇头人。

江南无所有，聊赠一枝春。

　　这是一首清新自然、情意深长的小诗。据《太平御览》引《荆州记》载："陆凯与范晔交善，自江南寄梅花一枝，诣长安与晔。"并赠送了这首诗。诗句平易质朴，明白如话，短短的四句中却蕴含着炽烈真挚的感情。诗采用了因物寄情的手法：梅花是江南的报春之花，折梅寄友，礼轻情深，它带给远方好友的是江南春天的浓郁气息，是迎春吐艳的美好祝愿，其中凝聚着馥郁芬芳的真挚情谊。

　　折芳寄远，在中国古典诗歌中有着悠久的传统。《楚辞·九歌·湘夫人》："搴汀州兮杜若，将以遗兮远者。"《古诗十九首》："涉江采芙蓉，兰泽多芳草。采之欲遗谁？所思在远道。"然而这些"寄远"的对象，往往都是情侣恋人。陆凯的折梅寄友，不但扩大了这种因物寄情的范围，更以其富于象征性的形象和真挚朴实的情感，激荡着历代文人的心灵，成为诗词曲赋中常用的典故。如宋之问《题大庾岭北驿》诗："明朝望乡处，应见陇头梅。"黄庭坚《刘邦直送早梅水仙花》诗："欲问江南近消息，喜君贻我一枝春。"秦观《踏莎行》词："驿寄梅花，鱼传尺素，砌成此恨无重数。"王实甫《西厢记》曲词："不闻黄犬音，难传红叶诗，驿长不遇梅花使。"等等，举不胜举。一首小诗具有如此久远的艺术生命，这在浩瀚的古典诗苑中也是不多见的。

作者陆凯当是与范晔同时代的诗人。有学者考证范晔一生未到过长安，怀疑这首诗的来源和作诗本末有误。（见曹道衡《中古文学史论文集》）清人唐汝谔《古诗解》则指认作者为北魏陆俟之孙，并说是范晔折花赠陆，此说恐难以成立。（同上）又有谓作者乃三国吴名将陆逊族子，而此范晔则非《后汉书》作者，但也无确证。尽管此诗的本事尚难确考，但不影响它作为一首脍炙人口的好诗。

（朱迎平）

汤惠休

汤惠休，字茂远，早年出家为僧，名惠休。后宋孝武帝令其还俗，官至扬州刺史。诗在当时甚有名，与鲍照并称"休鲍"。《宋书·徐湛之传》称其"善属文，辞采绮艳"。有文集四卷，今佚，仅存诗十一首。　　　　　　　　　　(曹明纲)

白 纻 歌

少年窈窕舞君前，容华艳艳将欲然。

为君娇凝复迁延，流目送君不敢言。

长袖拂面心自煎，愿君流光及盛年。

　　这首乐府诗郭茂倩《乐府诗集》收入《舞曲歌辞》。该题最早起于晋，是宫廷中的舞曲歌辞，歌者需亦歌亦舞。白纻是江南的一种歌舞形式，称为"吴舞"，歌辞一般"盛称舞者之美，宜及芳时为乐"（《乐府解题》），汤惠休这首诗也是这样。

　　前二句写舞者之美，芳年丽质，窈窕身姿，其容华美貌，就像一朵艳艳绽开的花朵。用"欲然（燃）"来夸张花的鲜艳，并以此比喻舞者的美貌，比中寓比，可谓新颖别致。次二句极写舞者的姿态：步履迁延，去意徊徨，凝眸流盼，含情不语，把舞者的内在情韵惟妙惟肖地勾勒了出来。末二句写舞者对"君"的祝愿。作为宫廷的舞曲歌辞，这种祝愿原是一种陈式，用来引得观赏者的愉情快意。但诗人仍抓住舞者含蓄、娇羞的特点，把她长袖掩面莲步趋"君"、未及祝辞而面已红晕的嗔态，表现得活灵活现。

　　诗写舞者，从容貌到身姿，再到神态，层层逼近，丝丝入扣，使一个妖媚多姿、娇羞含情的舞者形象，活脱脱呈现出来。其笔法之细腻轻捷，描写之婉转多姿且饶有情致，反映了诗人敏锐的观察、捕捉意象的能力和毫厘毕现的艺术表现功夫。颜延之曾经鄙薄汤惠休的诗是"巷中歌谣"（《南史·颜延之传》)，这倒透露了汤诗受民间歌谣影响的消息。此诗迁延妖媚、清丽流转的风貌，既体现了汤诗"辞采绮艳"（《宋书·徐湛之传》)的一面，又反映了深得南朝乐府民歌精髓的特色。

（吴小平）

秋 思 引

秋寒依依风过河，白露萧萧洞庭波。
思君末光光已灭，眇眇悲望如思何？

这首诗写的是美人秋思的传统题材，意思大率从《楚辞·湘夫人》"嫋嫋兮秋风，洞庭波兮木叶下"一语化来。但读来颇觉不凡。首二句写秋景。先出"秋寒"二字，状写思妇主观感受，并接"依依"二字渲染"秋寒"的迁延容与、浩荡无边，然后再入洞庭湖秋风瑟瑟、白露萧萧的烟波浩渺之景——由主观之情而入客观之景，仿佛着一有色眼镜观眺四方，景物都被笼罩一层主观色彩之中。后二句即承此意，宛若思妇自言自诉之语，传写出思君不见、情怀难寄的无可奈何之情。

沈德潜曾说："禅寂人作情语，转觉入微，微处亦可证禅也。"（《古诗源》)意即禅人善悟，故作情语皆能体会入微，毫厘毕现。汤惠休作此诗，正可谓"禅寂人作情语"。汤曾为僧，惠休即其法号，后奉宋孝武之命还俗。而他的善作情语，在当时就颇有名。钟嵘说"惠休淫靡，情过其才"（《诗品》卷下），《宋书·徐湛之传》亦谓其"辞采绮艳"。这说明他既善禅寂入理，又善体悟入情，二者兼胜。惟其如此，此诗才体情绘景，入微入致，呈现出情思婉转、意绪流连的风貌，一个眇眇悲望、愁思无极的思妇形象，呼之欲出。 （吴小平）

鲍　照

鲍照（412前后—466），字明远，东海（今江苏连云港东）人。出身寒微，虽曾任秣陵令、中书舍人等职，却终生不得志。后为临海王刘子顼前军参军，子顼兵败，照为乱兵所杀。

鲍照以诗著称，与谢灵运、颜延之同时而被誉为"元嘉三大家"。诗作多抒写庶族寒门对士族政治的不满，对人民饱受战乱、徭役和压迫、剥削之苦的现实也时有反映。长于乐府，尤擅七言歌行。《南齐书·文学传论》称其"发唱惊挺，操调险危，雕藻浮艳，倾炫心魂"；沈德潜《古诗源》则说他的乐府"如五丁凿山，开人世所未有"。对唐代诗人李白、岑参等都甚有影响。又善赋与骈文，《芜城赋》与《登大雷岸与妹书》是其代表。今传《鲍参军集》十卷，以钱仲联增补集校《鲍参军集注》本注释较详。　　　　　　　　　　　　　（曹明纲）

代 挽 歌

独处重冥下，忆昔登高台。

傲岸平生中，不为物所裁。

埏门只复闭，白蚁相将来。

生时芳兰体，小虫今为灾。

玄鬓无复根，枯髅依青苔。

忆昔好饮酒，素盘进青梅。

彭韩及廉蔺，畴昔已成灰。

壮士皆死尽，余人安在哉？

汉乐府有《薤露行》《蒿里行》，属《相和歌辞》。据崔豹《古今注》，此二题原为一曲，汉李延年一分为二，"《薤露》送王公贵人，《蒿里》送士大夫庶人。使挽枢者歌之，亦谓之《挽歌》"。可见鲍照此诗即为拟汉乐府所作。鲍照另有《代蒿里行》一篇，按理本篇当为拟《薤露行》。以诗意揆诸古辞所谓"送王公贵人"者，信然。

此诗构思奇特。它把王公贵族的死后寂寞凄凉，同生前的荣华富贵杂糅在一起，从对比中措笔。诗笔跌宕跳跃，倏闪多变，倏忽沉入万丈窈冥，黝冷阴森，寒气逼人；倏忽飘摇九重高台，富贵荣华，不可一世。其运笔于平实中夹带渲染，不置一辞议论，而诗旨自见。起二句即从对比中着笔。诗人奇思恍若从天外飞来，想象枯髅独处重冥之下，忆起昔日意气扬扬，健步攀登凌云高台。"重冥"与"高台"，不啻势差千里，人生感慨因此尽涵其中。全篇即承此意脉，一路铺写下去，处处抓住"生时"和"今"时的强烈对比：从平生傲岸到死后独处，从威仪显赫、炙手可热到清冷阴森、蝼蚁为伍，从生时山珍海味、素盘青梅到身首异处、反成蝼蚁美味……诗人不厌其烦，不避絮叨，仿佛一位万能的上帝在播弄人间地狱，把玩生人死尸，令人毛骨悚然，不寒而慄。最后四句是点睛之笔。彭越、韩信乃汉时名将，廉颇、蔺相如乃战国时名相，然而曾几何时，他们叱咤风云，纵横捭阖，而今却早已化为灰烬，荡然无存。一代将相，尚且不免身后寂寞，又遑论庶民百姓！所以诗人最后忍不住直言发问："壮士皆死尽，余人安在哉？"

此诗想象奇特，著意深沉。赋髑髅以生灵思想，缅怀生前，感

慨身世，从而混沌了生死界限，置生人死尸于一域。在这个恍惚迷
离的世界中，有生有死，有玉体兰芳，有髑髅横陈；有富贵荣华，
有阴森寂寞。表层意象繁复纷陈，错迭重置，难以明辨，不可句
摘。直到最后，才以清警惊挺之笔，揭起全篇，振聋发聩。如此铺
陈蓄势之法，运用得堪称圆熟老到。另外，人死挽歌，本为庄严肃
穆之主题，此诗却写得出古入今，上天下地，字里行间闪烁着讥讽
调侃的意味，裹藏着嬉笑怒骂的锋芒，即此可见诗人的性情品貌。

（吴小平）

代东门行

伤禽恶弦惊，倦客恶离声。

离声断客情，宾御皆涕零。

涕零心断绝，将去复还诀。

一息不相知，何况异乡别。

遥遥征驾远，杳杳白日晚。

居人掩闺卧，行子夜中饭。

野风吹草木，行子心肠断。

食梅常苦酸，衣葛常苦寒。

丝竹徒满坐，忧人不解颜。

长歌欲自慰，弥起长恨端。

　　《东门行》属《相和歌辞》，古辞今存。这首诗题中"代"字，就是模拟的意思。《乐府解题》说："古词云：'出东门，不顾归。入门怅欲悲。'言士有贫不安其居者，拔剑将去，妻子牵衣留之，愿共铺糜，不求富贵，且曰'今时清，不可为非'也。若宋鲍照'伤禽恶弦惊'，但伤离别而已。"（郭茂倩《乐府诗集》引）指出了鲍诗与古辞的联系与区别。

　　此诗在结构上有鲜明特征。它以平仄韵脚的迭换来脉络篇章，结构全诗，使之层次分明，气脉贯注，饶有一唱三叹之致。前四句平韵，写宾客送别。"伤禽"句化用典故。战国时，更羸与魏王同处京台之下，有鸟受伤悲鸣，孤飞失群，更羸发虚弓而下之。事见《战国策·楚策》。诗人将伤禽恶虚发之弦同游客恶离歌之声联在一起，亦比亦兴，带有起兴的意味。这四句写宾客送行，先言送客人与驾车御者的伤别，用以反衬、烘托"行子"的伤别。所以，以下四句就顺势引带出"行子"，韵脚亦随之转为仄韵。诗人在这里主要抓住两点刻画行子伤离恨别之情：一是举止犹豫，形貌迁延，将行不行，欲去还别，把行子不忍遽去的情态惟妙惟肖写了出来；二是心理活动，"一息不相知，何况异乡别"，片刻分离已很难受，更何况这是远走异乡的长久别离呢？前为表，后为里，一表一里，形神俱备。"遥遥征驾远"六句，仍用仄韵，但换了韵字，转写游子征程艰辛。征途杳渺，白日已晚，居家者早已掩扉而卧，而行子却直到夜半才用餐。荒山野树，秋风萧瑟，行子每睹此景，不由心肠欲断，黯然神伤。这里着重描写落日余晖、野风扑朔的征途黯淡之景，用以折射行子寥落和凄凉的心境。最后六句再转平韵，诗笔从客观物境转到主观心境，直抒胸臆。中间忽入"食梅"二句，似不着边际，实带起兴，巧妙自然地引带出下文"丝竹徒满坐，忧人不解颜"来。笔法甚得乐府古调神理。所以吴伯其说："'食梅'二语，是以缓语承急调，与古乐府'枯桑'二句（按即《饮马长城窟行》诗中忽入"枯桑知天风，海水知天寒"二句）同法。"（转引自钱仲联《鲍参军集注》）末二句甚妙。行子忧思难解，本拟长歌当哭，一吐胸中块垒，不想反而"弥起长恨端"，越发牵引起更多更深的意绪来。李白的名句"抽刀断水水更流，举杯消愁愁更愁"(《宣城谢朓楼饯别校书叔云》)，风貌神理，与此如出一辙。

此诗韵脚的形式标志十分明显，安排也颇具匠心。首以平韵起篇，切合别情初生的情状；中用仄韵，使诗篇呈现出紧促、急遽的韵律和节奏，从直观上直接传递出行子临歧而别和旅途艰难跋涉的局促、抑郁之情。结尾再转平韵，纡徐阐缓，蕴藉含蓄，具有篇结而意不结的艺术效果。而且，诗人在前六句中还采用蝉联法，以上句句末之辞作为下句句首之辞，使之赓续回环，环环相生，从而在平仄韵脚间架起了桥梁，造成诗篇似断似续、络绎相生的参差错落之美。显然，这种方法深得上面提到的《饮马长城窟行》以及《平陵东》等汉代乐府民歌的精髓，是鲍照学习汉魏乐府诗的代表作之一。

(吴小平)

代陈思王京洛篇

凤楼十二重，四户八绮窗。

绣桷金莲花，桂柱玉盘龙。

珠帘无隔露，罗幌不胜风。

宝帐三千所，为尔一朝容。

扬芬紫烟上，垂彩绿云中。

春吹回白日，霜高落塞鸿。

但惧秋尘起，盛爱逐衰蓬。

坐视青苔满，卧对锦筵空。

琴瑟纵横散，舞衣不复缝。

古来共歇薄，君意岂独浓。

唯见双黄鹄，千里一相从。

　　此篇一作《煌煌京洛行》，属《相和歌辞·瑟调曲》。陈思王曹植今无此诗，倒是魏文帝曹丕有此题一首，郭茂倩《乐府诗集》列于鲍诗之前，并说鲍照此诗"始则盛称京洛之美，终言君恩歇薄，有怨旷沉沦之叹"。

　　这首诗气骨俊逸，奇丽非常。起十二句，极写京洛之盛。诗从凤楼落笔，写凤楼高耸入云，宏敞宽大，雕饰华丽，装点精美，香飘云天，歌吹动地，极尽铺陈排比之能事。"宝帐"二句带出歌舞美女，状写君王的豪奢。"春吹"二句，言吹响可以回春，歌声可以召秋，用笔夸张，写出歌舞动地、歌吹沸天的繁华景象。"但惧"六句，接"为尔一朝容"之歌舞美女，由极盛急转入极衰。春去秋来，人老色衰，歌女门庭冷落，锦筵空空，琴瑟不鼓，舞衣不缝，坐卧皆难以为怀。这与前写京洛歌舞之盛，形成鲜明强烈的对比。"古来"二句倒卷，收束全篇，意思渐出。从女色盛衰，见出世事沧桑之变，措意深沉凝重。郭茂倩所谓"怨旷沉沦之叹"，于此全出。从"煌煌京洛"隐现出来的，竟是沉沉之意。末二句笔锋再转，以黄鹄千里双飞作结，笔势遒健，纵放如飞，以放为收，振起全篇。

全诗以铺陈之法，极写盛、衰二端，于强烈对比之中，只以"古来"二句，作画龙点睛之笔，见出深刻寓意。其骨力纵健，笔势酣畅，语言绮丽，可略见汉魏古风与晋宋诗的绮丽相结合的鲜明特色。

（吴小平）

代白头吟

直如朱丝绳，清如玉壶冰。

何惭宿昔意，猜恨坐相仍。

人情贱恩旧，世议逐衰兴。

毫毛一为瑕，丘山不可胜。

食苗实硕鼠，玷白信苍蝇。

凫鹄远成美，薪刍前见陵。

申黜褒女进，班去赵姬升。

周王日沦惑，汉帝益嗟称。

心赏犹难恃，貌恭岂易凭。

古来共如此，非君独抚膺。

　　《白头吟》属《相和歌辞·楚调曲》。古辞写女子与负心男子决绝，谴责他三心二意，不重爱情。这是"缘事而发"，从人情浅薄写出世态炎凉。鲍照拟作此诗，则是基于对世态炎凉的深刻认识和切身感受，来认识人情恩旧和世议兴衰，因而不胶着于一时一事，而是综合古今，旁征博引，统观俯瞰，概括力强。作品运笔纵横开阔，字里行间，闪耀着一定的思辨色彩。

　　首二句以丝绳之直、壶冰之清，喻女子清高玉洁之质，比兴起篇。接二句诉说无端遭受猜忌，恩情中绝，用跌宕之法切入正题。

"人情"以下十四句，即承此意脉铺陈而下。"人情""世议"云云，带有感慨意味，揭领中心旨意。接着，"毫毛"四句申"世议逐衰兴"意。毫毛喻小，丘山喻大，所谓山陵之祸，起于毫毛之意。这是"猜恨坐相仍"的根源。"食苗"句化用《诗经·魏风·硕鼠》"硕鼠硕鼠，无食我苗"句意；"玷白"句语本郑玄《毛诗笺》："蝇之为虫，污白使黑，污黑使白，喻佞人变乱善恶也。"这是对"世议逐衰兴"的进一步阐发。"凫鹄"六句，则转申"人情贱恩旧"意。凫鹄远美，隐括田饶讽鲁哀公以远近而贵鹄贱鸡之事（见《韩诗外传》）；前薪见陵，则化用汲黯讽汉武帝"陛下用群臣，如积薪，后来者居上"之语，都用来说明人情贱旧贵新、忘恩负义的浅薄。接着再征引周幽王得褒姒而黜申后、汉成帝宠赵飞燕而去班婕妤的故事，用帝王的喜新厌旧、始幸终弃，进一步申说"人情贱恩旧"。这里，用典方法颇具匠心。按照正常表述语序，这四句应当写成"周王日沦惑，申黜褒女进；汉帝益嗟称，班去赵姬升"。诗人却有意颠倒，先把现象双双突出于前，再将原因重重揭示于后，从而显示出较浓厚的思辨意味和较深沉的感喟声吻，给人以鲜明强烈的印象。末四句总括题旨，领起全篇。全诗说古道今，旁征博引，若历历贯珠，琳琅满目，至此则以一线贯穿，纲举目张，崭出全貌。

此诗征引繁复，几乎字字有本，句句有事，显得典重质实，曲折幽微，似与鲍诗遒劲豪迈、沉雄俊爽的风格大不相像。实际上，这不完全是写法问题，它反映了诗人较为深沉的历史意识和人生感喟。以古证今，鉴往知来，往往触处悟道，思理奔汇，浸润着血的灵性与泪的思索。

（吴小平）

代东武吟

主人且勿喧，贱子歌一言：
仆本寒乡士，出身蒙汉恩。
始随张校尉，召募到河源；
后逐李轻车，追虏出塞垣。
密涂亘万里，宁岁犹七奔。
肌力尽鞍甲，心思历凉温。
将军既下世，部曲亦罕存。
时事一朝异，孤绩谁复论？
少壮辞家去，穷老还入门。
腰镰刈葵藿，倚杖牧鸡豚。
昔如鞲上鹰，今似槛中猿。
徒结千载恨，空负百年怨。
弃席思君幄，疲马恋君轩。
愿垂晋主惠，不愧田子魂。

　　这首乐府诗深得汉乐府民歌的神髓，通篇闪烁着真情激越、气骨浑成的风采。作品采用第一人称，直接倾吐身世，诉说炎凉，并由此贯穿全诗，脉络篇章，从而加浓了全诗叙事的抒情成分，使之充满了感情色彩。主人公早年驰骋疆场的豪气，暮年被弃置的愤懑和对未来痴心的希冀等种种意绪，在篇中如泉涌兔突，纷至沓来，而声情口吻，神貌毕现，形象感人。这种结构方法，显然要比诗人代为诉说，更加直观、形象和富于感染力。汉乐府民歌《孤儿行》《白头吟》等，用的都是这种第一人称的写法。

全诗可分三个层次。前十四句为第一层，是对叱咤风云的战斗生涯的回忆。主人公穷老蓬门之时，回首往岁，壮怀激烈，虽不无自矜自得之意，却深深涵濡了人事沧桑、世态炎凉的无限感喟。"时事一朝异，孤绩谁复论"二句，以感慨作过渡，转入第二层直接诉说老年被弃置的悲哀，但仍时时关带"少壮辞家去""昔如鞲上鹰"的风云壮举，从而将壮岁旌旗、纵横捭阖的英武豪气同暮年皓首蓬门、穷老终身的困屯潦倒相对照，造成强烈对比，令人惊心动魄。第三层是最后四句。"弃席"用晋文公不弃籩豆席蓐事，见《韩非子·外储说》；"疲马"用田子方不弃老马事，见《韩诗外传》。此诗借用这两个典故，旨在表明老人对当朝君主仍寄予期望，希望他们能像晋文公、田子方那样，不忘旧恩，不弃老废。

整首诗的时间跨度和空间跨度都很大，熔往事追怀与现实描绘于一炉，从先后强烈对比中烘托出中心旨意。运笔讲究内在节奏，沉湎往事时，不惜言辞，反复述说。"始随……后逐……"、"密涂……宁岁……"、"肌力……心思……"诸句，极尽铺陈排比之能事；意气激愤时，则不避嫌疑，慷慨陈词："时事一朝异，孤绩谁复论？""徒结千载恨，空负百年怨"，从而显得张弛有度，开阖自如。

叙事、抒情、议论，浑然一体，络绎生辉。鲍照这种写法的影响甚大。方东树就曾指出，杜甫"《出塞》有一首从此出"（《昭昧詹言》）。实际上，更明显的还有王维的《老将行》，风采神韵都酷似这首《代东武吟》。

（吴小平）

代出自蓟北门行

羽檄起边亭，烽火入咸阳。

征骑屯广武，分兵救朔方。

严秋筋竿劲，虏阵精且强。

天子按剑怒，使者遥相望。

雁行缘石径，鱼贯度飞梁。

箫鼓流汉思，旌甲被胡霜。

疾风冲塞起，沙砾自飘扬。

马毛缩如猬，角弓不可张。

时危见臣节，世乱识忠良。

投躯报明主，身死为国殇。

　　这首乐府诗，郭茂倩《乐府诗集》收在《杂曲歌辞》中，题下注引了两条材料：一是曹植《艳歌行》："出自蓟北门，遥望胡地桑。枝枝自相值，叶叶自相当。"说明鲍照此诗题出曹植《艳歌行》。二是《乐府解题》："《出自蓟北门行》，其致与《从军行》同，而兼言燕蓟风物，及突骑勇悍之状。若鲍照'羽檄起边亭'，备叙征战苦辛之意。"这又说明乐府旧题《出自蓟北门行》的内容原与《从军行》相同，为"备叙征战苦辛之意"。可见鲍诗直承乐府宗旨，拟曹诗而不拘泥，因而被《乐府旧题》推崇为此题的"正调"。

　　起二句甚急，写军书飞驰，烽火连天，将边境风云突变的紧张气氛突现在人们面前。前人谓鲍诗"发唱惊挺"，即此可见一斑。接四句写敌我双方阵容。朝廷闻警，一面征调骑兵驻守广武（故城在今山西代县西），一面结集部队救援朔方（辖境相当于今内蒙境内黄河以南地区）。而敌方却装备精良，阵容强大。这四句交代总的形势，用"蓄势"法为以下铺写作了必要的衬垫。因为敌强我弱，战事一时难以进展，所以"天子按剑怒，使者遥相望"。军令如山，使者如云，将士们必须坚守阵地，不得后退。以下八句便具体描写将士们坚守战场的艰苦情形。"雁行""鱼贯"句状队伍急速行军，有条不紊；"箫鼓""旌甲"句写气候奇寒，军旗和铠甲都沾满了白霜，将士们对汉土无限思恋；"疾风"四句则进一步渲染恶劣的自然条件：疾风呼啸，沙砾飞扬，使军马都不得不像刺猬一样蜷缩，手中的弓竟也冻得拉不开了。这里不言战事，仅以恶劣的自然环境，便将边疆将士征战的艰难困苦烘托了出来。末四句化用屈原《国殇》篇意，意在剖白边疆将士报效明君、誓死卫国的心迹，情调激昂，气壮山河。"时危"二句更是光烁古今。文天祥《正气歌》"时穷节乃见，一一垂丹青"之意，当即从此化出。

　　诗人以忽闪多变的诗笔，摄取了一个个形势各异的场景：从边疆到朝廷，从天子到将士，从敌军到我军，从气候风物到人物心理，画面缤纷络绎，转换迅速，显示出以奇险取胜的鲜明特色。

　　　　　　　　　　　　　　　　　　　　　　（吴小平）

代陈思王白马篇

　　白马骍角弓，鸣鞭乘北风。

　　要途问边急，杂虏入云中。

　　闭壁自往夏，清野径还冬。

　　侨装多阙绝，旅服少裁缝。

　　埋身守汉境，沉命对胡封。

　　薄暮塞云起，飞沙被远松。

　　含悲望两都，楚歌登四墉。

　　丈夫设计误，怀恨逐边戎。

　　弃别中国爱，邀冀胡马功。

　　去来今何道？卑贱生所钟。

　　但令塞上儿，知我独为雄。

　　这首乐府诗属《杂曲歌辞·齐瑟行》。郭茂倩说：“《白马》者，见乘白马而为此曲。言人当立功立事，尽力为国，不可念私也。”《乐府诗集》陈思王曹植有《白马篇》一首，写“捐躯赴国难，誓死忽如归”的边塞游侠，带有自我写照色彩。鲍照此诗即拟曹诗而作，在一个边塞壮士的形象中，寄寓了诗人积极用世、建功立业的雄心壮志。

首二句应题切入，直接托出壮士形象。但见他鸣鞭策马，手持角弓，乘风披靡疾驰于北疆边陲。身姿豪健，英武不凡。中间十六句以铺陈之法，叙写壮士的从戎征战。"要途"二句写边事紧急，虏军已犯云中。云中是地名，在今蒙古境内，是当时北部边疆。"闭壁"四句言坚壁清野，从夏到冬，衣着匮乏，给养不足，先从侧面写出征战的辛苦。"埋身""沉命"云云，则表达了他誓死捍卫国土，外御虏敌的坚强意志。这八句总写边疆御敌形势，笔势纵横，概括力很强。后八句则正面具体描写壮士征战：薄暮风起，浓云密布，飞沙满天，烟尘遍地，壮士冲锋陷阵，登楼回望京城，含悲高歌。"两都"，汉代的西都长安和东都洛阳，此代指京城。这里"含悲"二句与"弃别"二句，不仅写出壮士捐躯报国的英勇壮举，也写出他热爱祖国、捍卫疆土的豪情壮志。末四句收煞，先以问句收转，写身为卑贱，志比天高，驰骋疆场，一试身手。言语之间已隐约闪现出诗人自己的身影。结云"但令塞上儿，知我独为雄"，精警超迈，慷慨顿挫，字里行间蕴含着昂藏之气。诗人的身世之慨和积极用世之意，于此袒露无遗。

清人朱乾说："歌《白马》，用世之思也。陈思《自试表》以二方未克为念，《谏伐表》复虑雍、凉三分，较重于荆、扬之骚动。故知名都既乏远图，不如白马之可以应卒也。明远'但令塞上儿，知我独为雄'，正接出言外感慨。"（《乐府正义》）说明曹、鲍二诗内在联系，堪称知言。

（吴小平）

代升天行

家世宅关辅，胜带宦王城。

备闻十帝事，委曲两都情。

倦见物兴衰，骤睹俗屯平。

翩翻若回掌，恍惚似朝荣。

穷途悔短计，晚忘重长生。

从师入远岳，结友事仙灵。

五图发金记，九籥隐丹经。

风餐委松宿，云卧恣天行。

冠霞登彩阁，解玉饮椒庭。

暂游越万里，少别数千龄。

凤台无还驾，箫管有遗声。

何当与汝曹，啄腐共吞腥？

如果说《代挽歌行》是从地下阴间着笔，堪破红尘，返照人生如一川烟云，那么此诗则是从天上仙阙俯看尘世人寰，驰情游想，飘飘欲仙，抒写厌恶现实、向往登仙的飘逸之情。其机杼格局，与屈原《远游》、郭璞《游仙诗》等一脉相承。

起八句即事直书，无一句委蛇假象之言。先借汉事极言家世显赫，历尽沧桑。"备闻""委曲"云云，说尽朝代遭替，人事炎凉（两汉都长安、洛阳二京，帝王十余数。关中、三辅，乃汉时富庶之地，拱卫皇城）。诗人屡睹时物兴衰，世俗险平，翻迁若反掌，恍惚似朝荣，因而顿生倦怠厌弃之心。"倦见"与"骤睹"并举，二者实为因果，惟因"骤睹"（骤，频也），才生"倦见"之心。此处以"倦见"领起，突出强调结果，给人以鲜明印象。"穷途"二句转折。"穷途悔短计"收上文，"晚志重长生"启揭下文。心理历程既步入穷途末路，遂觉混迹尘世实为"短计"，因生悔恨之意，企羡长生之道。"从师"以下八句，便承此意写升天遨游。这里着重抒写在天宫仙阙的逍遥自由。或随师入山，侣仙为友；或访求妙道，遍读仙经；或吸风为餐，依松为眠，徜徉云海，倚天而行；或头顶翠霞，身登彩阁，长天解褐，饮玉椒庭。身心的自由臻于极致。这是用实写方法拟虚幻之境，精雕细琢，仿佛实有其事，由此折射出诗人的衷心向往之情。"暂游"四句则转用虚笔描绘虚幻之想。诗人想象，天宫神游，倏忽之间便是人间数万里、数千年，所以，他要像当年萧史弄玉那样，凤台遨游，长辞人间，远举以高引，羽化而登仙。最后，诗人遨游太空，蓦然回首俯视人寰，轻蔑之意和超脱之情油然而生。最后二句提挈题旨，贯通全篇，把对现实的批判和对理想的追求有机地统一起来。

　　曹植《升天行》、郭璞《游仙诗》，都只言天上宫阙，不及人寰，只在高蹈远举之中见出批判现实之意。而鲍照则是个极注重现实的诗人，他的游仙诗也与常人大不一样。他先是实实在在地把生存世间的厌倦之情抒写殆尽，然后再作飞天升仙之想，最后还是回归到现实上来。这就使这首诗风格朴实沉稳，思理平白顺畅，不故作怪异惊人之态。它的结构明显分为前后两个部分，前真实后虚幻，前局促后舒朗，前委曲后高扬。这是现实与理想、物境与心境的强烈对比和鲜明差异，诗人正是以此来达到批判现实、向往高远的目的的。

（吴小平）

代苦热行

赤阪横西阻，火山赫南威。

身热头且痛，鸟堕魂来归。

汤泉发云潭，焦烟起石圻。

日月有恒昏，雨露未尝晞。

丹蛇逾百尺，玄蜂盈十围。

含沙射流影，吹蛊病行晖。

鄣气昼熏体，菵露夜沾衣。

饥猿莫下食，晨禽不敢飞。

毒泾尚多死，渡泸宁具腓？

生躯蹈死地，昌志登祸机。

戈船荣既薄，伏波赏亦微。

爵轻君尚惜，士重安可希？

　　此诗章法比较特殊。开篇十六句写南方炎热艰险，一路敷陈排比，字句奇峭，一气呵成，给人以鲜明强烈的印象。"毒泾"以下，折入议论，熔铸史事叙述，发抒现实感慨。这种写法，完全取效于汉魏乐府的古风神韵。

　　诗的前十六句从热、湿、险三方面着笔，极写"苦热"。山燃火，阪变赤，人过身热头痛，鸟飞坠地魂归，泉成沸汤，石生焦烟，这是热；日月昏昏，淫雨霏霏，瘴气菌露，四时不绝，这是湿；赤蛇如象，玄蜂若壶，水蜮含沙射影，飞蛊妄走伤人，以至晨鸟不敢放飞，饥猿不敢寻食，这是险。热、湿、险三者构成南方地貌气候的显著特征，"苦热"之状由此铺写殆尽。而这些描写，几乎句句都有依据。如"赤阪""火山""身热"诸句，语出《汉书·西域传》。"汤泉"事见王歆之《始兴记》，"焦烟"事见《南越志》。又如"丹蛇""玄蜂"，语出《楚辞》；"含沙""吹蛊"，语出《搜神记》《舆地记》。至于南方瘴气，各类记载和描写更多，不胜枚举。鲍照一生并没有南方从戎经验，他显然是运用诗人的想象，熔铸翻新，脉络成章，创造出典型的南方气候环境，读来令人毛骨悚然。

　　"毒泾"二句用秦人毒泾上游、师人多死之典，言军旅艰险，跋山涉水，几乎体无完肤（腓，腿胫）。这里虽仍写地势险热，但已引入人的活动，并逐步过渡至军事行动。"生躯"二句再进一层，写将士赴汤蹈火，奋勇向前。至此，南方征旅行军之艰苦卓绝，已意满言足，于是笔锋转及论功行赏。"戈船"用汉戈船将军征伐南夷事，战役无功，封赏不及。"伏波"用汉伏波将军事，开置七郡，封赏才万户。这是借古讽今，为南征将帅鸣不平；后二句则为征战士卒鸣不平：将帅爵轻，尚且可叹可惜，而士卒生死攸关的重大之事，又有什么指望呢？这两联借事明意，都采取偏、正对比，退、进结合的方法，加强了艺术效果。"戈船荣既薄"，言下之意是戈船将军伐役无功，封赏不及，姑且不说，——这是"偏"，是衬垫；伏波将军开置七郡，功高盖世，行赏亦甚微，这就不能不令人为之愤愤不平了，——这是"正"，二句意思即落实于此。"爵轻君尚惜"，同样是衬垫，是"偏"，而重心落实在下句"士重安可希"上。这种句式措意，使诗明显具有一种豪宕不平之气。

此诗讽喻功高而赏薄，旨意甚明。方东树说，鲍照《代东武吟》写士卒，《代苦热行》写将帅，都是"讽恩薄"的。士卒、将帅的划分虽嫌绝对，但点题不无道理。朱乾考证出此诗的写作背景，说："宋文帝元嘉二十三年（446），遣交州刺史檀和之讨林邑。宗悫自请从军。和之遣悫为前锋，遂克林邑。阳迈父子挺身走，所获未名之宝，不可胜计。悫一无所取。还家之日，衣栉萧然。此刺功高赏薄。戈船、伏波，盖指和之及悫也。"（《乐府正义》）可备一说。

（吴小平）

拟行路难

（十八首选六）

奉君金卮之美酒，瑶瑁玉匣之雕琴。

七彩芙蓉之羽帐，九华蒲萄之锦衾。

红颜零落岁将暮，寒光宛转时欲沉。

愿君裁悲且减思，听我抵节行路吟。

不见柏梁铜雀上，宁闻古时清吹音？

《行路难》本是汉代歌谣，晋人袁山松变其音调，制为新辞。
《乐府诗集》列入《杂曲歌辞》，并引《乐府解题》，谓其旨是"备
言世路艰难及离别悲伤之意"。可惜汉晋古辞今俱不存。现存最早
的就是鲍照的《拟行路难》十八首（一说十九首）。拟，就是模拟
的意思。这是一组诗，多为感愤不平之作。一般认为是鲍照二十岁
左右，即元嘉十年（433）左右的作品。本篇为第一首，言时光易
逝，徒悲无益，姑且"听我抵节行路吟"，显然是一首序诗。

前四句统以"奉君"二字领起，都为一意。先不交代任何缘
由，而是一下子就接连奉献出美酒、雕琴、羽帐、锦衾四件珍贵礼
品，作为解忧之物。如此起篇，看似寻常，实则奇崛，一则造成悬
念，催人欲明其意，一口气读下去；二则明为排解一己的块垒，反

而以劝人解忧口吻道出，平生出一层曲折。所以张荫嘉曰："作劝人之言，不就己说，幻甚。"（转引自钱仲联《鲍参军集注》）接下去诗人也并不急于说明原委，而在五、六两句转而写景，将寒光宛转、岁时将暮的自然景象，同人生易老、红颜难久的人生悲哀放在一起加以描写，无形中便渗入了强烈的主观色彩，从而自然地过渡到诗要表现的主旨上来。末四句水到渠成，揭橥主题。"愿君"关照开篇的"奉君"，点明旨意。抵（zhǐ），侧击；节，乐器名，又名拊鼓。诗人说，愿君减少忧愁，不要悲伤，且听我应着节拍歌唱《行路难》，听听人生不平的慷慨之音。末二句用典。柏梁台，汉武帝刘彻元鼎二年（前115）建；铜雀台，魏武帝曹操建安十五年（210）建。二台都是当时著名的歌吹张乐之地。这里化用二典，既有讥刺前朝之意，也有人生短暂之慨，夹杂着沉重和苦涩的况味。由此反观"红颜"二句，愈见诗人心绪凝重，忧患深广。他不仅看到了生时的世路蹭蹬与艰难，更看到了身后的寂寞与悲哀。所以，他才从时光的推移中感受到了"寒"意，说"寒光宛转"，才对"红颜凋零"充满了恐惧。"岁将暮""时欲沉"的自然现象，似乎向诗人暗示了人生的尽头，终于唤起了他"行路难"的无限感喟，大概这就是本篇作为序诗的中心旨意吧。

(吴小平)

洛阳名工铸为金博山，

千斫复万镂，上刻秦女携手仙。

承君清夜之欢娱，列置帏里明烛前。

外发龙鳞之丹彩，内含麝芬之紫烟。

如今君心一朝异，对此长叹终百年。

博山，就是香炉，以形象酷似海中博山而得名。吕大临《考古图》："香炉像海中博山。"这首诗表面题咏一尊金质香炉，实际上是借此抒发弃妇的怨情，想象丰富，构思奇特。全诗九句，前七句都是写金香炉。首句"洛阳名工铸为金博山"，把香炉的产地、制作工匠、质料以及形状一一交代出来，这是总写。次二句将视角逼近香炉，作近距离观察。"千斫复万镂"极写雕镂功夫的精深，带有赞叹声吻，在章法上是虚张声势，引起惊奇，接着"上刻秦女携手仙"一句，才将内容坐实。"秦女携手仙"指萧史和弄玉故事。相传弄玉是春秋时秦穆公的女儿，嫁给萧史，夫妇双双随凤飞去。随后四句着重刻画金质香炉的内美外妍：清夜重闻，华灯高照之下，但见香炉闪烁着龙鳞一般的绚丽光彩，散发出麝香一般沁人心肺的缕缕紫烟。末二句忽然掉转笔锋，言及弃妇情怀。读者至此才恍然大悟：原来诗中所写，是一睹物伤情的弃妇，孑然一身，清夜面对博山香炉，追怀身世，感伤凋零！诗人之所以倾心竭力、不厌其烦地描写香炉，完全是出于一种象征的需要：以香炉的精美来映带弃妇的内美外妍，以仙侣携手的恩恩爱爱，来比照、反衬弃妇恩情中绝、盛年遭弃的不幸。香炉与弃妇形影相伴，在诗中隐隐约约地合而为一了。张荫嘉谓"叹人心易变，用携手仙比照，有意"（转引自钱仲联《鲍参军集注》），正点中了诗的契机。

　　诗人采用避实就虚的方法，将生动凄艳、激动人心的爱情故事淡化、诗化，化解到了对博山香炉的精雕细琢的描写之中，明里写物，暗中写人，立意非常巧妙。同时，诗人又有意在篇章结构上造成对物和对人的描写的明显的失重、倾斜，只在最后急转收束时，才略加点露，从而传达出弃妇的无限留恋与怨悔。所以王夫之评此诗说："但一物耳，说得如此经纬，立体益孤，含情益博。"（《古诗评选》）诗人的这种表现手法，在艺术上具有亦物亦人的豁然悟通的奇特效应，而且以急转收束，也能让读者在新奇突兀之余，加深对全篇意蕴的回味和理解。至于它的篇章神理，则诚如钱仲联所云，全从古诗《四坐且莫喧》一篇变来。（详见《鲍参军集注》）

（吴小平）

　　　　泻水置平地，各自东西南北流。
　　　　人生亦有命，安能行叹复坐愁。
　　　　酌酒以自宽，举杯断绝歌路难。
　　　　心非木石岂无感？吞声踯躅不敢言。

　　这是一首奇气喷薄的愤激之诗。开篇无端而起，像万舶江水，奔汇而下，气势充沛。诗人拈出"泻水置平地，各自东西南北流"这一常见现象作为比兴，来表现"人生亦有命"的认识，既显得无可奈何，又有不甘心的意绪。尤其是随后追上"安能行叹复坐愁"

一句奋力反诘，更鲜明道出他对"人生亦有命"的愤懑不平之气。诗人出身寒门，却自负才华，不甘沉沦，要冲破命运的桎梏，施展抱负。正因为如此，他才朝思暮想，行叹坐愁。可是，无情现实除了给他带来更多的烦恼和精神压力外，他一无所获。他终于清醒地看到"行叹复坐愁"的徒劳无益，所以在诗脱口发出"人生亦有命，安能行叹复坐愁"的沉重感叹，表面上大彻大悟，实际却包涵了痛苦的生活经验和难以甘心的倔强意识。这是愤极之后的沉思，是感情用事以后冷静的理智思考，就像纯钢淬火一样，温度虽然降低了，却变得更加坚硬强劲了。五、六句表达了以排遣形式进行自我克制的愿望，一则借酒自宽，一则借歌自遣。因而从诗人心理上看，他在主观上理智上是试图控制悲愤难平的意绪的，因为他已看透了"人生亦有命"，认了这个"命"，深知"行叹复坐愁"的徒劳无益。然而在客观上感情上，却又难以驾驭，无法约束。最后，情感的激流终于在理智的堤防前迸发出滔天的巨浪："心非木石岂无感？吞声踯躅不敢言。"从诗人的这种激愤的表示中，人们不难感受到它所释放出来的巨大能量。一曲终了，谁能不为之沉吟扼腕，长叹不已呢！

（吴小平）

君不见河边草，冬时枯死春满道。

君不见城上日，今暝没尽去，明朝复更出。

今我何时当得然？一去永灭入黄泉。

人生苦多欢乐少，意气敷腴在盛年。

　　且愿得志数相就，床头恒有沽酒钱。

　　功名竹帛非我事，存亡贵贱付皇天。

　　年轻的诗人真是多愁善感，他从盛衰迭替的自然现象中，感悟到了人生的可贵，产生了无限的伤感。此诗前五句是对自然现象的体认与描绘：青青河畔草，虽有冬枯，逢春又荣；冉冉城上日，虽有沉没，临晨复辉。神奇的大自然，象征着永恒，象征着永无止息的生命。而诗人恰恰从中感触到了人生的短暂和渺小。所以，他接着不无伤感地自问自答："今我何时当得然？一去永灭入黄泉。"言语之中充满了生的惆怅和死的悲哀。这两句从自然现象的描摹、感发转入对社会人生的思索、伤感，十分自然。按照《礼记·曲礼》的说法，人生"二十曰弱冠，三十曰壮有室，四十曰疆而仕"。以下"意气敷腴在盛年"中的"盛年"，即指三四十岁。鲍照《拟行路难》第十八中有"丈夫四十疆而仕，余当二十弱冠辰"的话，可见他当时还在二十岁左右，还未到"盛年"。那么他这里所说"意气敷腴在盛年"，显然是一种愿望，一个想法。而他用"人生苦短欢乐少"领起此句，又使它显得虚无飘渺，难以指望，从而加重、加浓了全诗的悲观情绪。最后四句便是这一浓重忧思的抒发。他深知建永世之业、留金石之功已与自己无缘，只要床头经常有买酒的钱也就行了，因为只有酒的麻醉，才能使他那颗激烈的功名事业之心稍得安抚，而把那穷通贵贱的命运托付给昊昊苍天。

　　诗人的情绪这时已经落到了最低点，他只能看着红日朝升暮降，青草冬枯春生，而任凭一己的生命在无所作为中一点点地消磨、耗尽。几乎没有一线光明，没有一点热情，完全是黯淡，完全是悲音。这就是此诗的底色和基调。诗人已不暇于琢磨章句，只是一任心声吐放，率而成篇。感触的深沉、复杂，与表达的浅显、发露，在这里得到了有机的统一。

（吴小平）

> 对案不能食，拔剑四顾长叹息。
>
> 丈夫生世会几时，安能蹀躞垂羽翼？
>
> 弃置罢官去，还家自休息。
>
> 朝出与亲辞，暮还在亲侧。
>
> 弄儿床前戏，看妇机中织。
>
> 自古圣贤尽贫贱，何况我辈孤且直！

此诗写弃官闲居的愤慨之情。鲍照生平何时弃官家居，已不可考。《南史·鲍照传》说，时人称其"郎位尚卑"。钟嵘《诗品》也说他"才秀人微"，"取湮当代"。所以，这显然是一篇有志不骋的感愤之作。

"才秀人微"是诗人愤激之情的导火线、喷发口。才高、气盛，却沉沦下僚，壮志难酬，所以干脆弃官家居，把一腔勃郁不平悉数倾泻出来。起语突兀，先写"对案""不食""拔剑""击柱""叹息"等一连串简捷、有力的动作，急如狂风骤雨，呼啸而来，突出了诗人桀骜不驯、孤然独立的奇伟形象，使读者的注意力一下子被吸引过来。紧接"丈夫生世会几时，安能蹀躞垂羽翼"二句，交代出痛苦万状的内因。然后"弃置罢官去"六句，才具体描写当时的境遇。如此作法，先纵后收，张扬得体，显得气势恢张，不同凡响。魏晋以来，隐逸之风盛行，不少诗人都喜欢描写高蹈遗世的逸趣，或沉湎山水，或耽于酒乐，笔调大都冲远澹淡。而鲍照却以愤激之情抒写弃官闲居，尤其是"朝出与亲辞"四句，貌似闲逸冲远，实寓不平，有一种豪宕激越、戛戛难平之气充溢其中。最后又以"自古圣贤尽贫贱"来安慰自己，并补上"何况我辈孤且直"一句，突出了自己卓然独立、不附俗流的正直秉性。

　　此诗结构起如孤峰峭立，扑面而来，势不可挡；中如黄河之水奔腾而下，长流贯注，直走东海；结尾又奇崛陡峭，戛然而止，醒人耳目。诗的语言亦具特色，五言七言交替使用，贯以入声韵脚，蝉联而下，一气呵成，读来缓促相间，纡徐有节。这种跌宕起伏的篇章结构和缓促相宜的节奏旋律，把诗人忽而忧郁、忽而悲愤、忽而闲远、忽而凄怆的满腔激情，表达得淋漓尽致。李白《行路难》一诗，即深受影响。

（吴小平）

　　　　诸君莫叹贫，富贵不由人。

　　　　丈夫四十强而仕，余当二十弱冠辰。

　　　　莫言草木委冬雪，会应苏息遇阳春。

对酒叙长篇，穷途运命委皇天。

但愿樽中九酝满，莫惜床头百个钱。

直须优游卒一岁，何劳辛苦事百年。

　　这是一篇以放达旷远的声吻唱出的穷苦悲愁之歌。明明是自嗟贫贱，郁怀难伸，起语却别出心裁，以劝人开怀的口吻出之，似乎自己早已勘破红尘、超然物外，其笔法与《拟行路难》第一首相同。接着四句（"丈夫"二句语出《礼记·曲礼》）为"莫叹贫"作注脚：大丈夫四十岁可以作官，而我才二十岁；不要看冬日霜雪交加，草木枯萎，春天一到，它们便又苏醒，欣欣向荣。用这种自然现象来反观人生，似乎可以为抚慰心灵的创伤找到一剂良药。但接着，他又为穷通由命不由人的无情现实所击倒。当时社会盛行门第观念，鲍照出身庶族寒门，哪有飞黄腾达的时机？所以，"运命委皇天"之于诗人，既是自宽自慰的麻醉，又是无可奈何的感叹。它像一杯烈性的美酒，既浓辣刺激，令人望而生畏，又芳香可口，使人爱不释手。香辣交和，滋味莫辨。诗人深知个中意蕴，故衷心希望"樽中九酝满"，但愿长醉不愿醒。因而，他一任自己沉湎于芳春美酒之中，唱出了一曲亦歌亦哭、亦醉亦醒的悲歌——最后六句当作如是观，方为得之。实际上全诗亦当作如是观。王夫之曾说到他读此诗的感受："看明远乐府，若急切觅佳处，则已失之。吟咏往来，觉蓬勃如春烟，弥漫如秋水，溢目盈心，斯得之矣。"（《古诗评选》）今读此诗，确使人感到诗人是在哭着唱歌，笑着流泪。正面观是潇洒放达，不拘形迹；反面看又是穷困酸楚，刮肤剜心。所以如把它比作一杯难以下咽的酒，则酸甜苦辣，五味俱全；比作一首难以卒听的歌，则嬉笑怒骂，皆成文章。

　　这是《拟行路难》组诗的最后一篇。一曲既终，感触良深。其意蕴之丰厚，情调之激愤，确实值得寻味。　　　　　　　　　（吴小平）

赠傅都曹别

轻鸿戏江潭，孤雁集洲沚，

邂逅两相亲，缘念共无已。

风雨好东西，一隔顿万里。

追忆栖宿时，声容满心耳。

落日川渚寒，愁云绕天起。

短翮不能翔，徘徊烟雾里。

这是一首赠别诗。傅都曹未详何许人氏。闻人倓注以为是傅亮，钱仲联已辩其非，说见《鲍参军集注》。

此诗有二奇。一是立意奇，通篇喻体。诗的表层意象中，只有轻鸿孤雁，风雨东西，乍读恍如一篇寓言诗。要不是诗题的提示，真难识底蕴。这种写法，古来少见。汉乐府有一首警示世人的小诗："枯鱼过河泣，何时悔复及！作书与鲂鲏，相教慎出入。"以鱼拟人，警告世人谨慎出入，通篇喻体。曹植也有一首以鹤喻人的诗，也写离别，但立意在"不惜万里道，但恐天网张"上，颇有忧祸畏灾之虞。真正以比喻立篇，以轻鸿孤雁拟人来写离别之情的，鲍照此诗为首出。二是结构奇，时空关系倒置。赠别诗，不从别时着笔，而是从昔日偶然相聚写起。前四句先追念"邂逅两相亲，缘念共无已"的昔日偶聚,情投意合,无穷无已。中四句才写到分别之现时。"追忆"二字,点明时空倒叙关系,篇章脉络,昭然可见。末四句遥想日后,怅惘之情油然而生。这样,便突出了现时难分难解的情状,追忆与遥想皆由此生发辐射,从而很好地表达了诗人的依依惜别之情。

(吴小平)

沈 约

沈约（441—513），字休文，吴兴武康（今浙江德清西）人。少孤贫好学，博通群籍，善属文。历仕宋、齐、梁三代。为"竟陵八友"之一。梁萧衍时官至尚书令，后以触怒受谴，忧惧而死。封建昌县侯，谥隐。在齐、梁为文坛领袖，与谢朓等创"永明体"，又创"四声八病"之说。其诗讲求声律、对仗，但内容较狭。著有《宋书》《四声谱》等。有明人所辑《沈隐侯集》诗文二卷。

（孙安邦）

新安江至清浅深见底贻京邑游好

眷言访舟客，兹川信可珍。

洞澈随清浅，皎镜无冬春。

千仞写乔树，百丈见游鳞。

沧浪有时浊，清济涸无津。

岂若乘斯去，俯映石磷磷。

纷吾隔嚣滓，宁假濯衣巾？

愿以潺湲水，沾君缨上尘。

　　这首诗是诗人仕齐时离开京师前往东阳（今属浙江），途经新安江时所作。作品极写新安江的澄净清澈，劝勉友人勿恋尘嚣，洁身自好。

　　诗的首两句即开宗明义，写出对新安江的怀恋和珍视。新安江发源于安徽婺源县西北率山，东经休宁、歙县，流入浙江建德县，合兰溪水东北流为浙江。它究竟为什么"信可珍"呢？接下去的六句诗对此作了集中的描述和明确的回答：因为它江水清澈澄明、深浅见底，好似一面明净的镜子，无论冬春，始终透明。"千仞"二句写其将千丈乔木映于水底，即使水深百丈，依然可以看到悠然自得的游鱼。景色如画，诱人遐思。吴均《与朱元思书》："水皆缥碧，千丈见底，游鱼细石，直视无碍。"与此写景极似，可移作这两句诗的注脚。"沧浪"二句以"沧浪"与"清济"作对照，突出新安江水的长清无染。沧浪，据《水经注·沔水》云："武当县西北汉水中有洲名沧浪洲，水曰沧浪水。"这里化用《孟子·离娄》"沧浪之水清兮，可以濯吾缨；沧浪之水浊兮，可以濯吾足"句意，说沧浪水虽清，但也有混浊之时。济水源出河南王屋山，故道过黄河而南，东流入山东，同黄河并流入海。据《后汉书·郡国志》载："温，苏子所都，济水出，王莽时大旱，遂枯绝。"这里是说济水虽清，但早就枯竭了。既然沧浪水变浊，清济河已干涸，那么新安江如此澄澈透明，正可"乘斯去"，一路观赏沿江风景，俯视江底细石。

　　末四句笔锋陡转，诗人直抒胸臆，发为感慨。"纷吾隔嚣滓"二句是说洞澈的新安江不仅可以观赏游览，还可以净化灵魂、荡涤心胸，因此自己既已离开京师，同尘嚣隔绝，就不需要再借此水来洗濯衣巾了。这两句写己；后两句写人。他认为友人身在京邑嚣尘之中，自然需要用此水来濯缨。"愿以潺湲水，沾君缨上尘"，诗人衷心希望继续留在京邑的朋友们保持节操，切勿沾染官场的污秽。

　　全诗的立意是可贵的。他以新安江水之清来劝滞留京师的友人濯缨，这说明诗人对现实有着清醒的认识。在结构方面，诗人先写水，写鱼，写石，笔笔围绕一个"清"字；因为唯其清澄，才可"濯衣巾""沾缨尘"。写景抒情互为因果，贴切自然，巧妙生动。

（孙安邦）

早发定山

夙龄爱远壑，晚莅见奇山。

标峰彩虹外，置岭白云间。

倾壁忽斜竖，绝顶复孤圆。

归海流漫漫，出浦水溅溅。

野棠开未落，山樱发欲燃。

忘归属兰杜，怀禄寄芳荃。

誊心采三秀，徘徊望九仙。

　　这首诗作于齐隆昌元年（494）诗人出任东阳太守，途经定山时。定山，即狮子山，在今浙江杭县东南七十余里处。

　　前两句写自己一直喜爱山水，直到五十四岁出任东阳太守时，才见到定山这样雄奇的山壑。以下四句照应"奇山"，先写远眺所见：山峰耸峙，突兀矗立于彩虹之外；山岭层叠，起伏蜿蜒在云雾之中。再写入山所见：陡峭的悬崖，好像斜竖在那里；高高的峰峦，又像孤立的圆顶。山势入眼，随移而变：或"斜竖"，或"孤圆"，姿态奇绝，情状各异。这时俯视山下，只见远处江河漫漫，东注入海；近处水流溅溅，奔涌湍急。山道两旁，野棠花正在绽蕾怒放，盛开未凋；山樱花又含苞初放，像燃烧的火焰，景色十分迷人。

末四句写诗人陶醉于锦绣山川时的不平静心情。秀色可餐的山川，使诗人流连忘返，一味倾心于兰杜、寄情于芳荃，眷恋着"三秀"，幻想着升仙。"三秀"，指灵芝草，《楚辞·山鬼》有"采三秀兮于山间"之句。据说灵芝一年三次开花，故有"三秀"之称。"九仙"是道家对神仙所分的等级："太清境有九仙：第一上仙，二高仙，三大仙，四元仙，五天仙，六真仙，七神仙，八灵仙，九至仙"（《云笈七签》）。

全诗写景既重气势，又重色彩。其中山势夺人，河境开阔，繁花艳丽，各臻其妙。而彩虹、白云相映生辉，红樱白棠，交织成趣。全诗节奏明快、音律和谐，很能体现沈约作为"永明体"的开创者和"四声八韵"的提倡者的创作本色。

（孙安邦）

别范安成

生平少年日，分手易前期。

及尔同衰暮，非复别离时。

勿言一樽酒，明日难重持。

梦中不识路，何以慰相思？

　　这是一首表现暮年离别悲痛的赠别诗。范安成，即范岫，仕齐为安成内史。他和沈约都因有文才而被齐文惠太子引用。两人从年轻时就在一起共事，互相结为知己，因此诗人在诗中首先回忆了往昔的情景。开头二句说从前正当青春年少，每一次分手时，都预期再会不难。这里既点出了诗人与范安成之间的情谊是长期的、真挚的，又为下文作了铺垫。正由于二人交往日久，志笃情深，所以今日分手才更觉悲苦。随着光阴的流逝，原先的青年人已日渐衰老，步入迟暮之年，故此番离别，已很难说将来是否能再次相见。于是，诗人对故友感慨地说：别嫌杯酒太薄，今后恐怕连这样的酒也难以共饮了。诗的末尾两句借用战国时张敏于梦中往寻密友高惠，中途迷路而返的典故，进一步表达了对范安成的无限留恋。既然别后在梦中也难以寻觅，那么思情悠悠，又将用什么来安慰呢？语浅情深，诗人那种欲留不能、欲别不忍，和老朋友之间相互牵念、难舍难分的情状，于此跃然可见。

此诗最大的特点在于它强烈的感情色彩。作者从特定的情景出发，着力渲染了一种别时容易见时难的凄凉气氛，产生出一种压抑的效果。正是在这样的氛围下，诗人倾诉着对友谊的眷念，从过去到目前，再从目前到今后，把感情一步步推向高潮，给人以悠远、深沉、厚重的感觉。诗的语言明白如话，音调平缓，仿佛是诗人的自言自语，又仿佛是面对友人的吐诉，充分表达出老年人之间那种特有的蕴含着深挚情谊的伤感。

（卢　渝）

伤 谢 朓

吏部信才杰，文峰振奇响。

调与金石谐，思逐风云上。

岂言凌霜质，忽随人事往？

尺璧尔何冤，一旦同丘壤！

　　这是沈约《怀旧诗》九首中的第二首，为伤悼含冤而死的齐代诗人谢朓而作。

　　据《南齐书·谢朓传》记载，谢朓为人谨小慎微，以致不近人情的地步。但因为不肯附和始安王的阴谋篡乱，被其诬陷，下狱而死，年仅三十六岁，难怪诗人要为他喊冤叫屈了。

　　诗的前两句称赞谢朓才能杰出，在当时文坛上独树一帜，成就斐然。"吏部"，指谢朓，因他曾任尚书吏部郎。三、四句又进一步推崇谢朓的诗音调铿锵、韵律和谐，才思超凡脱俗。《谢朓传》载："朓善草隶，长五言诗。沈约常云：'二百年来无此诗也。'"足见沈约对他的推崇程度。

　　如果说前四句是激赏谢朓的人品才学，那么后四句则是哀伤他的含冤而死。"岂言"二句说哪里能想到这样一位不畏严霜、品质坚贞的人，忽然遭世事而死去，语调极为沉痛。末二句则以"尺璧"喻谢朓,说他像尺璧一样为稀世珍宝,如此为人构陷,死得实在太冤枉了。据史载,萧遥光为了诬陷谢朓,竟无中生有,指责他"扇动内外,处处奸说,妄贬乘舆,窃论宫禁,间谤亲贤,轻议朝宰"(《南齐书·谢朓传》)。这种置谢朓于死地的做法,引起诗人极大的愤慨。

全诗共八句,前四句赞扬谢朓出众的才学和高尚的人品;后四句哀叹谢朓的含冤负屈,死于非命。两相对照,层次清晰,感情强烈。士人因时乱而无辜受戮,本是魏晋以降常有所闻的事情,然而对于沈约来说,又具有某种特定的意义。因为他的父亲沈璞,在宋孝武元嘉末统治阶级内部倾轧中,不明不白地被诛。所以他对谢朓的不幸遭遇,感同身受。诗的最后两句已非仅为谢朓一人而发,诗人的哀悼之情已化为愤怒的质问,不啻是向残酷的封建政治提出的强烈抗议。

(孙安邦 李 丽)

石塘濑听猿

嗷嗷夜猿鸣，溶溶晨雾合。

不知声远近，惟见山重沓。

既欢东岭唱，复伫西岩答。

沈约在齐梁之际颇负盛名，有"以文采妙绝当时"（《梁书·文学传序》）之誉。这首小诗即以如梦似幻的妙笔，传写出自己在溪边聆听猿鸣的乐趣，读来令人称绝。

开头两句写清晨漫步山中，听到的是整夜啼鸣的猿依然不时地长吟，看见的是缕缕晨雾似轻柔洁白的薄纱，飘荡在苍翠起伏的山峦间，若隐若现，时开时合，使人如临仙境。接着写耳闻目睹时的心理感受：在空山幽谷中，猿声此起彼伏，山鸣谷应，不辨远近，只见山峦在晨雾中重叠复沓。这四句把人们带入了一个迷茫朦胧的境界，享受着听觉、视觉上似是还非的美感。

最后两句是诗人在这种恍惚迷离的视听境界中，怡然忘情的神往之笔。他听到东岭的猿声已欣悦异常，这时又传来西岩的和鸣，更使他驻足伫立，久久凝听。这里诗人听猿鸣，没有那种"猿鸣三声泪沾裳"（《水经注》）的凄清之感，而是把彼唱此和、呼朋啸侣的猿声，当作自然界的一种美妙的乐曲来欣赏，表现出一种物我交流、徜徉自得的闲情逸趣，给人以一种不同于以往的新的审美感受。

（孙安邦　陈九如）

六 忆

(六首选一)

忆食时，临盘动容色。

欲坐复羞坐，欲食复羞食。

含哺如不饥，擎瓯似无力。

《六忆》是一组以妇女日常生活为题材的诗篇。从题中"六"字来看，当有六篇，今仅存四篇，从"来时""坐时""食时""眠时"等侧面，描写了一位年轻美丽的女子在饮食起居时的动人姿态。本篇即为其中的一首。

与另外几首一样，此诗也以"忆"字开头，仿佛是某个男子在思念自己的心上人。作为一位有教养的女子，她也许是头一回和男人共桌，因此面对杯盘，羞红了脸，显得十分不自然。她想坐又不好意思坐；想吃又不好意思吃，一副羞涩忸怩的神态，娇柔妩媚，令人爱怜。后两句写吃饭过程中的情形：她嘴里含着食物，细细地嚼，慢慢地咽，似乎根本不饿；端起小盆，手还在微微颤抖，好像浑身没有一点力气似的。通过这一系列的神情、举止的细腻刻画，人物的身份与性格特点被表现得十分生动、传神，这一切在回忆者的心目中显得那么纯真、美妙，其中倾注了他对这位佳人的深深爱慕。

此诗属于杂曲歌辞，采用三、五言体，节奏舒缓，韵律明快，便于谱曲歌唱，也较好地以形象传递出诗人的感情。　　　　(卢　渝)

八咏·登台望秋月

望秋月，秋月光如练。

照耀三爵台，徘徊九华殿。

九华玳瑁梁，华榱与璧珰。

以兹雕丽色，持照明月光。

凝华入黼帐，清辉悬洞房。

先过飞燕户，却照班姬床。

桂宫袅袅落桂枝，早寒凄凄凝白露。

上林晚叶飒飒鸣，雁门早鸿离离度。

湛秀质兮似规，委清光兮如素。

照愁轩之蓬影，映金阶之轻步。

居人临此笑以歌，别客对之伤且慕。

经衰圃，映寒丛。

凝清夜，带秋风。

随庭雪以偕素，与池荷而共红。

临玉墀之皎皎，含霜霭之蒙蒙。

辅天衢而徙度，轹长汉而飞空。

隐岩崖而半出，隔帷幌而才通。

散朱庭之奕奕，入青琐而玲珑。

闲阶悲寡鹄，沙洲怨别鸿。

文姬泣胡殿，昭君思汉宫。

余亦何为者，淹留此山东？

《八咏诗》为组诗，共八首，皆有题。题分别为："登台望秋月""会圃临春风""岁暮愍衰草""霜来悲落桐""夕行闻夜鹤""晨征听晓鸿""解佩去朝市""被褐守山东"。八首诗的题目合起来是一首律诗。据《金华志》云："《八咏诗》，南齐隆昌元年（494）太守沈约所作，题于玄鹤楼，时号绝唱，后人因更玄鹤楼为八咏楼云。"

这首诗是作者自我分题，"分"到第一句，"登台望秋月"，即以此为主题，并融入诗人登上玄鹤楼赏玩秋月时的感想，两者结合得十分巧妙。

首两句点题，诗人在玄鹤楼上见到了像白练般的月光，从而引起一系列的浮想。开头显豁而不俗。"照耀三爵台"至"持照明月光"为一层，写那些宫殿台榭的画栋雕梁，在皎洁的月光下显得格外精美，玲珑剔透。"凝华入黼帐"以下四句又为一层，写月光透过绣花的窗帘，直达这些宫殿的内室，它越过赵飞燕走过的门户，一直照到班婕妤的卧床，使整个意境蒙上了一层温柔凄清的色彩。赵飞燕和班姬都是汉成帝的妃子，后飞燕因善舞得宠，被封为皇后，班姬则被斥疏，退居东宫。诗人在此提到她们，是描写中的一种侧笔，它为宫殿和月光平添了几份历史的神秘感。以上两层为一大段，描绘月光映照皇宫帝阙的情景。

　　"桂宫袅袅落桂枝"四句，诗人的描写从宫阙移向原野，旨在渲染"秋"的气氛。白露、晚叶、早鸿，都是秋天的代表物候，用以补充前两层纯写"月"的不足。"湛秀质"两句，进一步具体形容月形似规和月色如素。至此，秋月的形象已完满。"照愁轩之蓬影"以下四句，折入表现人对月的感受：一种是养尊处优的人，他们无离愁别恨，所以对着月明良夜，心情舒畅，又笑又唱；一种是四处飘泊的别客，他们背井离乡，浪迹天涯，只能在月光下忧伤哀叹。

　　"经衰圃"至"入青琐而玲珑"为一段，铺叙秋月的动态。这一段由两层组成，自"经衰圃"至"含霜霭之蒙蒙"为一层，写月光因境而异，随物而变，能衰能寒能清，和积雪一起就白，和荷花一起就红，映在玉阶上就皎洁如水，照在霜雾上就迷蒙似烟。其中经、映、凝、带、随、与、临、含八字，把月光在地面上的移动变化刻画得出神入化。"辐天衢而徙度"至"入青琐而玲珑"为一层，写秋月在天宇中的漫游遨行：她在天道上奔驰，车轮碾过银河；在山崖间隐现，行迹出入于锦帷绣幕；又把满轮清光洒向空庭深院，给雕窗镂棂投下玲珑的娇影。真是天上人间，无处不是月的领域、美的创作。这一段想象丰富，描写生动，堪称咏月绝唱。

　　"闲阶悲寡鹄"四句，又回到人和物在月光下引起的悲、怨、泣、思种种感受。文姬，即蔡琰；昭君，即王嫱，这里泛指流离异国他邦的女性，她们是身逢乱世、离别乡土，最易对月伤感的典型。末两句直写诗人的感慨：既然如此，我为什么还要淹留在山东呢？对这一设问，可作种种理解：或因留恋这儿的秋月之美而舍不得离开，或因有不得意的苦衷？……真是言外有意，韵味悠长。

诗用汉赋的铺叙手法，从各个角度来描写秋月之美，故篇幅较长。全诗三言、五言、六言、七言间用，句式错综。全诗凡四换韵，首四句二韵，用去声霰韵；次八句四韵，用平声阳韵；中十句五韵，用去声遇韵；末二十句十韵，用平声东韵。平仄韵相间，流转灵动。至其通篇几乎全用对仗，又为唐诗排律之滥觞。（潘　慎）

江 淹

江淹（444—505），字文通，济阳考城（今河南兰考）人。齐梁之际的优秀作家。少孤贫，仕宋历齐，入梁为散骑常侍，迁金紫光禄大夫，卒赠醴陵侯，谥曰"宪"。诗歌幽深奇丽，体裁总杂，以拟古最优。抒情赋别具一格，成就颇高。其诗赋皆作于宋及齐初，晚年文思滞涩，世谓"江郎才尽"。有《江文通集》。

（曹林娣）

渡泉峤出诸山之顶

岑崟蔽日月，左右信艰哉！

万壑共驰骛，百谷争往来。

鹰隼既厉翼，蛟鱼亦曝鳃。

崩壁迭枕卧，崭石屡盘回。

伏波未能凿，楼船不敢开。

百年积流水，千岁生苍苔。

行行诎半景，余马以长怀。

南方天炎火，魂兮可归来。

这首五言古诗，是作者在南方渡泉峤出诸山之顶时，看到山水奇丽险峻，因慨叹行路之艰难，其中含有某种政治寄托。

全诗首十二句写山水奇险；末四句写行路艰辛，抒写怀归的情思。

作品精彩处在于采用多视角的描绘，调动拟人、夸张、比喻等多种修辞手段，运用流丽峭拔的语言，写出了幽丽险峻的山水景观。先仰观，山势峻险，遮蔽日月；次平视，"万壑共驰骛，百谷争往来"；再俯瞰溪谷，鹰鹗展翅奋飞，蛟鱼遇到阻碍。"曝鳃"，相传大鱼集于龙门之下，得上者成龙，不得上者，仅得曝鳃龙门。这里实际将山势溪谷之险比之龙门。接着诗人又作分镜头扫视：崖壁崩塌更相重叠，危石险峻屡屡盘回。伏波将军无法开凿，楼船不敢通航。流水深邃久积，两岸苍苔幽幽。这些正是诗人登山和至山顶一路所见景色，写来极富动感。其中写万壑"驰骛"、百川"往来"、崩壁"枕卧"等，均以拟人化的修辞方法作形象的比况，把川谷危壁的惊险势态刻画得栩栩如生，历历在目。

末四句化用《楚辞》的抒情手法，将诗人的怀归之情表现得十分深切。如"余马以长怀"，系由《楚辞·离骚》"仆夫悲余马怀兮，蜷局顾而不行"中化出；"南方天炎火，魂兮可归来"，又从《楚辞·招魂》"魂兮归来，南方不可以止些"中变来，自然贴切，运古无迹。至于诗中大量运用对偶句式，也显示了江淹诗的工整华美。

(曹林娣)

游黄糵山

长望竟何极？闽云连越边！

南州饶奇怪，赤县多灵仙。

金峰各亏日，铜石共临天。

阳岫照鸾采，阴溪喷龙泉。

残杞千代木，廧垒万古烟。

禽鸣丹壁上，猿啸青崖间。

秦皇慕隐沦，汉武愿长年。

皆负雄豪威，弃剑为名山。

况我葵藿志，松木横眼前。

所若同远好，临风载悠然。

　　这首游览诗作于刘宋时代。江淹初附刘宋建平王刘景素，得到赏识。在荆州时，景素因少帝政乱，谋议举事，江淹曾极力劝阻，未被采纳。后又随景素移镇京口，为镇军参军，再次劝阻景素之谋，景素怒，贬江淹为建安吴兴（今福建浦城）令，故得游黄糵山（在福建福清西）。

　　全诗分三部分：首四句总写黄糵山人杰地灵。黄糵山地处海边，蜿蜒连绵，荒僻幽隩，多集珍奇，为灵仙所降。接下去八句从视、听角度分别写峰石峻峭奇丽，龙泉、枯木、山岚、林雾、禽鸣、猿啸等一齐奔凑而来，组成了一幅绚烂多彩、有声有色的瑰丽画面。此山有十二高峰，首先映入眼帘的是被阳光抹上金色的峰峦和岩石，它们高耸入云，遮去了部分阳光。接着是向阳处色彩艳丽的鸾草，背阳溪谷中喷涌的龙泉。黄蘗山有龙潭九处，喷珠溅玉，蔚为奇观。然后是古木森森，残干林立，千年砍伐不尽；而群树挺秀，山雾缭绕，若万古不散之烟。"庮崒"，庮疑作䆘，䆘崒，高峻之貌；或曰庮、啇古字通，《说文》啇作䆘，从来从卣，来者卣而藏之，庮崒谓山藏万古之烟而常见其危高。接下去诗人的描写从视角移向听觉：飞禽在红色的山壁上鸣叫，猿猴在青色的山崖间长啸，这种山林特有的音响，使整个山景笼罩在一片幽深静谧的气氛中。

最后八句是第三部分，由写景折入抒怀。诗人面对如此幽静清秀的山景，不禁感慨万分：秦皇羡慕隐居，汉武帝好神仙之道，一代雄主尚且爱慕名山，弃剑为仙；何况我这个向有甘于清贫之志的人，如今松木横陈眼前，尽可颐养天年，与秦皇汉武志趣相投，又何必为贬谪而生悲呢？大可以开襟临风，悠然自乐！全诗至此戛然而止，余意悠长。

（曹林娣）

明　文徵明｜兰亭修禊图（局部）

王羲之《兰亭诗》，见第 623 页

明 董其昌 **行草书陶渊明诗**（局部）

结庐在人境，而无车马喧。问君何能尔？心远地自偏。

陶渊明《饮酒》，见第 634 页

宋 赵令穰 | **陶潜赏菊图**（局部）

采菊东篱下，悠然见南山。

山气日夕佳，飞鸟相与还。

此中有真意，欲辨已忘言。

陶渊明《饮酒》，见第 634 页

狗吠深巷中 雞鳴桑樹巔

清 石涛 | **渊明诗意图册之一**

狗吠深巷中，鸡鸣桑树颠。

户庭无尘杂，虚室有余闲。

陶渊明《归园田居》，见第 645 页

元 佚名 | **画渊明归去来辞图**（局部）

久在樊笼里，复得返自然。

陶渊明《归园田居》，见第 645 页

明 仇英 | **桃花源图**（局部）
陶渊明《桃花源诗》，见第 674 页

宋 佚名 ｜ **莲社图**（局部）
（绘谢灵运骑马）
谢灵运诗，见第 701 页

宋 牟益 | **捣衣图**（局部）

裁用筍中刀，缝为万里衣。

盈箧自余手，幽缄俟君开。

谢惠连《捣衣》，见第 721 页

无锡县历山集

愁生白露日，思以秋风年。

窃悲杜衡暮，揽涕吊空山。

落叶下楚水，别鹤噪吴田。

岚气阴不极，日色半亏天。

酒至情萧瑟，凭樽还惘然。

一闻清琴奏，歔泣方留连。

况乃客子念，直置丝竹间。

无锡县即今江苏无锡市，历山在无锡市西郊，古称华山、西神山，唐后始称惠山，或作慧山，相传西域僧人慧照居此，故名。集，原指群鸟停在树上，这里引申为停留。诗抒发了作者停留历山时产生的思土恋乡之情。诗中"思起秋风年"一句，用晋张翰怀归之典。张辟齐王东曹掾，"在洛见秋风起，因思吴中菰菜羹、鲈鱼脍，曰：'人生贵得适意尔，何能羁宦数千里以要名爵！'遂命驾便归，俄而齐王败，时人皆谓为见机"。据此，则此诗或作于宋刘景素欲谋举事、移镇京口时。

这首五言抒情古诗前八句写历山所见秋景，引起无限愁思；后六句写对酒听琴，借以消愁，结果适得其反，羁愁更浓。

诗的成功处在于写情深切。诗人继承《诗经》《楚辞》的抒情艺术，借景抒情，融情于景。他首先以最具季节特征的自然景物起兴，定下悲秋基调："愁生白露日，思起秋风年。"《楚辞·七叹》："白露纷以涂涂兮，秋风浏以萧萧。孟秋之月，白露降，寒蝉鸣。"是最能引起羁愁的典型节候。诗人眼中的历山云气盘绕，在落日余晖、半边天空已经暗淡的情况下，蒙上了一层浓浓的暮色。这既是诗人眼中的山间暮景，同时又是诗人心境的一种折射。诗中运用"杜衡""别鹤"等含蕴丰富的比兴，增加了全诗的感情色彩。"窃悲杜衡暮，揽涕吊空山"，私下悲伤的是芳草杜衡已临暮秋将要凋零，不禁泪流满面对着空山凭吊。杜衡是《楚辞》中出现十分频繁的香草名，这里可理解为诗人喻指自身品格的高洁。"别鹤"暗用商陵牧子别妻的典故。相传商陵牧子娶妻五年无子，父兄命其休妻改娶。牧子悲伤作歌："将乖比翼隔天端，山川悠远路漫漫，揽衣不寝食忘餐！"后人为之谱曲，名《别鹤操》，喻夫妻被迫分离。这里用来借指作者的离愁别恨，从而大大丰富了诗作的抒情内涵。全诗语言清新流丽，无浮艳绮丽之病。

（曹林娣）

悼室人

（十首选一）

秋至捣罗纨，泪满未能开。

风光肃入户，月华为谁来？

结眉向珠网，沥思视青苔。

鬓局将成葆，带减不须摧。

我心若涵烟，葐蒀满中怀。

诗人有《悼室人》诗十首，这是第五首，为悼念亡妻而作。全
诗围绕一个"悼"字展开，分前后二部分。首四句起兴，点题。
"秋至捣罗纨，泪满未能开"，睹物思人，悲从中来。接着触景伤
情：秋风萧瑟吹入户内，皎洁的月光也洒进屋中，但人亡屋空，
"月华为谁来"一句反问，移情于景，哀不自胜，凄楚万端。后一
部分写诗人因悼念亡妻，而在动作容貌方面出现的失态。先是惘然
若失的神态：终日愁眉百结，对着屋内的蛛网；思绪淅沥，呆望着
墙上的青苔。这两句从晋张协《杂诗》"青苔依空墙，蛛丝网四屋"
化出，极写诗人的悲痛欲绝，无心料理居室庭院。下句写自己鬓发
长得很长，蓬松散乱，无心修饰，取《诗经·伯兮》"自伯之东，
首如飞蓬。岂无膏沐，谁适为容"之意。"带减不须摧"，源出《古

诗十九首》"相去日以远，衣带日以缓"，言刻骨铭心的思念已使自己日见消瘦。最后二句直写内心的痛苦感受，像烟笼雾罩那样充溢、弥漫于整个情怀。"菈蓳"，烟气氤氲的样子。

全诗将悼念亡妻的感情，写得十分细腻动人，缠绵悱恻。前人称江淹的诗"道惨怆则壮夫贾涕"，实不为过誉。　　　　（曹林娣）

咏美人春游

江南二月春，东风转绿蘋。
不知谁家子，看花桃李津。
白雪凝琼貌，明珠点绛唇。
行人咸息驾，争拟洛川神。

这首五言咏美名诗，成功地刻画了春游美人的容姿。其所用手法，主要有二个：一、环境烘托。前四句以烟花春色的美丽景色，创造出一个美的氛围：时值江南二月，温煦的东风将蘋草吹绿，百草丰茂，一片生机。河边桃花簇簇，李花朵朵，这时"谁家子"出现在桃红李白丛中，春花、碧波、美人三者相映衬，越发光彩动人。二、正面描写和侧面烘托相结合。"白雪凝琼貌，明珠点绛唇"，白皙如玉的肌肤，樱红的嘴唇，构成一幅明丽妩媚的美人图。这种正面描写手法源于《诗经·硕人》，但诗人在这里未作全面铺叙，而是以凝炼简洁之笔出之，给人以鲜明的印象和丰富的想象。"行人咸息驾，争拟洛川神"二句脱胎于汉乐府《陌上桑》："行者见罗敷，下担捋髭须；少年见罗敷，脱帽著帩头；耕者忘其犁，锄者忘其锄。"用夸张的手法，写出旁观者忘情的反应，以此衬托美人倾动众人的非凡容颜。与乐府相比，此诗将旁观者的种种失态，改为"争拟洛川神"的同一动作，有明显的文人色彩。洛川神，即宓羲之女宓妃，溺死洛水为神，曹植有《洛神赋》描写她美丽绝伦的姿容。诗人在这里将美人比作洛神降临水边，扩大和丰富了诗的内涵。

全诗语言清丽明畅，自然本色，没有齐梁体诗的绮丽浮艳之弊，然内容终觉贫乏。

（曹林娣）

杂体诗·许征君询自叙

张子暗内机，单生蔽外象。

一时排冥筌，泠然空中赏。

遣此弱丧情，资神任独往。

采药白云隈，聊以肆所养。

丹葩曜芳蕤，绿竹荫闲敞。

苕苕寄意胜，不觉凌虚上。

曲櫺激鲜飙，石室有幽响。

去矣从所欲，得失非外奖。

至哉操斤客，重明固已朗。

五难既洒落，超迹绝尘网。

　　江淹有《杂体》三十首，系模拟汉至刘宋三十位著名作家的作品，从主题到意境，都准确地再现了各家不同的风格特征，从而显示出历代诗歌发展演变的轨迹。江淹长于杂拟前人，以为可以"肖吻"原作。本诗即其中的一首，为东晋许询自叙诗的模拟之作。

　　许询，晋高阳人，字玄度，寓居会稽，司徒蔡谟征为司徒掾，不就，故号征君。有才藻，尚玄风，好神游，乐隐遁之事。出则渔弋山水，入则谈玄属文，甚有时名，为玄言诗的代表诗人。据《世说新语》，简文曾赞许询五言诗"妙绝时人"，又载他擅"襟怀之咏"，可惜他的自叙诗今已不传。只能从这首拟作中略见其貌。

首四句总述其志：张毅不善治体内病毒，单豹又不懂体外防治，故皆不足取。此用《庄子》故事。相传张毅"高门悬薄无不走"，可"行年四十而有内热之病以死"；单豹岩居而水饮，行年七十而犹婴儿之色，不幸遇饿虎杀而食之。因此为人处世应该超然尘外，不管天下是非，涉空得中，旷然无怀，乘之以游于无穷。"筌"，捕鱼之器，言鱼之在筌，犹人之处世，一时排而去之，则可超然物外。"泠然"，指超脱尘世后的自在洒脱。以下十四句述养生之道：先要排除一切俗念，"弱丧情"，指少失故居而不知归之情，即眷恋故土之情，这样就能无所不安，操持其神，任其往来，不复顾念世情；接着要把理想的生活和山林结合起来，在深山老林采药，聊以恣情养性。山中幽静秀美的环境寄寓着至道之意，远远胜过世间俗情，领悟到其中的底蕴，就能恍如升空，飘飘欲仙了。山风从曲窗缝中吹进，在幽深的石室内传出阵阵深沉的回音。这时坐在其中，只觉内心完全摆脱了尘累，一切宠辱得失、赏誉废毁，全都不屑一顾了。运斤成风的匠人之所以绝技惊人、出神入化，原因全在于郢人、匠石二人神思专一，配合默契（事见《庄子》）。诗最后以"五难既洒落，超迹绝尘网"作结。五难，即向秀《难嵇康养生论》中所说的养生之五难："名利不减""喜怒不除""声色不去""滋味不绝""神虑消散"。至此，诗人点出前面所述养生之法，实乃去五难之道。

诗中大量用老庄之语，大谈抽象枯燥的老庄养生玄理，正如

《诗品序》所谓："孙绰、许询、桓、庾诸公诗，皆平典似道德论，建安风力尽矣。"江淹此诗既与许询的思想和文风逼肖，则由此可见东晋时玄言诗风之一斑。

（曹林娣）

范 云

范云（451—503），字彦龙，南乡舞阴（今河南沁阳西北）人。范缜堂弟。刘宋时为郢州西曹书佐，转法曹行参军。在齐官至广州刺史。入梁为侍中、吏部尚书，官至尚书右仆射。早年与沈约、谢朓同在齐竟陵王萧子良门下，为"竟陵八友"之一。其诗善模写山水，讲究对仗，注重声律，风格清丽。有集十一卷。

（束景南）

之零陵郡次新亭

江干远树浮，天末孤烟起。

江天自如合，烟树还相似。

沧流未可源，高帆去何已。

这首诗是齐永明十年（492）范云赴零陵（今湖南零陵）内史任时，止宿新亭（在今南京南）所作。谢朓有《新亭渚别范零陵云》，应即作于同时。二诗同以清婉幽秀见长，但写法截然不同。这首诗为了写出江天的荒远辽阔，采用了远距离的透视，天底下的空间尽收眼底，但又只抓住江、树、天、烟、帆五者，勾勒出了一幅空旷寂寥的淡墨画：茫茫江天，但见横岸浮树，一柱孤烟袅袅而起，沧波之上，一帆渐渐远去。这里一个"孤"字，透出无限苍茫悲凉之情。全诗写景着眼于动，先写江树若浮，这是近景之动；继写天际烟起，这是远景之动；再写江与天合，烟与树浑，这是近景与远景的叠合，由此产生出一种迷离朦胧、静寂荒冷的奇妙效果，反衬出仕宦人的离情别愁与天涯行役之苦；故最后情从景出，以滚滚江流的不可穷源，一叶孤帆的去去不停，点出仕途奔波劳苦的绵绵无期。这种动静相映、远近叠错、情景交融，使全诗具有一种回环曲折的流动之美，钟嵘评范云诗"清便宛转，如流风回雪"（《诗品》），正是此意。

　　范云此诗作于新亭，除了写水程行役之苦外，当更有一层深意。新亭依山为城，不仅是朝士游宴之所，也是当时军事交通重地。而且自东晋名士曾在此相对而泣后，新亭更成了爱国之士抒发思古幽情、缅怀中原大地的名胜。范云在赴零陵任前，曾出使北魏，因此诗中"沧流未可源，高帆去何已"的叹息，未必没有对中原收复遥遥无望的悲愤的寄托。这首诗写山河的无限空寂，是同他的这种伤感紧密联系的。

（束景南）

别　诗

洛阳城东西，长作经时别。
昔去雪如花，今来花似雪。

　　这首诗是诗人与何逊的联句，何逊集题作《范广州宅联句》，知作于永元二年（500）。永元元年范云为广州刺史，不久因冤家投告而废官，移居金陵城东郊外，同后进诗人何逊结为忘年交。《梁书·何逊传》载："南乡范云见其对策，大相称赏，因结忘年交好。自是一文一咏，云辄嗟赏，谓所亲云：'顷观文人，质则过儒，丽则伤俗；其能含清浊，中今古，见之何生矣。'"这其实也道出了范云自己的诗风。"洛阳城东西，长作经时别"，"洛阳"借指金陵，范云与何逊各居金陵城东西，一地两隔，竟难得一见；"经时"，言经历多时，何逊集作"却作经年别"，意思似更明确。然而长久分别不见，并不妨碍两人友情的始终如一，故三、四句云："昔去雪如花，今来花似雪。"向来注家以为这两句只写了一个冬去春来，而忽视了范云巧妙的寓意。从雪如花到花似雪，固然是由冬到春的时序变化，然作者本写一别再见，却是要以雪如花、花似雪的不变，来比喻两人友情的如一，因此洁白的雪与花，在这里成了两人纯情挚意的象征。二句即景成吟，妙语天然，故沈德潜说："自然得之，故佳。后人学步，便觉有意。"（《古诗源》）

　　　　　　　　　　　　　　　　　　　　　　　　（束景南）

陶弘景

陶弘景（452—536），字通明，丹阳秣陵（今江苏南京）人。好道术，性爱山水。宋末为诸王侍读，入齐为奉朝请。后隐句曲山，自号"华阳陶隐居"。梁武帝凡遇大事，常往咨询，因有"山中宰相"之称。卒谥"贞白先生"。兼通阴阳五行、天文地理、文学书法。著述颇富，诗多描绘山川景物，今传《陶隐居集》辑本一卷。　　　　　　　　　　　　　　　　　　　　　（孙安邦）

诏问山中何所有赋诗以答

山中何所有？岭上多白云。

只可自怡悦，不堪持寄君。

这是陶弘景回答齐高帝诏问的诗，故题又作《答诏问》。

齐高帝时，陶弘景官拜左卫殿中将军。由于从小好道术，早有出世养生之志，加之其父为婢妾所害，故终生不娶。又读书破万卷，常以一事不知为耻，因于永明十年（492）上表辞官，隐居句曲山（亦称茅山），日以游赏读书为乐。此诗当作于隐居句曲山时。

首句以高帝诏书中语发端，引人注目，想知其究竟怎样回答。"岭上多白云"，答句简洁明了，却发人深思。在诗人看来，那岭上的白云既是变化无穷、值得观赏的实景，又是悠闲自得、不受拘束的象征。因此接下去便说"只可自怡悦，不堪持寄君"。言外之意，显然是以对隐居生活的留恋，来婉拒请他出山为官的诏书。事实证明，陶弘景的这种志趣是真诚的、坚定的。入梁后，梁武帝曾屡屡召请，而他却一如既往，修道终生，成为享名当时和后代的高士、诗人。

此诗一问一答，形式活泼，语言浅近，但寓意深刻，耐人寻味，堪称南朝诗的精品，对唐代小诗也有一定影响。　　（孙安邦）

曹景宗

曹景宗（457—508），字子震，新野（今河南新野）人。少雄豪，立志学樊哙、乐毅。仕齐，官至竟陵太守。萧衍起兵时，曹景宗率众归附，除郢州刺史。天监六年，大败魏于钟离，拜侍中、领军将军。天监七年（508），迁江州刺史，卒于赴任途中。 （束景南）

光华殿侍宴赋竞病韵

去时儿女悲，归来笳鼓竞。

借问行路人，何如霍去病？

这首诗作于梁天监六年（507）。天监五年，北魏拓跋英侵犯钟离，梁曹景宗率军抗击。天监六年，双方在淮上激战，淮水因积尸而不流，魏军大败。梁师凯旋，武帝萧衍在光华殿设宴庆贺，命文士左仆射沈约等赋韵联句。曹景宗以一赳赳武夫，"启求赋诗。帝曰：'卿伎能甚多，人才英拔，何必止在一诗？'景宗已醉，求作不已，诏令约赋韵。时韵已尽，惟余'竞''病'二字，景宗便操笔，斯须而成。……帝叹不已。……朝贤惊嗟竟日"（《南史》本传）。

这首诗全以口语入诗，妙在自然天成，脱口而出，毫无矫饰。"去时儿女悲"，是写出征时亲人的悲痛送别；"归来笳鼓竞"，是写凯旋归来笳鼓齐鸣的雄壮军威。作者没有采用正面铺叙战争场面的习惯写法，仅用这一去、一归作对比，便写出了将士们奔赴疆场的慷慨悲壮与杀敌作战的勇武英豪。尤奇的是紧接突兀一问："借问行路人，何如霍去病？"便活画出一个得胜将帅在凯旋途中犹自左顾右盼、心傲志豪、气吞强敌的神态。霍去病是与卫青齐名的汉代名将，曾先后六次出击匈奴，解除了西汉初年以来匈奴对汉王朝的威胁。汉武帝要为他建造府第，他回答说："匈奴未灭，无以为家。"曹景宗以霍去病自比，千言万语尽在不答之中。妙的是向路人询问，不仅使这个功高自负的大将的粗豪性格跃然纸上，而且使全诗余音袅袅，耐人回味。难怪范文澜要称它"确是南朝唯一有气魄的一首好诗，比所有的靡丽诗都要好得多"（《中国通史》）。（束景南）

谢 朓

谢朓（464—499），字玄晖，陈郡阳夏（今河南太康）人。少好学，有美名。始为豫章王太尉行参军，后在随王萧子隆、竟陵王萧子良幕下任功曹、文学等职，深得赏识，为"竟陵八友"之一。明帝时为中书郎，出为宣城太守，世称"谢宣城"。累官至尚书吏部郎。后被始安王萧遥光所诬，下狱致死。善草隶，长五言诗，当时颇负盛名，为"永明体"代表诗人。其诗风格清秀，音韵谐协，对律诗、绝句的形成和李白等唐代诗人的创作有较大影响。又因与谢灵运同族，人称"小谢"。有《谢宣城集》。　　　　　　　　　　　　　　（张亚新）

游 东 田

戚戚苦无悰，携手共行乐。

寻云陟累榭，随山望菌阁。

远树暧阡阡，生烟纷漠漠。

鱼戏新荷动，鸟散余花落。

不对芳春酒，还望青山郭。

　　东田是建康（今南京）有名的游览胜地，在钟山下，因齐武帝时文惠太子立楼馆于此而得名。谢朓在东田也建有别墅，这首诗即是他的游览之作。

　　诗篇紧紧围绕着一个"游"字展开叙写：首联交待出游的原

因，次联写登山途中所见，三联写登高远望所见，四联写近望所及，末联写归来后的依恋不舍之情，结构谨严，层次鲜明。中间三联是重点，诗人从高、低、远、近、动、静各个不同的角度和层面，对东田景物进行了既大气包举、又细致入微的描绘。诗人来到山脚，抬头一看，只见白云在山间飘浮隐现，于是举步而上，追踪而去。一个"寻"字，写出了景物的幽深，也写出了诗人探幽访奇的勃勃兴致。沿途只见重重台榭、座座楼阁，依山而建，姿态各异，造型华美，色彩斑斓，在青山环抱、绿树掩映之中，令人目不暇接。登到高处，纵目远望，只见远树郁郁葱葱，烟缭雾绕，绿白相间，迷迷茫茫，气象万千。"阡阡"同芊芊，茂盛貌；"漠漠"，密布貌。两句意境与（陶渊明《归园田居》）"暧暧远人村，依依墟里烟"相似，但更为雄阔，浑迈。远景既令人神往，近景更饶有意趣：只见碧波池中，新荷吐绿，鱼戏其中，荷叶轻荡；鸟鸣花枝，一朝飞散，枝摇花落，残红如雨。两句以极细致的笔墨，勾勒出初夏景物的瞬间动态，负有盛名。鱼、鸟为动物，荷、花为静物，诗人巧妙地将它们编织在一起，并以动物之动来"破坏"静物之静，从而酿造出无穷兴味。这种物态所经历的时间是短暂的，所给予人的感受也是细微的，而诗人却及时抓住了两者之间的共振点，用文字这种具有永久生命力的载体记录下来，显示了敏锐的观察力、感受力和独到的表现力。

首、末两联除交待出游原因和结构上的功能外，一以戚戚之苦反衬出游之乐，一以"芳春酒"陪衬"青山郭"，都有利于突出东田景物的美好。诗人生活在一个充满倾轧和杀戮的社会政治环境中，"常恐鹰隼击，时菊委严霜"（《暂使下都夜发新林至京邑赠西府同僚》），故诗以"戚戚"发端，看似突兀不协，实则是一种很平实的写法，使诗篇的情调更加厚实，更具有一种内在感情的魅力。

早期的山水诗，或如郭璞那样带些仙气，或如谢灵运那样带些佛理，谢朓早年之作也是如此。而这首诗描写实实在在的人间景物，历历可见，切切可感，平实明丽，清新秀发，褪尽了仙气、佛理和玄思，呈现出一种崭新的面目，标志着山水诗进入了一个新的发展阶段。

（张亚新）

直中书省

紫殿肃阴阴，彤庭赫弘敞。

风动万年枝，日华承露掌。

玲珑结绮钱，深沉映朱网。

红药当阶翻，苍苔依砌上。

兹言翔凤池，鸣佩多清响。

信美非吾室，中园思偃仰。

朋情以郁陶，春物方骀荡。

安得凌风翰，聊恣山泉赏。

　　由于政治风云的变幻莫测，自魏晋以迄南朝在统治阶层中兴起了一股朝隐之风：一方面当官求禄，一方面却又向往着山林隐居的闲散生活。谢朓"既欢怀禄情，复协沧州趣"（《之宣城郡出新林浦向板桥》），也是一个热衷朝隐的人，这首诗便抒发了他的这种思想情感。

　　诗作于任中书郎时。"直"，同"值"，即值班。全诗可分为前后两个部分。

　　从开头至"鸣佩多清响"为第一部分，描写中书省的楼宇建筑和周围环境。"紫殿""彤庭"互文见义，均指中书省所在的楼宇，既肃穆深沉，又宽阔明亮。从这里望出去，只见和风吹动着万年树枝，日光在承露盘上闪烁。"万年枝"指冬青树，"承露掌"即承露盘。汉武帝时，于神明台上作承露盘，立铜仙人以手掌擎盘接甘露，以为饮之可以延年。这里窗户的样式都十分精巧玲珑，以绫绮结成连钱为饰，垂着绮制的网状窗帘。楼宇外，阶前的芍药枝繁叶茂，一层层台阶上铺满了青苔，环境十分幽雅宁静。最后点明此处即为中书省，是达官要员们出入的场所。"翔凤池"，即凤凰池，也即中书省，语见《晋书·荀勖传》。荀勖由中书监改任尚书令，有人前去祝贺，他却气愤地说："夺我凤凰池，诸君贺我邪！"

余诗为第二部分，抒写向往山泉的情怀。先以"信美"对"兹"地作评价，表赞赏；然后以"非吾室"转折，说明这里虽然很不错，却不是自己所呆之地，自己向往的还是园林。其理由有两条：一是那儿有怡人的友情，二是那儿有动人的春景。"朋情"就人事而言，"春物"就自然景色而言，在诗人看来，这两者在官场上都是难以得到的。"郁陶"，融洽浓厚貌。"骀（dài）荡"，繁盛充溢貌。最后，诗人希望能长上翅膀，以便随心所欲地去欣赏山林泉水。想象平易、天真，表达出诗人急于摆脱羁绊、投身大自然的迫切心情。

这首诗在写作上有两个特点。一是明明要说中书省"非吾室"，却先以饱含感情的笔墨，对中书省作了一番精细的摹绘，使人觉得这里确实"信美"，从而为"中园""朋情""春物""山泉"作有力陪衬，使人觉得它们比中书省更加"信美"，更具有吸引力。二是诗人将对楼宇建筑同自然景物的描写有机地结合起来，使两者互相辉映，融合无间。谢朓与谢灵运不同，他并不专到深山大壑去寻求自然景物的创作素材，而是随时随地将即目所见之景摄入笔端，加以点染。此诗写中书省值班而有"红药当阶翻，苍苔依砌上"这样极清丽秀美的佳句，即是显例。这说明诗人对于自然景物的欣赏是同他的官吏生活紧密地结合在一起的，也是同他朝隐的人生态度密切相关的。

（张亚新）

观　朝　雨

朔风吹飞雨，萧条江上来。

既洒百常观，复集九成台。

空濛如薄雾，散漫似轻埃。

平明振衣坐，重门犹未开。

耳目暂无扰，怀古信悠哉。

戢翼希骧首，乘流畏曝鳃。

动息无兼遂，歧路多徘徊。

方同战胜者，去翦北山莱。

　　这是一首写景兼抒怀的名作，很能代表谢朓诗在内容上多写隐仕思想矛盾、艺术上多先写景后抒怀的创作特色。

　　前六句描写雨景，展示了晨雨由远而近、由大而小、由急而缓的变化，把个雨景写得有声有色、历历在目。"百常观""九成台"皆古代台观名，这里借指眼前的台观建筑。中四句承前启后：天刚亮就穿好了朝衣，准备上朝，但由于大雨的关系，宫门迟迟未开。暂时不能上朝，也就暂时避开了朝中各种人事冗务的烦扰，得到了怀古的悠闲。"怀古"在此指对淡泊宁静的远古生活的怀念，实际指一种超乎现实、超然物外的旷达情绪。后六句写因怀古而生发出来的内心矛盾。"戢翼",即敛翅不飞,比喻退隐。"骧首",马首上举,比喻出仕。"曝鳃",相传黄河里的大鱼集于龙门之下,得上者成龙,不得上者只能曝鳃龙门,后因以"曝鳃"比喻遭受困顿、挫折。"动息",动止进退,指做官和退隐。"战胜"用《论语》中语。孔子门人子夏曾说:"吾入见先王之义则荣之,出见富贵又荣之,二者战于胸臆,故臞也。今见先王之义战胜,故肥也。""北山莱"语出《诗经·小雅·南山有台》:"北山有莱。"六句说退隐时想要出仕,真出仕了又害怕官场的险恶、仕途的艰难。做官和退隐不能两全其美,难于取舍,就像走在歧路上一样徘徊不定。最后,还是退隐的想法占了上风,且到山里除草种地去吧。这种出处进退的思想矛盾,是特定的历史时代和社会政治环境的产物,虽与诗人个人的特殊经历和遭遇有关,但在封建社会往往能够激起很多人的共鸣,反映了文人的一种典型心态。不过,诗人虽说了"方同战胜者,去薙北山莱"这样的话,但却没有真正走上退隐之路,最后甚至被诬下狱而死。"乘流畏曝鳃",实在是一个历史的悲剧。

　　诗的出句气概不凡,足以笼罩全篇。"江"指长江,北风裹挟着大雨从辽阔的江面上铺天盖地而来,顷刻间迷濛一片,景象高远、壮观。但自"平明"句以下,便渐觉气力不加。钟嵘《诗品》称谢朓"善自发诗端,而末篇多踬,此意锐而才弱也"。实际上,这倒不是意锐才弱所致,相反却与意弱有关。诗篇承袭谢灵运诗写景加抒情说理的公式,抒情部分篇幅过长,形象性较差,感情色彩较淡,特别是最后两句,很难说是深思熟虑、行必由之的恳切之言，自然难于打动读者，以至给人以虎头蛇尾之感。不过，诗篇情景分咏，既映衬分明，又通过中间"平明"四句的过渡、转换和衔接，浑为一体，结构、意境和情调还是完整、和谐的，仍不失为谢朓诗中的上乘之作。

　　　　　　　　　　　　　　　　　　　　　　　　　　　　（张亚新）

柳恽

柳恽（465—517），字文畅，河东解（今山西运城西南）人。齐时历任法曹参军、太子洗马、相国右司马等官；入梁，为广州刺史、秘书监、吴兴太守。有诗名，又擅弈棋、弹琴。有文集十二卷和《清调论》《棋品》等，已散佚。

（曹明纲）

江 南 曲

汀洲采白蘋，日落江南春。

洞庭有归客，潇湘逢故人。

故人何不返，春华复应晚。

不道新知乐，只言行路远。

　　短短八句诗，四十个字，诗人却给我们讲了一个耐人寻味的小故事：在江南某地春日的一个傍晚，落日的余晖将河水映得红红的，一群妇女正在河滩上采撷白蘋。这时一个从洞庭湖归来的人恰巧路过，他对其中一个相识的女子说，他在湖南潇湘一带曾遇到了她的丈夫。那个女子听了，急切地问道："他为什么还不回来，眼看大好的春光即将过去了！"那人见了她这副模样，不忍心告诉她远在外地的丈夫已另有新欢，只是搪塞地说：因为路途太遥远了。

　　在封建时代，男子长期外出，因有新欢而迟迟不归，令在家的女子苦苦思恋、独守空闺的事，时有所闻。诗人巧妙地利用一次偶遇、几句对话，就把这种社会现象活生生地放到了人们的面前。其选材之新颖，用笔之简洁，都具有浓郁的民歌风味。

　　诗的首二句写景，以汀洲日落、春暮采蘋为全诗铺垫，交代时间、地点、人物；三、四句引入归客，更加上"逢故人"之说，原先平静的河滩一下子热闹起来。这里尽管仍从侧面落笔，但采蘋女怀恋远人的心态神情已暗伏微露，因为归客表面的不问自言，实际已含女子的关切询问。而五、六句则是她的急切直陈，神态口吻毕现，埋怨中又有几分青春空度的悲戚。"春华"句既指眼前的"江南春"，同时也指自身的青春年华。末二句为归客的回答，他没有向她吐露在外的丈夫已有新欢的真情，只是以路远不便为托辞，这究竟是为了什么？对此，人们尽可以从自己的想象和思考中去寻觅各种答案，诗人却已完成了他点到即止的创作。

　　《江南曲》是乐府《相和曲》名，内容多写江南水乡景色。诗人用以叙事，并巧陈采蘋女与归客的各自心曲，颇见新意。

（曹明纲）

王僧孺

王僧孺（465—522），东海郯（今山东郯城西南）人。早年家贫，佣书奉母。历仕齐、梁，官至北中郎谘议参军，入直西省，知撰谱事。著有《十八州谱》《百家谱集抄》等。其诗状景抒情，清新活泼。　　　　　　　　　　（孙安邦）

古　意

青丝控燕马，紫艾饰吴刀。

朝风吹锦带，落日映珠袍。

陆离关右客，照耀山西豪。

虽非学诡遇，终是任逢遭。

人生会有死，得处如鸿毛。

宁能偶鸡鹜，寂寞隐蓬蒿。

此篇《诗纪》题为"游侠"，可能是根据诗篇的内容而定的。其实此诗的内容，表面似乎是写游侠的气度与豪情壮志，实则全是抒发作者的理想、志趣和矛盾心理，而这正是"古意"诗的传统手法。此诗创作年代无考，然细味诗意，似作于王僧孺佣书养母的早年。

全诗分二段。首句至"照耀山西豪"为第一段，诗人用浓墨重彩描绘了一个英俊潇洒、威武豪迈的锦衣游侠的形象。燕地出骏马，吴国产名刀，燕马吴刀，显示出游侠所用器物的名贵，再配以锦带珠袍等华丽的服饰，其身份的高贵不言而喻。这样一位英气逼人的壮士，当然会使关右与山西的一般豪客侠士黯然失色。这其实是诗人早年对游侠的一种向往，其中暗寓将来也要像游侠那样，去建立一番功绩的雄心。陆离，参差貌，这儿有较量短长之意。关右，函谷关以西地区；山西，华山以西，"秦汉以来，山东出相，山西出将"（《汉书·赵充国传》），"山西豪"即指此。

"虽非学诡遇"至末尾为第二段，表明诗人的对人生的看法和志愿。其中前四句阐述对人生的看法。诗人反对用歪门邪道来谋取成功，认为人的遭逢际遇应听任命运的安排。诡遇，语见《孟子·滕文公》："为之诡遇，一朝而获十。"原指不按照规则射箭，后引申为"枉道"，即歪门邪道。诗人又认为，人总是要死的，因此无论以枉道还是以机会所获得的，都轻如鸿毛。如果按照这种消极的思路发展，末两句以"宁能"二字，逼出不甘心与庸碌之辈为伍，埋没于穷乡僻壤的意愿，表现出虽知有命却要抗争的积极进取精神。鸡鹜，鸡鸭，喻指凡夫俗子。

全诗音韵激昂慷慨，声情与文情互为表里，两相浃洽。诗的前八句用对仗，且注重平仄相对，极为工整，体现了齐梁诗注重音律的特色。

（潘　慎）

王　融

王融（467—493），字元长，琅邪临沂（今属山东）人。王俭从子，王僧达之孙。少上书齐武帝求自试，举秀才，官秘书丞、中书郎等职。竟陵王萧子良以为宁朔将军军主，郁林王时下狱赐死，年二十七岁。其诗讲究声律，与沈约等同为"永明体"代表作家。有明人辑本《王宁朔集》。　　　　　（曹明纲）

古　意

（二首选一）

游禽暮知反，行人独未归。

坐销芳草气，空度明月辉。

啭容入朝镜，思泪点春衣。

巫山彩云没，淇上绿条稀。

待君竟不至，秋雁双双飞。

古诗中写思妇闺愁的诗很多。此诗题作"古意"，就是效法古人写闺怨的意思。首联以游禽起兴，言游禽尚知日暮而返，夫君却不能应时而归。兴中寓比，思念之情交织着怨恨之意，自然引起孤芳自赏、顾影自怜的身世感叹。二、三联即承此意脉，具体描绘思念情状。芳春，明月，朝镜，春衣，都是美丽景物，然而，因为夫君不归，独守空房，一切都变得黯然失色。所以，她愁容照镜，思泪沾衣，空负芳草香气、明月清辉。清人王夫之说，以哀景写乐，以乐景写哀，可以一倍增其哀乐。这四句，正是以美景妍物来写悲思怨情，故其哀怨之情倍增，效果尤佳。最后四句再写期盼之意。"巫山"句用宋玉《高唐赋》典："妾在巫山之阳，高丘之阻，旦为朝云，暮为行雨。""淇"，不实指淇水，而是指男女期会之所，语出《诗经·鄘风·桑中》："期我乎桑中，要我乎上宫，送我乎淇之上矣。"二句用典，明写芳春美景，暗传佳人不至的怅惘失落，着法巧妙，浑化无迹。这是以虚笔写情，恰与二、三联运用实笔形成对照，显出笔法的变幻多姿。最后以"待君竟不至"收起全篇，思情郁结，至此臻极；而后"秋雁双双飞"一句，又放纵开去，以"雁"比人，以"双"衬单，将思妇怨情烘托得愈加深沉渺远，诗境也因此顿显开阔。抒情诗而以景句结篇，且又景中寓情，堪称佳构。

（吴小平）

释宝月

释宝月（生卒年不详），本姓康，出家为僧。出自西域少数民族。生平事迹不详。善音律，曾为南齐武帝（萧赜）所作《估客乐》配曲。能诗，今存诗五首，钟嵘《诗品》列入下品。　　　　　　　　　　　　　　　　　　（王运熙）

估 客 乐

有信数寄书，无信心相忆。

莫作瓶落井，一去无消息。

《估客乐》是南朝乐府清商曲辞西曲歌中的一个曲调。这曲调为南齐武帝（萧赜）所制作。武帝在登帝位前曾经游历樊（今湖北襄樊）、邓（今河南邓县）一带，对该地区汉水流域的商估生涯比较熟悉。登位以后，追忆往事，遂作《估客乐》。武帝写了一首歌词，有人荐举释宝月擅长音律，遂叫他配乐。宝月又写了两首歌词献给武帝，本篇便是其中之一。

本篇以女子的口吻嘱咐她的情郎。诗中上两句中的"信"，是使者、送信人的意思。全诗说：你离开我后，如果有便人，要捎书信给我；没有便人，心里也要惦念着我。不要像汲水的瓶儿跌落井底，便毫无消息。全篇以清新自然的语言，表达了女子殷切期望的

、

情意，堪称语短情长。诗中所指的情郎当是商人，而女子则大约是一位娼妓。商人来往各地经商，行踪不定，所以女子担心他一去无消息。娼妓和商人的结合虽说是临时的、不固定的，但某些沦落风尘的烟花女子，对自己比较满意的对象往往怀有深情，甚至抱着幻想。这在中国古代文学作品中是常见的。释宝月的这首诗，在创作时当是深受该地区的民歌影响，真实地反映了下层妇女的思想情绪。古时人们常常汲井取水，本篇下两句从日常情景中引出比喻，显得十分贴切生动，可与乐府《前溪歌》中的"莫作流水心，引新都舍故"相比美。

南北朝和唐代，在社会各阶层人士普遍爱好作诗的风气下，一些僧人也跟着写诗。释宝月便是一个例子。

南朝的《估客乐》歌词都是五言四句的抒情小诗。唐代元稹、张籍等诗人的《估客乐》，运用篇幅较长的古体诗描写商估生涯，内容就更为具体充实了。

（王运熙）

何 逊

何逊（？—518），字仲言，东海郯（今山东郯城）人。少聪颖，诗为范云、沈约所赏。曾任建安王萧伟记室及尚书水部郎等职。存诗一百一十余首，善写离情别绪和山水景物，讲究声律，有的已接近唐诗。有《何逊集》。 （萧华荣）

铜 雀 妓

秋风木落叶，萧瑟管弦清。

望陵歌对酒，向帐舞空城。

寂寂檐宇旷，飘飘帷幔轻。

曲终相顾起，日暮松柏声。

　　《铜雀妓》是乐府曲调名，一作《铜雀台》。铜雀台是曹操于汉末建安十五年（210）所建，旧址在今河北临漳县西南古邺城的西北隅，其台甚高，上有屋一百二十间。据《乐府诗集》卷三十一《相和歌辞六·平调曲二》引《邺都故事》，曹操死前曾嘱咐诸子将他埋葬在邺城的西冈上，后称“西陵”。诸妾与妓（舞女），俱住铜雀台。台上设六尺床，挂以灵帐，每月十五日，在灵帐前作歌舞。诸子登台时，则要瞻望他西陵的墓地。《乐府诗集》又引《乐府解题》说：“后人悲其意，而为之咏也。”所作即此调。至于后人所悲的“其意”，是留恋生前的尊荣呢，还是要儿子们慎终追远，记住他未竟的壮图？那就不得而知了。但有一点是无疑的：一死之后，万事成空，英雄豪杰，在所不免。其意可悲，大约就在于此。《乐府诗集》共收录六朝至唐的《铜雀台》诗二十八首，都用原题本意，情调大多悲凉。

与其他各首相比，何逊的这首是颇为成功的，它紧扣曹操生前言志抒怀的诗句和当年铜雀台歌舞的情景，写出一种悲凉苍茫的气氛，却不直接抒情议论，而把情意蕴蓄渗透在形象的描写之中。

开头“秋风木叶落，萧瑟管弦清”二句，既是实景实况，又不露痕迹地化入曹操《步出夏门行》中“秋风萧瑟，洪波涌起”的词语，令人忆起他当年“日月之行，若出其中；星汉灿烂，若出其里”的吞吐宇宙的壮怀，但而今却唯有落叶萧萧而已！一股秋气，先已笼盖全篇。第三句“望陵歌对酒”中“对酒”二字，指曹操《短歌行》的名句：“对酒当歌，人生几何？譬如朝露，去日苦多。”目望西陵，口唱此诗，情调氛围，极为贴切。第四句“向帐舞空城”，“帐”指灵帐，“城”指邺城。“舞空城”三字，造语奇特；“空”字更暗寓英雄一去霸业成空的感慨，可谓全诗的“诗眼”。后半四句，都渲染这一“空”字。你看，铜雀台的房檐屋宇，在苍茫天地、无边秋气中，多么寂寥荒旷；而灵帐也只是随风轻飘而已，其实空无所有。最后二句，尤为高明，不着议论，而余意无穷。“曲终相顾起”写妓人歌舞完后那种茫然、木然的表情，她们并不了解曹操的深意，甚至忘记了他曾经存在。她们只是履行公事而已。“日暮松柏声”写代替管弦歌声的，不过是瑟瑟树声而已，况复暮色苍茫。唐人名句“曲终人不见，江上数峰青”，大约由此化出。　　　（萧华荣）

扬州法曹梅花盛开

兔园标物序，惊时最是梅。

衔霜当路发，映雪拟寒开。

枝横却月观，花绕凌风台。

朝洒长门泣，夕驻临邛杯。

应知早飘落，故逐上春来。

此诗一作《咏早梅》，颇与诗意相合。显然，它是作者在扬州法曹（司法的官署）之中见到早开的梅花，有感而作。全诗用铺陈的写法，又好用虚泛的典故和地名，体现了齐梁诗歌创作的一般风气。

诗的风格，可用"清婉"二字概括。我们咀嚼体味，会感到在诗的精神深处，实际上是把早梅当作一位不仅清刚而又柔婉多感的女子来描写的，也有着作者本人细微的顾影自怜。全诗主要扣紧一个"早"字，特别是开头四句，更在"早"上用功。"兔园标物序"的"兔园"是汉代梁孝王所建的园林，后人称为"梁园""梁苑"。它与梅花并没有特殊的联系，与扬州也毫不相干。作者以之指代扬州法曹，只是因为它素以华丽著称，内有奇花异草，以见在百花之中，梅花开得最早，它们"标物序"，即向人们昭示着时序的迁移，标志着春之将临。第二句的"惊"字颇为传神，写人们惊异于梅开之早，惊异于春天的悄然降临。第三、四句更以梅的披霜而发，迎寒而开（"拟寒开"的"拟"，即"向"之意），进一步正面突出"早"字。其实以上四句，可以适用于任何早开的花，并未刻画出早梅的独具风姿。以下四句，则摆落掉这个"早"字，将意境横向延伸。其中"却月观""凌风台"都是一般的观名、台名，不必具体坐实。作者用这两个名称，主要因为其有"风""月"字样，可以与梅的花、枝相互映衬，创造出某种柔婉、清美的意境。隋代李谔《上隋高帝革文华书》说齐梁诗文"不出月露之形"，"唯是风云之状"，大致就指这种情况。"长门"是汉代的宫殿，汉武帝的皇后陈阿娇失宠后曾被废置于此，尽日"愁闷悲思"。临邛在今四川邛莱县，汉代司马相如曾在这里的宴会上琴挑卓文君，并一起私奔。这两个地方与梅花也无特殊联系，那里甚至未必会有梅花。作者用这两个典故，是因为它们与儿女之情相关，可以造成一种多情、幽怨的情调：这梅花曾经洒上阿娇的眼泪，又曾使卓文君停杯赏悦。这其实是用两位著名的女性，来衬托梅花的美丽与幽情，表现出齐梁诗常见的阴柔之气。最后二句又回到"早"上。意谓梅花大概知道自己花期不长，故追逐着早春（即"上春"）快快开放。这里有惜花之意，也有作者对前途难卜的自怜之情。

（萧华荣）

与胡兴安夜别

居人行转轼，客子暂维舟。

念此一筵笑，分为两地愁。

露湿寒塘草，月映清淮流。

方抱新离恨，独守故园秋。

全诗写秋夜离别，全从正面着笔，径情直遂地平平道来，没有什么旁敲侧击的妙着，但在平实中却洋溢着真挚深厚的情谊。它在艺术上最可注意之处，是景物与情思的虚实相间。全诗八句四联，第一、三联写别景，是实；第二、四联写别情，是虚。这叫做一唱三叹，或者借用李白的诗句形象地说，可谓"一叫一回一肠断"，足见友情之深，离别之苦。再进一步说，实写景处，并非纯客观地描写，而有情在其中，叫做"景中情"；虚写情处，亦非抽象地言情，而能造成实境，叫做"情中景"。

开头二句，开门见山，表明分手在即，创造离别气氛。诗中"居人""客子"，身份不明。联系下文，大约前者指诗人自己，"客子"则指友人胡兴安。可能胡兴安前来拜访，盘桓数日，将要归去。有朋自远方来，自是乐事，但也带来了离愁别绪。主人在江边设宴钱行，二人衔杯举觞，别情依依，不觉已夜色苍茫。纵十日长筵，终有一散；千里送君，必有一别。此刻，离别的时分到了，不好再延宕。主人将回车归去（"轼"是车前横木，此处指代车），客人暂系的小舟，也将解缆前行。一个"行"（将）字，一个"暂"字，真如箭在弦上，不能不发。"念此一筵笑，分为两地愁"二句转为抒情，而情中有景。此时短暂的言笑欢宴，在时间上幻化为长久的相互忆念；此地有限的景观，在空间上幻化为遥遥相思的两地。这就把虚而难凭的情意，化为指而可想的实景，并拓宽了诗的境界。这是诗家所谓"造境"的功夫。"露湿寒塘草，月映清淮流"向称名句，写的都是即目所见的实景。前句是微观描写，细到露珠草叶；后者是宏观描写，大至天宇长河。凄清苍凉的实景中又蕴含着无穷的情思。"露湿寒塘草"令人想到泪湿离人衣；"月映清淮流"，也使人联想到流不尽的愁恨如江水，追随友人身影的情思似月光。这是"化景物为情思"。末联又转入抒情，但也同样能造成实境："独守孤园秋"五字，创造出诗人在故园的秋色里孤苦地回忆这数日欢聚的画面。

总之，全诗不过写行将离别的那一片刻，那一场面，却写得时空变换，情景叠生，不失为一首佳构。

（萧华荣）

慈姥矶

暮烟起遥岸，斜日照安流。

一同心赏夕，暂解去乡忧。

野岸平沙合，连山远雾浮。

客悲不自已，江上望归舟。

　　读何逊的这首《慈姥矶》，令人想起李白的名句："抽刀断水水更流，举杯消愁愁更愁。"大概因为二者意象虽殊，情绪却颇相合吧。郁结于人们心灵深处的情结，往往不是外物所能消解的。有时它如一团乱麻，愈解反而愈乱。当然，李白此两句诗所流露出的愁结与何逊不同，烦扰着他的是人生的失意、事业的无望；而《慈姥矶》所表达的，却是撩人千古的乡愁。二人消愁的方式也不同：李白欲借酒消除，何逊则欲借景排遣，而结果却都是"愁更愁"。

　　全诗用情景相间、一景一情的写法，即一、三联写景，二、四联抒情。这种格式有点呆板，把写景、抒情分为两截，远不如唐人那样融为一体，难分难解。不过在此诗中，何逊也自有这样写的理由。因为它表达了诗人心灵的一段曲折：初观景——暂解乡愁；再观景——又惹乡愁。傍晚，诗人来到慈姥矶（在今安徽当涂北长江边）散心消愁。他先看到遥远的对岸，已经暮霭苍茫；再看江中，夕阳的余晖染红一平如镜的江水，令人想起谢朓"余霞散成绮，澄江静如练"的名句。这江上夕景使他达到了"一同心赏夕，暂解去乡忧"的目的。"一同心赏夕"即一心赏夕，别无他念，乡思自然得到消解。第三联的写景比首联略有变化：现在看到的是环绕在江岸的平沙，是弥漫于群山的夕雾，景色略显苍凉，但还不足以撩拨起诗人的乡愁。惹起乡愁的，是在这同时也看到的江上的"归舟"，这才是引发乡思的触媒。因为可以想见，归舟中有唱晚的渔人、兼程的倦客，他们都朝向一个目标：家。在这一瞬间，诗人的心灵中突然发生了实与虚的转换：那归舟幻化为无形而有影的乡思，幻化为"万里悲心常作客"的人生恨事。观景消愁至此，反而成了见景兴情，这种情况是生活中常见的，独在异乡的王粲在《登楼赋》中也有同样的描写。"虽信美而非吾土"的荆州风景，不是引出了"人情同于怀土"的强烈乡思吗？

那解不开的情结，消不了的乡愁呀，就这样再次潜入了诗人的心田！

（萧华荣）

闺　怨

闺阁行人断，房栊月影斜。
谁能北窗下，独对后园花！

　　大凡"闺怨"，写的多是思妇独处的怨怅，此诗也是如此。诗中这位思妇的丈夫为了何事，去了何地，离了多久，诗人都未说明，却把思妇此时此刻的情景写得很具体：这是一个春天的月夜，她伫立北窗前，窗外是后花园，花儿正在开放，真是满窗月影，满窗花影。正是在这种典型的场景中，展开了思妇典型的情绪：那才下眉头又上心头的缠绵情思。开头两句用"断""斜"两个动词，极写思妇的索寞无聊。"行人"二字，看似泛指，实则特指她的丈夫——她的情之所钟，意之所结。他离去已经许久，闺中早已看不到他那熟悉的身影。陪伴她的，唯有那同样孤单的月亮，把凄清的光华洒到她的窗上（"栊"即窗棂）。"斜"字写出月亮的西转，足见她伫立之久、思念之深。后二句是抒情，却不直白地倾吐其相思之苦，不作空泛议论，而只是说不堪"独对后园花"。"花"字点出时序——春天。春夜芳闺，月下花前，正应是青年夫妇成双成对踏月赏花的时光，如今形单影只，何以面对这袅娜的花枝、皎洁的月光！一片寂寥无绪的春心，于此和盘托出。能够在寥寥二十字内，写出女主人公细腻微妙的心理活动，是此诗的成功之处。　（萧华荣）

相　送

客心已百念，孤游重千里。

江暗雨欲来，浪白风初起。

　　题为"相送"，但细细体味诗意，则似乎是诗人写给为自己送行的朋友的。诗中的"客"，应指诗人自己。他在临别之际，向朋友诉说了"万里悲秋常作客"的凄怆之情。他为了生计，也为了功名，远离家乡，客游四方，到处奔波。他"客心已百念"，即使在送别的此地，对他说来已经是客居异乡，游子思乡之情，真是千头万绪，难以言说。更令人不堪的是，此刻他即将离开这刚刚熟悉的地方，刚刚结交的朋友，又要到千里之外去了。一个"孤"字，写出他漫漫长途四顾无侣，写出他"异乡更异乡"的寂寞凄凉。末联"江暗雨欲来，浪白风初起"向称名句。这一方面是因为它们写景细致，状物真切。山雨欲来之际，阴霾蔽天，黑云垂地，故云"江暗"；江雨初起之时，波浪翻涌，水花四溅，故云"浪白"。为大自然的风雨晦明、阴阳变化传神写照，只用了寥寥十字。另一方面，它们也有力地渲染了游子风雨兼程的凄惶心情，以及前途难卜的忧惧。当时的诗，常常写景在前，抒情在后，情由景生；此诗却突破这种格式，先写情，后写景，以景印情，景因情发。这二句的景象固然可能是写实，但从游子凄惶的眼中看出，也不免带有夸张成分和感情色彩，这也便是所谓感性的东西心灵化了。

　　　　　　　　　　　　　　　　　　　　　　　　　　（萧华荣）

吴　均

吴均（469—520），字叔庠，吴兴故鄣（今浙江安吉）人，家世贫寒，曾为建安王伟记室、国侍郎、奉朝请，曾因私撰《齐春秋》而免官，后撰通史，未就而卒。诗文多写山水景物，风格清拔有古气，时称"吴均体"，人多仿效。明人辑有《吴朝请集》。　　　　　　　　　　　　　　　　　　　　　　　（赵志伟）

行 路 难
（五首选一）

洞庭水上一株桐，经霜触浪困严风。
昔时抽心曜白日，今日卧死黄沙中。
洛阳名工见咨嗟，一翦一刻作琵琶。
白璧规心学明月，珊瑚映面作风花。
帝王见赏不见忘，提携把握登建章。
掩抑摧藏张女弹，殷勤促柱楚明光。
年年月月对君子，遥遥夜夜宿未央。
未央采女弃鸣篪，争先拂拭生光仪。
茱萸锦衣玉作匣，安念昔日枯树枝？
不学衡山南岭桂，至今千年犹未知。

　　吴均有《行路难》五首，主要抒写人生不平之慨，表达自己的愿望，受鲍照《行路难》影响很大。这里选的是第一首。

　　这是一首咏物诗，可分三段。首句至"珊瑚映面作风花"为第一段，写桐树不幸经霜触浪而卧死黄沙之中。枯桐本为丢弃之物，不意因祸得福，为洛阳名工所激赏，将其制成琵琶。"白璧规心""珊瑚映面"，精心加以装饰后显得精彩动人。从"帝王见赏不见忘"至"争先拂拭生光仪"为第二段，用拟人手法写琵琶命运发生了彻底变化，受到了帝王权贵的宠爱，出入宫禁，陪伴君子；宫女们也丢弃了竹制的乐器而争相拂拭、弹奏，琵琶由此一似得志之人，凭借好风直上青云。"建章""未央"，汉时著名宫殿，在长安。"张女弹""楚明光"，皆古典名。"掩抑""促柱"，弹琵琶时的指法。白居易《琵琶行》："弦弦掩抑声声思，似诉平生不得志。"最后四句为末段，写琵琶以锦衣玉匣自豪，身价百倍，早已不记得当年微贱，反而轻视那长在深山、千年不为人知的老桂树了。

　　以桐树制乐器古已有之，相传东汉蔡邕在吴时，曾见吴人烧桐树以煮饭，蔡听到火爆声，说这是好木材，便要来制成一只琴，弹奏起来果然声音美妙动听，因琴尾尚有焦痕，起名"焦尾琴"。后有人写《焦尾琴赋》以述其事，寄托心志。吴均此诗亦很可能受此启发。

　　全诗采用一实一虚的手法写两种树的不同遭遇，一穷一达，对比鲜明，以物喻人，寓意深刻。实写桐树，虽戕生却富贵荣华；虚写桂树，虽保全身却寂寞而不为人知。其着力描写前者，浓墨重彩，而诗的主旨却放在后者，寥寥数语却意味无穷。曹丕说"文以气为主"(《典论·论文》),细诵此诗,即隐然可觉有一股不平之气充溢其间,令人慨然。全诗宛转地道出了诗人胸中的孤愤:千年的桂树乃是人间至宝,却空居深山,不得赏识;毁弃的枯桐却由于偶然的机遇而享尽荣华富贵。诗人对这种宝康瓠、弃周鼎,社会黑白颠倒、贤愚不分的强烈不满,尽在不言之中。

正如屈原喜爱兰芷芳草一样,吴均很喜爱吟咏桂树。他在《酬别江主簿屯骑》中写道:"泛舟当泛济,结交当结桂。济水有清源,桂树有芳根。"在《重赠临蒸郭某诗》中写道:"英英者桂,结交蒿华","英英者桂,亦好其音"。在另一首《行路难》里更写道:"山中桂树自有枝,心中方寸自相知。"他心中的方寸就是怀抱美质,奋发有为。诗人曾有《咏宝剑诗》,在描写了宝剑的材质精良后说:"寄语张公子,何当来相携。"可见其用世之志十分强烈。然而结果如何呢?因为出身寒贱,虽有报国之志,终无请缨之路,"明哲遂无赏,文华空见沉","怀金无人别,抱玉遂成非"(《发湘州赠亲故别诗三首》)。非但如此,还要遭人嘲笑,这正如桐树嘲笑桂树一样。

《梁书》本传称吴均"文体清拔有古气",在齐梁"转拘声韵,弥尚丽靡"的创作风气笼罩下,宫体诗泛滥,雕藻浮华成一时风尚,诗作大多少风云之气,多儿女之情。诗人能托物言志,写出这种对比强烈、寄寓深沉,且又饶有古趣的咏物诗,实在是十分难得的。吴均此诗清隽拔俗,迥出旁流,不愧为鲍照《行路难》的余响。

(赵志伟)

赠王桂阳别

（三首选一）

　　树响浃山来，猿声绕岫急。

　　旅帆风飘扬，行巾露沾湿。

　　深浪暗蒹葭，浓云没城邑。

　　不见别离人，独有相思泣。

　　据《梁书·文学传》载，吴均"文体清拔，有古气，好事者或效之，谓为吴均体"。"清拔"即清新刚健，"古气"指汉魏时期古朴苍茫的诗风。即以此诗而言，虽也讲究对偶、声律，表现出齐梁诗坛的一般追求，但意境开阔，格调苍凉，语言质朴，无彩丽竞繁、柔弱萎靡之病。

　　作为一首送别诗，其关键是第七句"不见别离人"。此句点出"赠别"其题，点出王桂阳其人。在结构上，则有承上启下之妙。由"不见"，正可看出以上所写，大抵是送别友人时的即目所见，只有首联"树响浃山来，猿声绕岫急"是写所闻，那是为了创造一种笼罩全诗的悲凉气氛，渲染离别时的凄怆情调。其中"浃"即"遍"，"岫"指山峰。风乍起，吹动满山树林，沙沙作响；猿声哀鸣，回荡山谷，久久不绝。就是在这种气氛中，诗人与朋友执手道别。以下四句，即写诗人伫立江边，目送征帆，心逐友人，由历历可见到隐约难辨，直至"不见"。风飘旅帆，自然是初启程时目力可及的实境，而行露沾巾，则无疑是想象之词，以洞见细微的"特写镜头"，表现友人的旅程之苦。第五、六句则是随着友人的远去而推出的"远镜头""全镜头"：远方，滔滔巨浪之间，芦苇（即"兼葭"）已模糊难辨；滚滚浓云之下，城郭也隐约难明，更不用说旅帆和友人的身影了。"暗""没"二字，自然而然地引出"不见"二字；"不见"又自然而然地引出末句"独有相思泣"。天地空阔，烟水迷茫，知己渺远，只有诗人自己，还久久地伫立着、回忆着那逝去的一切。

（萧华荣）

古　意

（二首选一）

杂虏寇铜鞮，征役去三齐。
扶山剪疏勒，傍海扫沈黎。
剑光夜挥电，马汗昼成泥。
何当见天子，画地取关西！

　　此诗一作《剑骑诗》，大约因诗中"剑光夜挥电，马汗昼成泥"
二句，有宝剑、骏马之名吧。全诗境界壮阔，情绪激越，得建安风
力，又有盛唐边塞诗风，于齐梁诗坛实为不可多得。特别是"何当
见天子，画地取关西"二句，豪迈自信，据传梁武帝萧衍曾读过此
诗，后见到吴均，"谓曰：'天子今见，关西安在焉?'均默然无答"
（《太平广记》）。诗人情之所至，称心而言，不足为据。萧衍也是诗
人，深谙此中三昧，他不过是戏言而已。所以，我们也只能就诗
论诗。

　　诗中涉及地名很多，它们天南地北，互不相干。比如铜鞮在今
山西沁县一带，三齐在今山东境内，疏勒在今新疆维吾尔自治区，
沈黎在今四川汉源一带，关西泛指今陕西函谷关或潼关以西。对此
也不可刻舟求剑，比如责备首联称各路敌军（"杂虏"）侵扰西边的铜

锟，而征讨的大军却开赴东边的三齐。古人诗中类似情况很多，清代王士禛说过："大抵古人诗画，只取兴会神到，若刻舟缘木求之，失其旨矣。"（《池北偶谈》）在本诗中，作者也只不过抒发自己的豪壮情怀而已，倘若有人用地图册一一按之，那才是迂不可及呢！不过上述地名也有个共同点，即都是古代经常用兵之地，或者是偏安南方的梁王朝应收复之地。第二联"扶山""傍海"二语，有排山倒海之势。疏勒近山，故云"扶山"；三齐近海，故云"傍海"。"剪"指消灭，"扫"即扫荡，二句颇似曹植《白马篇》"长驱蹈匈奴，左顾陵鲜卑"的壮语。第三联"剑光夜挥电，马汗昼成泥"可谓佳句，具体描写鏖战。上句写夜战：宝剑挥舞，熠熠生光，犹如闪电；下句写昼战：疆场厮杀，战尘马汗，和为泥土。二句对仗工整，声律协调，形象生动，骨力遒劲，即使放到盛唐边塞诗中，也毫不逊色。最后一联以书生的大言壮语收尾，如前所说，也不过是纸上谈兵而已，难免要见笑于"天子"萧衍了。

（萧华荣）

山中杂诗

（三首选一）

山际见来烟，竹中窥落日。

鸟向檐上飞，云从窗里出。

　　这首诗写恬淡闲逸之情，有隐者风怀。吴均为人，既有"画地取关西"的雄壮一面，也有怡山悦水的淡泊一面。其著名的书札小品《与宋元思书》中说："风烟俱净，天山共色。从风飘荡，任意西东。"此诗所表达的，也正是这种任情适意的情韵。

　　诗中写了山中即目所见的八种物象，四动四静。静者为：山、竹、檐、窗。它们构成诗人的生活环境。其中山、竹是自然环境。山林皋壤素为老庄道家所向往，竹更为魏晋以来风流名士所看重，称之为"不可一日无此君"。大概因为它们有天然之趣、无尘嚣之气的缘故吧。檐、窗是诗人居住的小环境。檐既栖鸟，窗既出云，可见它们都向大自然开放，没有世俗的喧噪周旋。动者为：烟、日、鸟、云，也都不是尘嚣中的俗物，而是大自然的要素。与这些物象相联系的动词是：来、落、飞、出，都是不及物动词，显示出没有什么特殊的物欲追求，仅任性适意而已。真是动者自动，静者自静，来者自来，出者自出，飞者自飞，落者自落，构成一幅无竞无求的恬淡画面。而在这画面之中，又隐然有一位观赏的无竞无求者在。他有的是闲暇，有的是逸趣，一任烟来，一任日落；不去惊扰鸟儿，也不去干涉云朵。他在这审美化的境界里，体验着审美化的人生。

（萧华荣）

王　籍

王籍，字文海，琅邪临沂（今山东临沂北）人。出身世族。好学工文，有才气，为著名文人任昉、沈约所称赏。齐末入仕，梁时曾为湘东王谘议参军、中散大夫等职。诗效谢灵运，有时名。（杨　明）

入若耶溪

艅艎何泛泛，空水共悠悠。
阴霞生远岫，阳景逐回流。
蝉噪林逾静，鸟鸣山更幽。
此地动归念，长年悲倦游。

此诗系王籍为湘东王（萧绎）谘议参军时所作。若耶溪，在会稽郡治所山阴（今浙江绍兴）东南若耶山下。萧绎于天监十三年（514）封湘东王，“初为宁远将军、会稽太守”（《梁书·元帝纪》）。王籍随往会稽，遍游郡内山水。此诗即其时所作。

开头两句写泛舟溪上。艅艎（yú huáng），船名。空，天空。泛泛、悠悠，写出轻舟摇漾、水天共远之状。阴霞二句写极目所见。阴霞，黄昏时的云霞。昼阳夜阴，时当暮色降临，故曰阴霞。岫（xiù），峰峦。阳景（yǐng），日光。但见远处山峦，升起美丽的晚霞；落日余光，映着回曲的溪水流向远方。蝉鸣二句写倾耳所闻。暮蝉鸣噪，反显得荒林中一片岑寂；归鸟啁啾，更觉得空山里无限幽深。欣赏这两句，须与上两句联系，将其情景置于暮色渐临、水天空阔的大背景之中，才更有韵味。正是这自远而至的苍然暮色、这无边的空阔与静寂，使诗人心中悄然兴起孤独寂寞之感，于是乡愁亦被撩动，自然吟出"此地动归念，长年悲倦游"之句。此地，兼含"此时"意。倦游，指倦于游宦。据史载，王籍自以为仕宦不得志，往往纵酒狂放，荒疏公务。每游山水，"或累月不返"（《梁书·文学传》）。此种情形，正与谢灵运官场失意而纵情山水相似。其作诗慕谢灵运，当非偶然。

"蝉噪"二句以动写静，以有声写无声，富于意境之美。当时人咏此二句，誉为"文外独绝"，即称其有言外之趣，高妙难追。萧纲、萧绎都吟咏不止，以为不可复得。颜之推则指出它们与《诗经·小雅·车攻》中"萧萧马鸣，悠悠旆旌"二句异曲同工。（见《颜氏家训·文章》）

（杨　明）

萧子晖

萧子晖（生卒年不详），字景光，南兰陵（今江苏常州西北）人。齐高帝孙。历任临安令、骠骑长史等职。《新唐书·艺文志》著录有集十一卷，已佚。今存诗四首，赋二篇。

（张亚新）

春 宵

夜夜妾偏栖，百花含露低。

虫声绕春岸，月色思空闺。

传语长安驿，辛苦寄辽西。

　　古人说："春宵一刻值千金。"（苏轼《春宵》）这对那些恩爱的年轻夫妻来说尤其是如此，而春宵的孤独对那些痴情女子来说更难以忍受。这首诗所描写的，正是这样一种情景。

　　诗用第一人称，首句即开门见山，点出独居女子的满腔幽怨。"偏栖"，犹独眠。夜夜独眠，其中隐含着多少寂寞、多少痛苦！接下来满可以就此细细诉说，却不料诗人笔锋一转，推出三组春宵景物：一组为"百花含露低"的视觉形象，一组为"虫声绕春岸"的听觉效应，充分显出春宵的静谧和优美，以此作为女主人公寂寞幽伤情怀的反衬。第三组"月色思空闺"，更赋予月色以灵性和感情色彩，仿佛月光也深解人意，特地透过窗户，来同她作伴，抚慰她的寂寞幽伤。月色尚且如此，那么丈夫呢？这就不期然地勾起了对远在边地的丈夫的思念，于是就有了最后两句。"辽西"，辽河以西，今辽宁西部。"长安驿"，设在长安的驿站，专供来往信使和行人的住宿之所。长安与辽西相距遥远，关山阻隔，送信不易，故说"辛苦"。送信尚且不易，那么见面又如何呢？答案无须说破，却又不言而喻，给读者留下了充分想象的余地。

这首闺情诗，写得十分含蓄深沉。其以"偏栖"发端，以"传语"收束，中间则缀以美妙的景物反衬情思，不但耐人寻味，而且也点出女子"偏栖"的原因，在于不合理的兵役制度。后来江总《闺怨篇》"辽西水冻春应少，蓟北鸿来路几千"、金昌绪《春怨》"打起黄莺儿，莫教枝上啼。啼时惊妾梦，不得到辽西"，在内容情调上都与这首诗有某些关联。

（张亚新）

萧 纲

萧纲（503—551），即梁简文帝，字世缵。南兰陵（今江苏常州西北）人。在位仅二年，为叛将侯景所杀。好学能文，自称"七岁有诗癖，长而不倦"（《梁书》本纪）。继立为太子前后，与徐摛、庾肩吾等文士大量写作以倡女姬人为对象的诗作，时人称为"宫体"。作品描绘细致，语言清丽，艺术成就颇高。（杨 明）

和湘东王横吹曲·折杨柳

杨柳乱成丝，攀折上春时。

叶密鸟飞碍，风轻花落迟。

城高短箫发，林空画角悲。

曲中无别意，并是为相思。

汉代乐府有横吹曲，《折杨柳》为其中一曲，其歌辞早已亡佚。现存后人拟作以萧纲、萧绎兄弟所作为最早。萧绎先作，萧纲和之，即此首。

这首诗巧妙地将攀折柳枝和听《折杨柳曲》二者相关合，以写相思之情。汉乐府《折杨柳》是否歌咏相思，已不可知。但在诗歌中，早已有青青柳色与离情别意相联系的例子：《诗经·小雅·采薇》有"昔我往矣，杨柳依依"之句，汉代古诗中"青青河畔草，郁郁园中柳"撩逗起思妇的春情。又汉人已有折柳赠别的风俗。（见《三辅黄图》）或许正因为这些情况，萧纲兄弟和其他梁陈诗人所作《折杨柳》诗，便大多写到相思之情。

前四句写攀折柳枝，暗中渲染离愁别恨的气氛。首二句点题。"乱成丝"，见出柳树枝叶的繁密茂盛。上春，春天。三、四句描绘杨柳，颇见体物之工。尤其是"风轻花落迟"的"迟"字，写出了柳花缓缓飘落之状，既切合柳花特征，又与"风轻"相应。此四句未明写人的形象，其实已隐隐唤出一手攀柳枝、凝眸望远之人。"乱"字似亦暗示其心绪之纷乱。柳絮飞扬，春光欲老，也暗示其惜春叹逝的忧伤。

后四句写《折杨柳》曲。"城高短箫发，林空画角悲"宜视为互文：短箫、画角都是奏《折杨柳》曲的乐器。其曲奏于高城之上，经过空林传来。横吹曲本是军乐，用以警昏晓，振士气。此言其声发自高城，则可想象乃守城军士所奏，其时正当黄昏。黄昏时的气氛更易惹人愁思。短箫，箫有长短，短则其声清扬。高、空二字用得好：乐声起于高处，又经空旷的树林，便显得更嘹喉悠远而引人遐想。"曲中无别意，并是为相思"，乃是闻曲之人（即折柳之人）的感受：其曲名"折杨柳"，本易使人联想到离别，而此时又恰恰正在折柳凝思，因而就觉得曲中全是浓郁的相思之情了。上半首暗写的相思之意至此乃加以点明。

全诗以折柳情景与折柳之曲双关诗题，实是一首咏物（咏乐府曲名）之作，而以相思之意贯穿其间，婉约缠绵，浑然一体。其风格圆美流转，清丽精致。充分体现了诗人的艺术才能。　　（杨　明）

蜀道难

（二首选一）

巫山七百里，巴水三回曲。

笛声下复高，猿啼断还续。

　　南朝乐府有《蜀遭难》曲，其歌辞流传至今者以萧纲所作两首为最早，这里所选为其中之一。

　　"巫山"二句写蜀道山川形势。巫山，这里当是泛指绵延于三峡两岸的群山。《荆州记》说："峡（指三峡）长七百里，两岸连山，略无绝处，重岩叠嶂，隐天蔽日。"（《世说新语·黜免》注引）巴水，当指三峡西段的长江流水。其地在今四川东部，古为巴国地，汉末置巴东郡（治所在今四川奉节东），故称巴水。三回曲，泛称其曲折之多。"笛声"二句写舟行所闻。古代三峡多猿，其啼声清远凄厉，故渔人有"巴东三峡巫峡长，猿鸣三声泪沾裳"之歌。（见《荆州记》）

　　此诗意象十分单纯。开头两句仅用两个地名、两个数量词组，以构成全诗的画面；只点出蜀道之山长水曲，其具体的细部全凭读者自己去想象。读者眼前除变换着的山水镜头外别无他物。画外猿鸣远近，暂断还续。忽而响起一阵笛声，时而高扬，时而低抑，似与猿声相应答。不见吹笛人，也不见啼猿，但闻其声回荡于山川之间。全诗的意境正在这袅袅不绝的两重奏之中。

（杨　明）

乌 栖 曲

（四首选一）

织成屏风金屈膝，朱唇玉面灯前出。
相看气息望君怜，谁能含羞不自前！

　　《乌栖曲》是西曲歌中的曲调名。现存歌辞以萧纲、萧绎、萧子显等所作为最早。萧纲作有四首，这里选录其中的一首。

　　此诗写艳情。"织成屏风"，用"织成"制作的屏风。织成是古代一种名贵的丝织物，以彩丝或金缕织出纹样。屈膝，连接屏风诸扇的搭扣。金屈膝，言其搭扣用金制成。此句写女子居室中陈设之华美。从而引出次句，正面写女子美丽的形象。"朱唇玉面"四字，色彩艳丽。"灯前出"，写出女子由暗处来到灯前的动态。其灯大约置于桌上，地位较低，故女子面庞下半部之"朱唇"看得清晰，上半部之眉眼当仍隐约朦胧。三、四句写女子心理。既说"相看"，则她已走到近前，四目相视，含情脉脉。说"气息"，则更知二人贴近，且透露出女子心情之激动。"谁能含羞不自前"，并非毫无羞怯之心，而正是含着羞怯、克服了羞怯走上前来。

　　寥寥四句，写人物、情景栩栩如生。虽风格艳丽，但笔墨疏朗。试与晚唐以后人所作如温庭筠《菩萨蛮》"小山重叠金明灭，鬓云欲度香腮雪"云云相比较，便见简古与精工之别。

明人胡应麟盛赞此诗。他说萧纲的《乌栖曲》四首在齐梁短篇中"当为绝唱"，"'朱唇玉面灯前出'，语特高妙，非当时纤辞比"（《诗薮》内编卷六），其评价是恰当的。

（杨　明）

江南弄·采莲曲

和云：采莲归，渌水好沾衣。

桂楫兰桡浮碧水。

江花玉面两相似。

莲疏藕折香风起。

香风起，白日低。

采莲曲，使君迷。

《江南曲》是曲调名，系梁武帝萧衍于天监十一年（512）据乐府《西曲》改制而成。萧衍自作其歌辞七首。萧纲也作有三首，《采莲曲》为其中之一。

"桂楫兰桡"，用桂树、木兰制作的桨。楫（jí）、桡（ráo），船桨。桂与木兰之皮辛香；以芳香的植物制作用具，早见于《楚辞》，如《九歌·湘君》："桂櫂兮兰枻。"这使诗歌的境界具有美丽的色彩。莲疏藕折，莲房疏疏落落，藕根已经折断，暗示采莲已经多时。"香风起"三字重叠，读者似觉阵阵清风起自荷塘深处，夹着幽幽的花叶香气，自远而近，轻轻地拂面而来。从结构上说，这一叠句起到上下绾连的作用，由此过渡到轻舟归去的场景。"白日低"

点明时间，与"莲疏藕折"相应，又给画面抹上绚丽的残红。船上的少女们唱起了采莲曲，那曼妙的歌声使人陶醉，使人沉迷。此诗本为合乐歌唱而作，"使君迷"之"君"，可说就是指听众。表演时大约由一位女演员独唱，再由众人齐唱"采莲归，渌水好沾衣"以相和。其曲调虽已不传，但今日吟诵此诗，似仍能领会当日歌声的魅力。

　　此诗语言本身颇具音乐之美。其句式为七言与三言句。按当时语音，三个七言句的句末"水""似""起"押韵，都是上声字；至三言句时换韵，不再每句押韵，而是偶数句末"低""迷"押韵，是平声字。全诗的节奏、韵律整齐而又富有变化。随着句式、韵脚的转换和"香风起"三字重叠，诗的内容也自然而然地发展，读者于不知不觉之中，已被美妙的旋律引入了美好的意境。

　　诗的又一显著特点是非常单纯、明朗。语言清新自然，有如民歌。写环境、人物，都以写意的彩笔疏疏地点染勾勒。诗人似尤其欣赏晚归时的景象和歌声，但用笔也极轻灵，并无精细的描摹、刻意的形容和浓艳的色彩。他所着意的，乃是整体意境的美感效应。

（杨　明）

戏赠丽人

丽妲与妖嫱，共拂可怜妆。

同安鬟里拨，异作额间黄。

罗裙宜细简，画屧重高墙。

含羞来上砌，微笑出长廊。

取花争间镊，攀枝念蕊香。

但歌聊一曲，鸣弦未肯张。

自矜心所爱，三十侍中郎。

这首诗描绘一对美丽少女的形象。

先写她们精心梳妆，写她们的服饰之美。妲、嫱，皆古代美女名，这里借指少女。妖，美艳。她们都打扮得楚楚可怜。"同安"二句写其头面所饰。拨，妇女理鬓之具，其形细长，用以挑松鬓发；大约也可兼作簪用，插在鬟中，故云"同安鬟里拨"。黄，花黄，以金黄色纸剪成花鸟星月等形状，贴在额上，或于额间涂点黄色。"异作"，是说两位少女花黄之饰形制不同。她们打扮时各有自己的爱好。"罗裙"二句写裙屧之美。丝织的裙子打成细细的褶子，特别好看；彩画的鞋子鞋帮高高的，正是时风所尚。简，即"襇"，衣褶。屧（xiè），鞋。重，尚，看重。墙，鞋帮。

再写她们的神态、动作和心理。"含羞"二句说她们含羞带笑，走上台阶，步出长廊。砌，阶。"来上砌"一作"未上砌"，则更突出了那种羞怯娇娆、欲行又止之态。"取花"二句写其赏花的动作。镊（niè），一种首饰。她们摘取花朵，争着要插在自己发间，与宝镊掩映生辉；又攀下花枝，细嗅清香，真是娇憨之态可掬。"但歌"二句写其歌唱表演。但歌，一种没有伴奏的徒歌。她们姑且为大家清唱一曲，却不肯再拨弄丝弦，娇憨之中带着几分任性。"自矜心所爱，三十侍中郎"，原来她们的情郎既年轻，又显贵，怪不得要摆摆架子呢。"三十侍中郎"是借用古乐府《日出东南隅行》中罗敷夸耀其丈夫的话。读者不妨设想这两位丽人的身份：她们当是为某青年贵族所宠爱的声乐伎人。现在要让她们为大家表演，她们娇羞而又矜持。诗人也是在场的观众之一，乃作诗赠之，赞美她们的美丽和可爱。

古来写女性形貌之美的诗歌不少。如上文提到的《日出东南隅行》写了罗敷的服饰之美；又以衬托手法，说观者均为其美丽而神魂颠倒。又如陆机《艳歌行》，从女子的眉目、肌肤、服饰，写到其歌容舞姿、笑貌步态，可谓曲尽形容。而萧纲此诗与它们相比，显得更富于生活气息和立体感。这是由于全诗写出了一个由生动细节连接而成的流动过程，在这具体过程中表现丽人的神态和心理。诗中所写，乃是出于作者对现实生活中人物、事件的直接观察和体验：这也正是萧纲一些优秀诗作的共同特点。

（杨　明）

雪里觅梅花

绝讶梅花晓，争来雪里窥。

下枝低可见，高处远难知。

俱羞惜腕露，相让道腰羸。

定须还剪彩，学作两三枝。

这首诗写一群少女欣赏梅花的情景。

这是一个清晨，少女们惊喜地发现园中的梅花已经开放，于是争先恐后地出门观看，飞舞的雪花也不能减弱她们高涨的兴致。开在低枝上的花朵尽她们欣赏，可高远处的梅树开花了没有，开得如何，便不得而知了。"下枝低可见，高处远难知"两句让读者想象到少女们心情之兴奋。她们不只观赏近处，并且还睁大眼睛，用尽目力，向着高处远处望去。同时也见出这并不是一个局促寒窘的小园，也不是只有一株两株梅树。由于隔得远，加以雪花旋舞，天幕灰蒙蒙的，因此远处便看不分明。也表明梅花还只是这枝那枝地开了几朵；如果已满树盛开，那即使与飞雪乱成一片，也不至于远而"难知"的。这两句诗语言很朴素，但让读者联想到很多，这不能仅以诗人技巧高超来解释，关键在于他笔下所写的出自对真实景象的仔细体察。"俱羞惜腕露，相让道腰羸"，是说少女们都想采摘梅花，但又羞羞答答，生怕举起手来皓腕呈露，于是互相推让，说自己体困腰疲。诗人撷取这一生动的细节，写出了人物那种难以形容的娇态。他对于这一类型的女性美确是别有会心的。最后两句是说，少女们还要裁剪彩帛、彩纸，照着这美丽的梅花做个三两枝呢。这就进一步写出了她们的生活情趣和爱花的心情。

此诗五言八句，当中两联对偶，声律相当和谐。除少数地方平仄不调（第五句与第四句间，第七句与第六句间"失粘"）外，已与后来五言律体的格律基本相合。这一体制上的特点也是值得注意的。

（杨　明）

赋得入阶雨

细雨阶前入，洒砌复沾帷。
渍花枝觉重，湿鸟羽飞迟。
傥令斜日照，并欲似游丝。

　　这是一首咏物诗。我国咏物赋发达颇早，汉代已有不少佳作。咏物诗则至魏晋以来始渐渐发展，到南朝齐时其写作成为风气。诗人们精细地刻画天象、动植、用具、建筑等形象；有时还数人同赋一物，以争奇斗巧。这又与南朝诗人追求"形似"即刻意模写物象的文学观念有关。他们力图在传统的言志抒情之外另辟蹊径，扩大诗歌的表现范围。

　　萧纲此诗的开头两句点题，扣紧"入阶"二字。由"洒砌复沾帷"之句，读者可感觉到这是斜风中的细雨。"渍花枝觉重，湿鸟羽飞迟"两句极妙。写的不是雨本身，而是雨中景物，由此景物以写雨。"觉""重""迟"三字非常恰当。这不是雨横风狂、落红狼藉，而是蒙蒙细雨。花儿慢慢地渍饱了水份，人们这才觉得那柔嫩的花枝变得沉甸甸了。鸟儿并未惊慌地躲藏，它仍在飞翔，但渐渐地飞得迟缓了。晋人张协《杂诗》写雨道："飞雨洒朝兰。"不如此诗细腻。南齐谢朓《观朝雨》说"空濛如薄雾，散漫似轻埃"，刻意形容，但也不如借雨中之物写雨来得有味。刘孝威《和皇太子

（即萧纲）春林晚雨》"蝶濡飞不飏，花沾色更红"，构思与萧纲相似，但不如"渍花""湿鸟"两句轻灵、工稳。唐代杜甫的"花重锦官城"（《春夜喜雨》）、韦应物的"冥冥鸟去迟"（《赋得暮雨送李曹》），也许是受这两句启发。最后两句是想象之词：如果黄昏时太阳出来而残雨未息，那它将如春日游丝那样摇飏于空中了。游丝，指蜘蛛等虫类所吐之丝飞扬于空者，诗人咏春天景象时常用之，如沈约《会圃临春风》："游丝暖如烟。"萧衍《天安寺疏圃堂》："晻暧瞩游丝。"以丝喻雨，大约始于张协《杂诗》："密雨如散丝。"后人沿用之。萧纲这里进而联想到日光照耀下的游丝，便使人感到新颖可喜。

（杨　明）

徐 陵

徐陵（507—582），字孝穆，东海郯（今山东郯城）人。在梁，曾任东宫学士、散骑侍郎。入陈，曾任光禄大夫、太子少傅。八岁能属文，十三岁通庄老。及长，博涉史籍，纵横有口辩。与其父徐摛同以写宫廷生活和妇女闺情的宫体诗（即艳情诗）见长。后因阅历较多，也写了一些边塞风光的作品。文章为当代所宗，每一篇出，辄为好事者传写成诵。诗作传世不多，有《徐孝穆集》六卷，所编《玉台新咏》十卷。

（严灵修）

别毛永嘉

愿子厉风规，归来振羽仪。

嗟余今老病，此别空长离。

白马君来吊，黄泉我讵知。

徒劳脱宝剑，空挂陇头枝。

　　这是作者别毛先归的留赠之作。毛为毛喜，字伯武，以其曾为永嘉内史，故称毛永嘉。

　　全诗八句，分两层。前四句写生前，后四句写死后。第一层一二两句写对毛喜的勖勉，希望他砥砺风骨，恪守规范，为乡梓树立典型，为士林作出表率；三四两句写自己的慨叹，为自己老境颓唐，病魔困扰，今此一别，恐成永诀而感叹。粗粗一看，这前后两

852

句似乎有些互不相关。实则后者正直承前者而来：其之所以要对毛喜讲一番发自肺腑的临别赠言，是由于自己老病侵寻，后会难期，这才语重心长，殷殷叮咛，表示对老友的厚望。

第二层写死后。这只是作者的一种设想，这种设想是从第一层意思中引申出来的。诗人说，如果我在生前不对你提出要求，那么我死之后，即使你敦重友谊，像后汉范式驾着素车白马赶来祭奠亡友张劭那样来凭吊我，可是我已葬身地下，怎还能知道些什么，谈论些什么呢！即使你也像春秋时吴季札那样，没有忘怀徐国国君心爱其剑的事，仍然在路经徐国时将剑送去，可是徐君已经死了，只是徒劳无益地把剑空挂在墓前的树枝上罢了。

全诗婉转蕴藉的情思，苍凉沉郁的格调，激越回荡的韵味，读来令人伤怀。诗中用典浅近易解，如羽仪、白马、黄泉、挂剑等，或为世人所熟知，或为名作所习用，虽不注明出处，亦能联系上下文，从字面上获悉其用意所在。此种使事而不掉书袋、练句而不堆词藻的写法，确实值得称道。诗仅用字四十，一笔写下友谊的纯笃、身世的凄凉，闳中肆外，浑然一体。其中"白马君来吊，黄泉我讵知"一联，系按流水格属对，意贯思邈，尤见功力之深、构思之巧。

（严灵修）

出自蓟北门行

蓟北聊长望，黄昏心独愁。
燕山对古刹，代郡隐城楼。
屡战桥恒断，长冰堑不流。
天云如地阵，汉月带胡秋。
渍土泥函谷，接绳缚凉州。
平生燕颔相，会自得封侯。

《出自蓟北门行》属乐府《杂曲歌辞》，作者借用这个题目，写征人保卫祖国、建功立业的决心和信心。

诗可分四层：首写征人的抑郁愁思，次写边疆的严峻形势，再次写沙场肃杀气氛，最后写将士的昂扬斗志。

"蓟北聊长望，黄昏心独愁。"诗一开头就交代了征人长望的地点、时间和情绪，旨在点明典型环境里的典型人物。这里写的征人是作者的虚拟，可以指士兵，也可以指将领。句中的"长""独"二字，值得玩味。望而长，是说望得又长又远；愁而独，是说愁得又深又重。既然独愁是长望引起的，那么望到了什么？愁得怎样？便成了读者急于想了解的悬念。

"燕山对古刹，代郡隐城楼。"这两句初步解答了上述悬念：在平沙无垠、迥不见人的大地上，高耸的古塔与绵亘蜿蜒的燕山遥峙，疏疏落落的代郡城楼隐约可见。置身于形势如此严峻的边疆，怎能使征人不怦然心动！

"屡战桥恒断，长冰堑不流。天云如地阵，汉月带胡秋。"这四句对悬念作了进一步解答。长望所及，更令人触目惊心的是沙场的肃杀气氛。通行的桥多次被战火焚毁，护城的河长年被寒冰冻结；天上重重叠叠的云层，简直同地上密密匝匝的战阵相似，连关内明朗的秋月，也带上了塞外特有的寒意。这就把一个人烟萧索、山川寂寥、风云诡谲、景物残败的古战场展示在读者眼前。

至此，征人长望之所及、独愁之所由，已跃然纸上。作者趁此轻掉笔锋，另辟蹊径，写出以下峰回路转的最后四句："渍土泥函谷，挼缨缚凉州。平生燕颔相，会自得封侯。"这里作者一连引用了三个历史故事：以丸泥对函谷关，以长缨缚南越王，以燕颔虎颈对侯相，充分刻画了征人抵御外族侵凌和建功立业的昂扬斗志，把基于边塞战争现实的苍凉、低沉情调转化而为高亢奋发的意境。这一转化看似矛盾，实质符合人物性格发展的客观逻辑。当征人长年戍守边塞，面对荒凉苦寒残破的现实，由感性认识而萌发为相应的愁思。但在愁思之余，理解了造成这一惨淡景况的缘由，于是产生了抗敌御侮的昂扬斗志。可见，正是征人的感性认识上升为理性认识的过程，才是他们感情转换的坚实基础。作者把这种情感上的前后变化，以跌宕翻腾的文笔，给以反衬、烘托，使全诗在高扬亢奋的激情中结束，增添了不少艺术感染力和思想内涵。

诗的佳处，还在于以描写景物来渲染气氛，以渲染气氛来突出人物的思想、性格和情感。

（严灵修　徐永法）

关 山 月

关山三五月，客子忆秦川。

思妇高楼上，当窗应未眠。

星旗映疏勒，云阵上祁连。

战气今如此，从军复几年。

《关山月》属乐府《横吹曲》，原写征戍羁旅之苦、思乡怀人之
情。作者借用旧题，写一个出征军人在月夜对家乡亲人的怀念。

诗人向来对月亮是最敏感的，而月亮对人又有一种特殊的魅
力。每当三五月圆之夜，皓月当空，便能勾起各种人的不同心事。
尤其是长年远征在绝域穷边、羁旅在异乡客地的人，就更易受到巨
大的触动，这在一些名家名作中，委实不乏其例。如杜甫的"今夜
鄜中月，闺中只独看"（《月夜》），李白的"举头望明月，低头思故
乡"（《静夜思》），白居易的"共看明月应垂泪，一夜乡心五处同"
（《自河南经乱……》）等均是。

全诗语句浅近，通俗易懂；音韵和谐，悦耳上口。作者写了关
山客子在三五之夜，面对明月勾起无限情思。他从边疆的月亮想到
家乡的妻子，从当前的战争想到今后的个人命运。寥寥四十字，细
致深刻地刻画出了这个战士复杂的心理活动。这里作者运用了传统

的联想手法，由近及远地想，由此及彼地想，由表及里地想，使想的方面不断扩大，想的层次逐渐深入。作者以一想字贯串全篇，而篇中却又未曾明白写出想字，这是借助于诗中第一句的惊觉，第二句的回忆，第三句的遐思，第四句的悬念，第五、六句的预感，第七、八句的推测，表现出边塞战士不尽的相思。这种写法，有"不着一字，尽得风流"之概。

当然，作者厌战、非战，渴望结束战乱生活的思想，也于此可见。

（严灵修）

萧 绎

萧绎（508—555），即梁元帝，字世诚，萧纲之弟。封湘东王。侯景作乱，他于江陵举兵讨伐。事平，即帝位于江陵。后为西魏军所杀。好学能文，著述甚富。颇多宫体诗作。　　　　　　　　　　　　　　　　　　　　　　　（杨　明）

燕 歌 行

燕赵佳人本自多，辽东少妇学春歌。
黄龙戍北花如锦，玄菟城前月似蛾。
如何此时别夫婿，金羁翠眊往交河。
还闻入汉去燕营，怨妾愁心百恨生。
漫漫悠悠天未晓，遥遥夜夜听寒更。
自从异县同心别，偏恨同时成异节。
横波满脸万行啼，翠眉暂敛千重结。
并海连天合不开，那堪春日上春台。
乍见远舟如落叶，复看遥舸似行杯。
沙汀夜鹤啸羁雌，妾心无趣坐伤离。
翻嗟汉使音尘断，空伤贱妾燕南垂。

　　《燕歌行》是乐府旧题，曹丕、陆机、谢灵运等人所作均描写思妇之情，萧绎这首也是如此。

　　自"燕赵佳人本自多"至"金羁翠耗往交河"，言少妇与丈夫在春天离别。燕、赵，泛指今辽宁、河北一带。古称其地多美女，汉代古诗云："燕赵多佳人。"诗中辽东少妇正是一位北国佳人（辽东属燕地），她正欢快地学唱春天之歌。眼前是一派大好春光：白日则花团锦簇，夜晚则月儿弯弯。蛾，蛾眉。蚕蛾触须弯曲而细长，古人用以喻美女的眉毛；这里又以其眉喻月。黄龙、玄菟（tù）都在燕地。黄龙城为十六国前燕时所筑，故址在今辽宁朝阳。玄菟郡始设于汉武帝时，在今辽宁东部一带。这里都只是借以泛指少妇所在的燕地辽河流域而已。诗人欲求文字声色之美，故以黄龙、玄菟为对偶。（玄是黑色，与"黄"对；菟与"兔"通，与"龙"对。）而偏在这春光骀荡之时，少妇的丈夫要离她而去，前往遥远的交河，这使她难以忍受。交河，古城名，在今新疆吐鲁番西北，为车师前王国首都。金羁，黄金装饰的马笼头。耗（ěr），马及弓、槊上的饰品，以毛制成。翠耗，以翠鸟羽毛制作的耗。用"金""翠"这样的字眼，也是为了增加语言的色彩美。

　　自"还闻入汉去燕营"至"遥遥夜夜听寒更"写初别之怨。汉，指中原地带。少妇听说丈夫所在部队已经开拔，离开燕营，进入中原。"漫漫"二句写她夜夜难眠，一次次、一声声打更声传来，更使她感到寂寞凄凉。更声之所以"寒"，是由春夜的寒气、清厉的音响在孤栖失眠的少妇心中所造成的一种感觉效应；其间况味颇耐人寻绎。

由"自从异县同心别"至"翠眉暂敛千重结"写久别之怨。"异县同心别"是说少妇与丈夫心心相印却天各一方。异县即他乡，语出古乐府《饮马长城窟行》："他乡各异县，展转不相见。"偏恨，最恨。"同时成异节"是说同一时令，所见节物风光却不相同。这表明二人相去甚远；也表明春去秋来，离别已久，少妇眼见节物流转而增怨恨。横波，指眼，其目光转盼如流波。如此美目，如今泪常不干，满脸啼痕。暂，顷刻间。漂亮的眉毛一下子就打成千千结。二句极写少妇之悲。

从"并海连天合不升"至"复看遥舸似行杯"写少妇远望伤怀。"并海"句与"那堪"句倒装。少妇在苦苦的相思中捱到了又一个春天。她登台遥望，或许意在消忧。可是见了海天茫茫、远舟点点的景象，反更增添了愁思。和煦的春风或许令她忆起往昔共赏春光的情景，忆起离别的那个春天。也许那远远的船影还叫她想起往日与丈夫一起参加流觞曲水之会的胜事。当时风俗，每年三月三日，"士民并出江渚池沼间，为流杯曲水之饮"（宗懔《荆楚岁时记》）。"行杯"即流杯。这一节以景色的空阔浩渺衬托思妇的孤独，使人想起《西洲曲》"海水梦悠悠，君愁我亦愁"和温庭筠《梦江南》"过尽千帆皆不是，斜晖脉脉水悠悠"的意境。

最后四句写少妇闻鹤而悲凄。羁雌，失群留滞的雌鸟，这里即指鹤。鹤声清戾，孤鹤之鸣尤悲，又是在寂静的夜里，自然足以搅动思妇的愁怀。"妾心"句说她的心如枯井槁木，毫无意趣。坐，因为。"翻嗟"句说不但丈夫归期杳杳，而且连音信也都不通了。翻，却。汉使，汉家使者。少妇本为离别而悲，现在却又嗟叹汉使杳无音信；因为这一来便断绝了迢迢万里间信息传递的唯一渠道。于是她只能徒自伤悲！上节写白昼相思之苦，此节写夜晚思绪翻腾。

　　此诗的体制值得注意。以前的《燕歌行》虽也是七言，但一韵到底，每句押韵。此首则四次换韵，成为五节，除第一节外，每节四句。其韵脚转换恰与内容的发展相配合。每节首句和偶数句入韵。这种形式已开后来七言歌行中整饬一类的先河。（另一类参差开放的七言歌行，则可溯源于鲍照《拟行路难》等作品。）

　　据《北周书·王褒传》载，萧绎此诗作于即位江陵之后。时著名文人王褒先作《燕歌行》，"妙尽塞北寒苦之状"，萧绎与诸文士"并和之，而竞为凄切之辞"。至西魏攻破江陵，萧绎被杀，王褒等被迫北上长安，时人便说，他们竞为悲苦语，原来已隐伏着凶兆。这当然是无稽之谈，不过也表明这组作品在当日是颇为人所重视的。

　　　　　　　　　　　　　　　　　　　　　　（杨　明）

春别应令

（四首选一）

昆明夜月光如练，上林朝花色如霰。

花朝月夜动春心，谁忍相思不相见！

　　萧绎有《春别应令》四首，此为其一。《玉台新咏》中尚有萧子显《春别》四首，萧纲《和萧侍中子显春别》四首。知萧子显先作此题，萧纲和之，萧绎又应萧纲之命而作。时萧纲为皇太子，故曰"应令"。三人所作体制皆同。除第二首为七言六句，余皆七言四句；都是隔句用韵。这组唱和之作在七言绝句形成过程中是很值得注意的。

　　前两句描写京都宫苑春色。昆明，池名。汉武帝时开凿池沼，当时欲讨伐昆明国，开此池以练水军，故以昆明为称。南朝梁时也有昆明池。上林，秦汉时苑囿之名。这里昆明、上林都是借指宫苑，无须坐实。练，白色熟绢，此处形容月光皎洁。霰（xiàn），雪珠，此处形容花色之洁白。这两句以简练的笔墨点染出一派动人春色。后两句是说少女当此春日，夜夜朝朝，春心萌动。但相思之情虽切，却不能与意中人相见，感到难以忍受。

　　萧子显《春别》之一云："翻莺度燕双飞翼，杨柳千条共一色。但看陌上携手归，谁能对此空相忆！"亦为佳作，立意也与萧绎此首相近。但明言女子因见"双飞""携手"而倍感孤独，其构思尚觉平实。萧绎笔下少女之春情，却只因一种美丽的氛围、环境而萌动，便更有诗意，似乎其相思之情也染上了春天的色彩，使全诗空灵而富于意境之美。

（杨　明）

朱 超

朱超（生卒年不详），或作朱超道、朱越，疑为一人。仕梁为中书舍人。《隋书·经籍志》著录有集一卷，已佚。今存诗十七首。　　　　　　（张亚新）

赋得荡子行未归

坐楼愁回望，息意不思春。

无奈园中柳，寒时已报人。

捉梳羞理鬓，挑朱懒向唇。

何当上路晚，风吹还骑尘。

　　这是一首写思妇的诗。其作意与《古诗·青青河畔草》相通而又自出机杼。"荡子"，犹"游子"，指游于四方而不归者。

　　诗从"坐楼愁回望"写起，与《青青河畔草》只写"荡子妇"临窗远望不同，笔墨简省，别具一格。一个"坐"字，表明望的时间比站在那里更长、更久。但结局却是一样：毫不见荡子的归影。"息意"，打消念头。"春"字有双重含义，一指自然界的春天，一指思妇思夫的春意、春心。"息意""不思"乃不得已而为之的举措，甚至可能是失望之极的愤辞，并不是真的"息"，真的"不思"。

　　三、四两句以"无奈"领起，将不能不思之意挑明。"园中柳"

是眼前的景物，也是春的象征。而"柳"又谐"留"音，故最能触发思妇的别绪离情。"寒时已报人"，说还在春寒料峭时柳树就已将"春"的信息传递给了她。"无奈"二字，透露出难以自制的心境。

五、六句写思妇"回望"之余，无聊地随手拿起了梳子和口红，准备梳妆打扮一番，却怎么也打不起精神来。其意与《诗经·卫风·伯兮》"自伯之东，首如飞蓬。岂无膏沐，谁适为容"相同。最后两句为企盼之辞。"何当"，何时能够。思妇希望在有一天傍晚，能望见夫君骑着马从大路上飞跑而来。可见思妇还没有绝望，她的企盼为诗篇增添了一点亮色，同时也加深了她的思念之苦。

诗篇没有像《青青河畔草》那样，花费笔墨去描写思妇美丽的外形，而是通过对自然环境和人物举止的勾绘，展示了思妇孤独、期待、失望和希望彼此交织的内心世界，情致曲折深婉，读来饶有余味。通篇全用白描，不尚华辞，朴质清新，在那个"竞一字之奇，争一句之巧"的时代，也颇显特色。

（张亚新）

阴 铿

阴铿（生卒年不详），字子坚，武威姑臧（今甘肃武威）人。他博涉史传，尤善五言诗，与何逊并为当世所重。在梁任湘东王法曹参军，在陈为晋陵太守、员外散骑常侍。传诗不多，风格晓畅流丽，刻画尽致，颇为杜甫推崇，对后代也广有影响。

（严灵修）

送刘光禄不及

依然临江渚，长望倚河津。

鼓声随听绝，帆势与云邻。

泊处空余鸟，离亭已散人。

林寒正下叶，钓晚欲收纶。

如何相背远，江汉与城闉。

这是一首送别刘孺的五言古体诗。光禄是刘孺的官职。刘亦曾任梁湘东王记室，与阴同僚之谊很深。阴因赶往送别而不及晤别，乃诗以志感。本来送别就很使人感伤，而送别又不及晤别，则其感伤之情，必然逾于一般的送别了。

诗的开头四句是叙事。首先写自己赶到江边小洲送刘而不及见刘，无可奈何地伫立在渡口远望，不禁惘然若失，难以为怀。接着写自己不忍就此归去，仍然引领以望远去的帆影，可是帆影却已渐渐邻接于天际；仍然侧耳以听传来的鼓声，可是鼓声也已隐约消逝在江上。这四句虽是叙事，却事中有情，表明交织在作者内心深处的是伤离惜别的惆怅，是误时失约的懊恼。

以下四句写他于引领、倾耳两无所获以后，环顾四周，只见一派萧条、衰飒和岑寂、寥廓的凄怆景色：客已远离，天已近晚，泊船处只剩下孤零零的几只水鸟，告别的亭子里人已散尽，寒林簌簌地落着黄叶，渔人缓缓地收起钓丝。这四句写景，然亦寓情。它既点明作者伫望江边直到薄暮时分，还迟迟不忍归去，同时还借此烘托他因送别未晤而产生的十分沉重的空虚感和失落感。

综合以上八句，已经紧扣题旨，把离愁别恨渲染得淋漓尽致。剩下最后两句，轻轻掉转一笔，以疑问语气，慨然长叹两人一个去江汉，一个回城阃。这两句抒情，又不是一般的抒情，它把以上的事中情和景中情，凝聚在一起，集中地喷发出来，使人感到韵味无穷。

全诗情真意挚，语重心长，状难写之景如在目前，含不尽之意于言外，很有含蓄蕴藉的特色。

(严灵修)

和傅郎岁暮还湘州

苍茫岁欲晚，辛苦客方行。

大江静犹浪，扁舟独且征。

棠枯绛叶尽，芦冻白花轻。

戍人寒不望，沙禽迥未惊。

湘波各深浅，空轸念归情。

　　这是一首送行诗，为送友人傅郎回故乡湘州而作。

　　友人姓傅，名不详。郎为郎官。湘州即今湖南省长沙市。诗的大意是：天寒岁暮，你正辛苦地走向旅途。寂静的大江还在翻腾着浪花，你却孤零零地独自乘着小船远行。你所经过的地方，枯棠红叶已经落尽，寒芦白花正在下飏；哨所里的士兵因寒冷而不愿瞭望，沙汀上的水鸟也离得远远地不会受到惊扰。尽管如此，你总还可以亲历湘水的深浅，而我却只能徒伤于对故乡的思念。

　　全诗特点是：一、以叙事达意，以写景抒情。一至四句叙事，交代傅郎故乡之行的季节，航行的水域、工具和旅途情状。季节是天寒岁暮，水域是大江涌浪，交通工具只有扁舟，旅途却无人为伴。这四句叙事，已传递出傅郎的这次还乡之行，并不称心惬意。五至八句写景，想象傅郎在航程中所见沿途风光，一片萧瑟之气，直透人心。二、以"行"贯串全文,以"苦"突出题旨。作品开宗明义,首二句为开合全篇的关键。顺此而下,诗的一字一句,无论是身之所处,心之所感,目之所及,或耳之所闻,无不是在叙述友人的远行。这里并不赘说旅途苦况,只在"岁欲晚"上作文章,而苦况已跃然纸上;不明说友情,只是想象沿途景色,而友情已溢于言表。三、以观察反映写实,以想象开拓虚构。作者于一至四句如实反映以后,接着又以五至八句想象沿途景色。这就使诗的境界开阔,感染力加强。这种写法在古典文学中不乏其例。如柳永的名作《雨霖铃》写别情,就想象友人酒醒时面对的,将是"杨柳岸晓风残月"的情景;友人所去处将是"千里烟波,暮霭沉沉楚天阔"的南方。

(严灵修)

晚出新亭

大江一浩荡，离悲足几重。

潮落犹如盖，云昏不作峰。

远戍唯闻鼓，寒山但见松。

九十方称半，归途讵有踪？

　　这是作者离开建康，从新亭出发时写的一首纪行诗。建康即今
江苏南京，新亭位于市南劳劳山，一名劳劳亭。晋初名士每游宴于
此，后代亦多在此饯行送别。

　　诗一开始即托物兴怀，为全诗定下备极苍凉的基调。首联既写
出作者对滚滚大江的惊叹，也哀叹重重郁结的离悲。大江是如此波
澜壮阔，离悲是多么悱恻深沉。起句突兀峭拔，像高山落石，很有
声势；接句委婉绵邈，像空谷回音，很有韵味。

　　次联以潮落云昏点出诗题中的晚字。这两句是说，晚潮低落
了，但它仍像车盖那样汹涌向前；暮云迷漫了，已不能像峰峦那样
嵯峨作态。这里都用了比喻，所不同的是，前者是肯定的，说它像
什么；后者是否定的，说它已不像以往那样像什么了。如果联系作
者当时的际遇来理解，诗里的低潮和昏云，兴许还另有以此自况之
意。着一"犹"字于"如盖"之上，表示他有执着的自信；着一

"不"字于"作峰"之上，表示他在憬然反思。据此认为诗人借以透露其志不伸而心未屈的情怀，似也未尝不可。

三联继续强调"晚"字。这时听到的只是远处兵营传来断续的鼓声，见到的只是近处寒山呈现出的模糊松影。在"闻"字"见"字之前，分别着一副词"唯"和"但"字，表示眼前的境界除此之外，别无所见，别无所闻，从而透出一种单调无味、令人沉闷和窒息的气氛。全诗至此，已宛然一幅寒山放棹的泼墨山水画。

尾联是作者有感于来日方长，前途多故，引用了《战国策》里"行百里者半九十"的话，深自太息。一百里的路程，走了九十里，只能算走了全程的一半，那么我刚刚出发，怎能说已在归途上留下了多少足迹了呢！这样以反问结束，既反映了诗人的自勉自励，也给读者留下思索的余地。

全诗对仗工稳，音韵和谐，虽仍因袭齐梁诗的绮丽余风，但已肇唐代格律之前奏。正如陈祚明《古诗选》中说的那样："宜乎太白仰钻，少陵推许，榛涂之辟，此功不小。"

（严灵修）

江 总

江总（519—594），字总持，济阳考城（今河南兰考）人。历仕南朝梁、陈和隋。后主时，官至尚书令，世称"江令"。日与后主游宴后庭，作艳诗，号为"狎客"。为宫体诗重要作家之一。有辑本《江令君集》。　　　　　　　（张亚新）

宛 转 歌

七夕天河白露明，八月涛水秋风惊。

楼中恒闻哀响曲，塘上复有苦辛行。

不解何意悲秋气，直置无秋悲自生。

不怨前阶促织鸣，偏愁别路捣衣声。

别燕差池自有返，离蝉寂寞讵含情。

云聚怀情四望台，月冷相思九重观。

欲题芍药诗不成，来采芙蓉花已散。

金樽送曲韩娥起，玉柱调弦楚妃叹。

翠眉结恨不复开，宝鬓迎秋度前乱。

湘妃拭泪洒贞筠，笑药浣衣何处人。

步步香飞金薄履，盈盈扇掩珊瑚唇。

已言采桑期陌上，复能解佩就江滨。

竞入华堂要花枕，争开羽帐奉华茵。

不惜独眠前下钓，欲许便作后来新。

后来瞑瞑同玉床，可怜颜色无比方。

谁能巧笑特窥井，乍取新声学绕梁。

宿处留娇堕黄珥，镜前含笑弄明珰。

卷葹摘心心不尽，茱萸折叶叶更芳。

已闻能歌洞箫赋，讵是故爱邯郸倡。

　　《宛转歌》系乐府"琴曲歌辞"曲名，一作《神女宛转歌》。晋刘妙容始作二首，此后江总及唐代张籍、李端等人都有继作，多为杂言或五言，唯江总所作为七言。我国的七言诗肇端于曹丕《燕歌行》，至鲍照《拟行路难十八首》确立地位，至南朝梁、陈时期则已蔚为风气。萧衍父子、萧子显兄弟及吴均、王筠、费昶、徐陵等人都是七言诗的热心作者，其中江总特别着力于此，他大量创作七言诗，尤其是七言歌行。这首《宛转歌》共三十八句、二百六十六言，篇幅之长，前所未有，显示了七言歌行发展的新水平。诗写一个贵族妇女离别独处的哀怨之情，命意并不新鲜，但其体制形式却对唐代七言歌行的发展兴盛有一定影响。

　　全诗大体可划分为三个层次。自开头至"离蝉寂寞讵含情"为一层，写思妇在特殊的季节、环境和气氛中所产生的无限悲愁。"七夕"是传说中牛郎织女在天空驾起鹊桥相会的时刻，八月秋风凉，促织（蟋蟀）阶前鸣，捣衣远处响，都极易勾起思妇的寂寞之思、怀夫之念，故而"楼中恒闻哀响曲，塘上复有苦辛行"。"行"，亦即"曲"。"直置无秋悲自生"更翻进一层，说即使不是秋天，悲愁也是有的，言外之意是，到了秋天，就更加悲不自胜了。

"云聚怀情四望台"至"宝鬈迎秋度前乱"为第二层，写思妇心情烦乱、无限哀怨之状。四望之台上，九重之观顶，都留下了思妇"怀情""相思"的足迹和失望的叹息。她想题诗芍药，却怎么也写不出来；想采一枝芙蓉，芙蓉也已开败。芍药，亦作勺药。《诗经·郑风·溱洧》："维士与女，伊其相谑，赠之以勺药。"马瑞辰《毛诗传笺通释》认为，"勺"与"约"同声，情人"赠之以勺药"，是欲借以表恩情、结良约。思妇"欲题芍药"，大约也出于这种想法，只可惜"诗不成"。她想听听音乐，但"韩娥""楚妃"皆为之怅叹，并不能带来丝毫欢慰。"玉柱"，指筝瑟之类的弦乐器，其柱或以玉为之。

"湘妃拭泪洒贞筠"至末为第三层，通过与"行乐玩花"的女伴的对比，表明了思妇的寂寞哀愁和对夫君的忠贞。"湘妃"，思妇自比。"筠"，竹之一种，即斑竹。相传舜到南方巡察，死在湖南；其妃娥皇、女英追到湘江边，相思哀切，"以涕挥竹，竹尽斑"（张华《博物志》）。"笼药浣衣"，《文苑英华》作"行乐玩花"，近是。"行乐玩花"的女伴，对爱情并不那么专一。"已言采桑期陌上"用乐府《陌上桑》古辞本事。《乐府解题》："古辞言罗敷采桑，为使君所邀，盛夸其夫为侍中郎以拒之。""解佩就江滨"，用江妃二女事。《列仙传》卷上："江妃二女者，不知何所人也，出游于江汉之湄，逢郑交甫。"交甫见而悦之，下请其佩。二女解佩与交甫，交甫悦受而怀之。两句谓女伴既已身许有人，却又像江妃二女那样与别人赠佩相好。但她们"竞入华堂""争开羽帐"，得到了欢乐。尽管如此，思妇也并不动心，仍"不惜独眠"，并表示要像拔心不死的卷葹和香气浓烈的茱萸那样，虽摘心而心不尽，虽折叶而叶更芳，永远保持对夫君的一片执着深情。

全诗句式、韵律颇为整齐，早期七言歌行每韵的句数及韵的转换均较参差杂乱的状况不复存在；但又写来笔墨舒卷，声情摇曳，淋淋漓漓，一唱三叹，确实显得"宛转"多姿。这表明七言歌行体到了江总手里，已被运用得相当熟练了。

（张亚新）

无名氏

子夜歌

（四十二首选三）

　　宿昔不梳头，丝发被两肩。
　　婉伸郎膝上，何处不可怜。

　　始欲识郎时，两心望如一。
　　理丝入残机，何悟不成匹。

　　夜长不得眠，明月何灼灼。
　　想欢散唤声，虚应空中诺。

　　《乐府诗集》收《子夜歌》四十二首，属清商曲辞中的吴歌。据《唐书·乐志》记载："《子夜歌》者，晋曲也。晋有女子名子夜，造此声，声过哀苦。"这里所涉及的时代和作者大概不确，不过是好事者的附会，其风格内容以"哀苦"二字概括，也与现存作品实际难符。倒是民间的作者所讲的一些情况，更能引起我们的注意。

作为《子夜歌》的变曲《大子夜歌》就曾说到：

> 歌谣数百种，子夜最可怜。慷慨吐清音，明转出天然。
> 丝竹发歌响，假器扬清音。不知歌谣妙，声势出口心。

虽然也说到《子夜歌》在众多歌谣中"最可怜"，但把它列为歌谣中的一种，并不以为是个人的创作；其风格则在于"慷慨吐清音，明转出天然"和"声势出口心"，妙处在此，特点也在此。

"宿昔"为《子夜歌》四十二首之三，是一首情意缠绵的民间情歌，说的是一位从朝到暮懒于梳妆的少女，秀发披散在两肩上，温存地舒展到情人膝头，以表示深沉的情爱。意思是简单的，无非男欢女爱；表达是直率的，堪称直抒胸臆。值得注意的倒在于：不管女主人公是伤春还是悲秋，但她那一往情深、百无聊赖、陷入情网而无法摆脱的情状，却是典型而动人的，捕捉得十分准确。而结句的一个反问："何处不可怜？"更把这对情侣的感情推向了高峰。本来，在风格上，吴歌以委婉细腻、纤巧清丽见长，这首短歌也是如此，不过，不应该忽略的是：所有这些都不会削弱感情的挥写，恰恰相反的是会加强爱情的流露。读了这首诗，你能说这女主人公爱得还不够深沉强烈吗?!

"始欲"则是《子夜歌》之七，也是民间情歌，说的是一位少女本来想同情人结成同心，地久天长；哪里想到，待到理丝入机时，却不能成婚匹配。在这里，我们又听到一位姑娘在追求理想爱情、婚姻生活方面的悲叹！爱情的专一、长远，这原是纯真、高洁的美好感情和起码愿望，可诗中的女主人公连这一点也丧失得干干净净，这未免太不公允，难怪她发出这样的悲鸣！诗的后两句一连用了两个谐音双关字，"丝"谐思、"匹"谐匹（配），这就避免了平铺直叙的单调感，而使作品有变化、富趣味，带给读者以思考回味的余地。

"夜长"为《子夜歌》之三十三，也是民间情歌，说的是一位少女对于意中人的思念。夜长或者长夜，往往是有心事的人的特有感觉。本诗的女主人公也不例外，她觉得夜长，果然也就不得眠，在长夜难眠的情况下，她对美好的月亮，竟然也发出了诘难：为什么如此皎洁！这诘难显得如此颟顸无理、娇憨可笑，然而，作为一种特有的心态来看待，却又真实可信。诗的后两句更具情趣，我们可以闭目默想：一个热恋中的少女，在月明之夜，倍加思念意中人，不仅彻夜难眠，而且异想丛生，有时竟错以为听到了情人的呼唤，并且向空作答。这是一幅多么生动有趣的思念图！这首民歌朴实无华，自然生趣，作者丝毫未作文字上的雕琢，纯以白描的手法状物，因而更能真切动人。

（魏同贤）

子夜四时歌

（七十五首选一）

春林花多媚，春鸟意多哀。
春风复多情，吹我罗裳开。

《子夜四时歌》从《子夜歌》变化而来，是一种歌唱四时的曲调，和后世民歌里的《四季相思》相似。《乐府诗集》共收《春歌》《夏歌》《秋歌》《冬歌》七十五首。这首诗原列《春歌》第十首，写美好春色及由此触发的欢欣之情。首句写春花，从色着眼。春林是一派盎然的翠色，其间点缀着朵朵鲜花，与春林相映衬，与春风相伴舞，着实艳丽可爱。次句写春鸟，从声着眼。"意多哀"是说春鸟的啼声中多有一种哀婉的情调。汉魏六朝时代盛行以悲为美的审美风尚，王充《论衡·自纪》即说："美色不同面，皆佳于目；悲音不同声，皆乐于耳。"因此"意多哀"的鸟声是一种让人"乐于耳"的声音。后二句写春风吹开罗裳，自然地带出观赏春色的少女。"多情"乃拟人写法，是"多情"少女赋予自然物的一种感情色彩。"春风动春心"（《春歌》第一首），少女面对如许春色，不免情思暗动，爱心潜萌，故视撩拨罗裳的春风为多情之物，仿佛这是一个多情郎君的所为。少女微妙的爱的心扉在这里敞开了一道缝隙，她的活泼、机趣、俏皮的个性也在这里得到了展示。诗篇纯用白描，以一气相连的"春林""春鸟""春风"渲染出一派浓郁的春的气氛，读之如饮甘泉，如啜美酒，令人回味不尽。

（张亚新）

欢闻变歌

（六首选一）

锲臂饮清血，牛羊持祭天。

没命成灰土，终不罢相怜。

　　《欢闻变歌》属《吴声歌曲》，《乐府诗集》共收六首，这首诗原列第五首，写青年男女"结同心"的盟誓。头两句写盟誓的场景。"锲"，刻，刻臂为盟是古代越人的风俗。"饮清血"，也叫歃血。古人盟誓时，双方口含牲畜之血或以血涂口旁，称歃血。既刻臂，又歃血，复杀牛羊祭天，多种仪式并举，可见盟誓的隆重及双方的重视。那么，这是为了什么呢？后两句作了回答。原来，盟誓的双方是一对情侣，他们盟誓的目的，是为了表示彼此相爱到底的决心。"没命"一句，与汉乐府《上邪》中"山无陵，江水为竭，冬雷震震，夏雨雪，天地合，乃敢与君绝"数句口吻相似，但在意思上更翻进了一层，《上邪》说"山无陵"等不可能出现的情况如果出现了，才能与君断绝，而这里说即使死了，变成了灰土，也不停止相爱。以极质朴、坚定的语言，表述了生死不渝的爱情理想和维护、捍卫爱情理想的磐石般坚不可摧的决心，既可看作是爱的宣言，也可看作是对一切可能阻碍爱情的势力的挑战。诗篇设想奇特，感情深沉，场面悲壮，在古代浩如烟海的爱情诗作中，可卓然独领一席。　（张亚新）

长 乐 佳

红罗复斗帐，四角垂朱珰。

玉枕龙须席，郎眠何处床？

　　《长乐佳》属《吴声歌曲》，是一首别开生面之作。一个女子极力矜夸自己床笫的美好，然后挑战似地问她的情郎：你在哪儿睡呢？心里是想要情郎留宿，却不明说，而是绕山绕水，旁敲侧击，用意婉蓄，声口粲然，饶有生活情趣。

　　前三句纯用铺陈藻彩之法，写床帐、枕席的华美。"罗"是质地极轻软的丝织品，"复"为双层，"斗帐"是一种上窄下宽、形如覆斗的帐子，"珰"是由金、珠、玉一类物品制成的妆饰品。两句与《焦仲卿妻》诗中"红罗复斗帐，四角垂香囊"两句酷似，可见民间创作之间的传承关系。"龙须席"是用龙须草的茎所编织的席子，往往为富者所用，《初学记》卷二五晋《东宫旧事》一则中即有"太子有独坐龙须席、赤皮席、花席"之句。纯为状物，不着人物形象和情感，而女子妆饰之华艳、容貌之姣好已仿佛全在不言之中，而自鸣得意的情态也隐然可见。最后一句画龙点睛，于急转中展露百般铺陈炫耀的用意，女子的狡黠、活泼、俏皮及其对情郎没遮拦的温情均跃然纸上，令人忍俊不禁。

　　诗写了青年男女闺闱生活中极隐秘的一幕，却不涉污秽，心地坦然，情调开朗，能代表民间情歌的一般特色。

（张亚新）

懊侬歌

（十四首选二）

江陵去扬州，三千三百里。
已行一千三，所有二千在。

我与欢相怜，约誓底言者。
常欢负情人，郎今果成诈。

《乐府诗集》共收《懊侬歌》十四首，属清商曲辞的吴声歌曲，自然是吴地的民歌。郭茂倩引《古今乐录》说："《懊侬歌》者，晋石崇绿珠所作，唯'丝布涩难缝'一曲而已，后皆隆安初民间讹谣之曲。"这里所说，除《懊侬歌》是否绿珠首创有待考证而不必考证外，其多数作品皆隆安初的民间之曲则是可信的，这从作品的内容和表现形式上，都足以得到验证。这些民歌以五言四句的形式，多写男欢女爱，内容健康、格调清新、语言淳朴，是其特点。懊侬即懊恼，表现少年男女在挚热的情爱世界中恼人的感情波折。

"江陵"是《懊侬歌》中的第三首，它在十四首作品中的确别具一格、引人注目。短短四句的民歌受到体制上的约束，其容量是有限的，但是，优秀的民间创作往往会突破这种有限的形式而去表达无限的内容，本诗也是一个适例。显然，高明的作者知道如何最经济地使用诗中的这二十个字，他努力摆脱开对复杂事物的完整描绘，毫不涉及语言难状的感情纠葛，而只做了一个极简单的数学计算，可恰恰是这样一个简单的计算，使本诗获得了不朽。本来，外出的游子，天涯的归客，闺中的思妇，由于牵挂、思念亲人，常常会以计算里程的方式，来表达对亲人的思念和盼望。本诗的作者正是抓住了这一常见的生活现象而加以典型化的。江陵、扬州均是古代商旅集中、商业发达的城市，在这两个城市之间旅行的人很可能是一位行商，果真如此，则思念他的就是一位商妇了。这位思妇对于江陵到扬州的里程早已记得很牢：三千三百里。旅人已经走了一千三，自然是还有二千里了。这记心与默想的数字一经写了出来，便构成了一首具有神奇表现内涵的优秀作品，这原因就在于作者选取了生活中最常见的现象，使用最精炼的形式表达了出来，所以就能韵味隽永、涵意无穷。

"我与"为《懊侬歌》的第六首，也是民间情歌。作者系一位被遗弃的妇女，她虽遭背弃，精神痛苦，却并未对负情人作正面的谴责，而只是揭露对方始乱终弃的行径，认识到他那信誓旦旦的甜言蜜语，不过是骗人的谎话。全诗出于受害人之口，然而竟能如此淡漠、平静，让人感到似乎作者在讲别人的事，或是过去了若干年的事情。哪里晓得这是痛定思痛后的追记，是激越的感情波澜后的回荡，是理智已经恢复后的评断，因而，后悔、自怨、谴责、痛恨，全部被掩藏到了诗的背后，可又是那样的令人触手可及、触手可感，也才那样的深切感人，历久不朽。

（魏同贤）

华山畿

（二十五首选二）

啼著曙，

泪落枕将浮，身沉被流去。

相送劳劳渚，

长江不应满，是侬泪成许！

《华山畿》属《吴声歌曲》，《乐府诗集》共收二十五首，这两首诗原列第七首和第十九首。"华山"，在今江苏句容北十里。"畿"，山脚。据《古今乐录》载，宋少帝刘义符时，南徐（今江苏丹徒）一士子从华山畿往云阳（今江苏丹阳）。见客舍有女子，年十八九，悦之而无由亲近，遂感心疾。母问其故，具告之。母为至华山寻访，见女具说。女闻感之，因脱蔽膝，令母密置其席下，卧之病当愈。不久，病果愈。忽举席见蔽膝而抱持，遂吞食而死。气欲绝，谓母曰："葬时车载从华山过。"母从其意。及至女门，牛不肯前，打拍不动。女即妆点沐浴而出，歌曰："华山畿，君既为侬死，独活为谁施？欢若见怜时，棺木为侬开！"棺应声开，女透入棺。家人扣打，无如之何，乃合葬，呼曰"神女冢"。这个悲剧的爱情故事，成为《华山畿》的本事，这两首诗在内容、情调上与之有一脉相承的联系。

第一首以"啼"字发端，悲伤气氛扑面而至。一哭哭到天亮，眼泪自然很多，于是围绕着眼泪展开想象。诗篇一连用了三件事来形容眼泪之多：枕头在泪水中浮起，身子在泪水中下沉，被子随泪水漂流而去。其想象之大胆、奇特，可谓鬼斧神工，令人瞠目。"浮""沉""流"写出不同的动态和走向，散乱迷濛，仿佛洪水泛滥。在卧房中如此哭泣终夜，这定是一位女子，其原因一定是在爱情婚姻方面遇到了巨大的不幸。以非常之笔法写出非常之命运、非常之痛苦，令人魄动心悸，神黯情伤，产生了出奇制胜的效果。

第二首写痛苦的别离。"劳劳渚"，地名，三国孙吴时建业（今江苏南京）附近有劳劳山，山上建有劳劳亭，为送别场所，劳劳渚当在这附近。"许"，此，这样。一个女子到江边送别她的所爱，悲痛欲绝，泪如潮涌，竟使长江为之满溢。以眼前滔滔江水取譬，以"不应……是"的肯定语气表述，极言泪之多、痛之深，想象也极离奇，极大胆，与前一首有异曲同工之妙。

两诗皆抓住一个"泪"字大作文章，重点突出，形象鲜明，给人以强烈的感染。

（张亚新）

读 曲 歌

（八十九首选四）

折杨柳，百鸟园林啼，
道欢不离口。

怜欢敢唤名，念欢不呼字。
连唤欢复欢，两誓不相弃。

打杀长鸣鸡，弹去乌臼鸟。
愿得连冥不复曙，一年都一晓。

登店卖三葛，郎来买丈余。
合匹与郎去，谁解断粗疏。

  《读曲歌》属于《吴声歌曲》。据《古今乐录》，"读曲"就是低声吟唱，吟唱时不奏乐器。"读曲"，又作"独曲"（《玉台新咏》卷十录有《柳树得春风》一首，题作《独曲》），"独曲"的意义可能就是徒歌。《乐府诗集》所收共八十九首，在现存《吴声》各曲中数量最多，全是民间言情之作。这里所赏析的四首，原分别列第十六、第二十八、第五十五和第八十二。

第一首写一个女子在送别她的所欢时所产生的一种错觉。古有折柳送别的习俗。女子到园中折柳准备送别她的所欢，此时心中为惜别之情充塞，所思、所念无不是一个"欢"字，在移情作用之下，她突然觉得满园中鸟雀的啼叫，都像是不停地在呼叫着所欢。"百鸟"极言鸟之多，百鸟啼鸣，高低错杂，此落彼起，连续不断，煞是热闹。而所叫无不是一个"欢"字，将女子对所欢热烈、挚诚的情感，淋漓尽致地表现了出来。景由情生，情因景发，活生生的自然美景与活生生的人物情感妙合无垠，是这首小诗独具的特色。

第二首写一个女子对所欢亲昵、热烈的爱。首二句分别以"怜欢""念欢"领起，直抒内心情感。然后分别缀以"敢唤名""不呼字"，使两句颇近于同义反复，于回环复沓中进一步展示了内心情感。"敢"，犹言岂敢、不敢，"敢唤名"就是不唤名。女子爱念她的所欢，既不叫名，也不呼字，而是一声接一声地叫"欢"，目的是要把他叫应后，两人好立一个永不相弃的誓言。"欢"，犹言"亲爱的"。从女子"连唤欢复欢"的脆声中，我们仿佛见到了她纯真、热烈、娇憨的情态，感到她的爱已经到了忘形失态、没遮没拦的地步。正因为她爱得深切，所以总担心失去他，非得把他叫应立一个誓不可，表面的热烈中实际隐藏着深层的忧虑。她之所以要一声接着一声地叫所欢，而不见答应，要么对方是在故意逗她，要么确实是不打算理她了。女子为所欢所奉献的爱着实灼人，然而也不免令人担心：要是那位所欢不肯立誓，或虽立了誓而将来变了心，她又会怎么样呢？要知道这种事在那个时代是很容易发生的啊！隐伏在热烈的爱的背后的危机，也值得深深追寻，细细体味，不宜轻轻放过。

第三首写一个女子欢娱恨短的心理。这个女子与她的所爱共度良宵，只恨时间过得太快，不一会儿就天亮了。她将满腹恨怨之情一股脑儿地发泄到"长鸣鸡""乌臼鸟"身上，因为都是它们惊醒了她的好梦，唤来了黎明。一个要"打杀"，一个要"弹去"，其恨怨嗔怒之态，跃然纸上。昼夜更替，天经地义，女子何尝不知？所以要无端发泄者，盖恨良宵之短。从这种既悖于情理又合于情理的举动中，作品展示了人物的独特心态和独特情感。后二句直抒其心愿：但愿黑夜连续不断，天总也不亮，一年只有一个早晨。设想离奇，出人意表，女子的天真与痴情也由此呈现。诗前半写想采取的行动，后半写想达到的目的，两者互为表里，生动形象地揭示了人的独特心理。

第四首写的是一个商家女子在爱情上希图吉利的心理。"三葛"，布名，用葛的纤维织成，宜做夏服。"合匹"，成匹。"匹"又双关男女匹配之"匹"。"谁解"，谁能。"粗疏"，指葛布，葛布布纹粗疏。女子在店中卖三葛，正好她的情郎前来购买，但只买了丈余。据《汉书·食货志》，一匹布长四丈，郎只买丈余，不足一匹，要从中剪断。而剪断了就不成匹，意味着他们结不成配偶，女子因此不愿剪断，要"合匹与郎去"。这种因某种巧合、联想及语言文字的谐音、多义、双关而引起忌讳的事，在现代生活中仍然存在。这位女子的行为正是这种独特民族心理的反映，有其幼稚、可笑的一面；但这种行为反映了她企求美满婚姻的良好愿望，又有其可爱的一面。南朝乐府大抵以抒情为主，这首诗巧摄生活场景，深掘人物心态，以极简省、极质朴的笔墨叙述了一个首尾完具、富于蕴含、饶有兴味的故事，不失为一首别开生面之作。　　　（张亚新）

神弦歌

（十八首选二）

白石郎曲

白石郎，临江居。

前导江伯后从鱼。

积石如玉，列松如翠。

郎艳独绝，世无其二。

南朝乐府除《吴声歌》《西曲歌》外，尚有《神弦歌》十八曲，是当时建业（今江苏南京）一带民间以弦歌娱神的祭曲。所祀之神来历多不可考，大都是地方性的"杂鬼"（《图书集成·博物部》）。《白石郎曲》原列第五，《乐府诗集》共收二首。据《读史方舆纪要》，在江宁府（今南京）治北十四里有白石山，白石郎或即此山之神。

第一首写白石郎的居处位置。白石郎庙坐落在江边，庙中白石郎神像的前面是江伯（水神）的塑像，后面有游鱼的雕塑（很可能是作为背景的壁雕）。本都是既无生命也无动感的泥塑木雕，一经拟人笔墨点染，顿时有了形象，有了动感，有了生活气息，也有了人情味。

第二首写白石郎的居处环境和美艳形象。"积石",指阶墀所铺之石。"翠",青绿色玉,即翡翠。积石如玉,列松如翠,既写出了环境的整洁、清幽,对白石郎的美艳形象也是一种烘托。后二句直接赞美白石郎的美艳,爱悦之情溢于言表。诗表现了一个女子爱慕异性的感情,虽名为娱神,实与《吴声》《西曲》中的情歌无异。

两诗尽管体制短小,却句法自如,手法灵活,文字清丽,构造出一个饶有情韵的幽美境界,读之令人悠然神往。 （张亚新）

青溪小姑曲

开门白水,侧近桥梁。

小姑所居,独处无郎。

这首诗原列《神弦歌》第六曲,所祭之神为《神弦歌》中唯一可考来历者。"青溪",即"白水",发源于钟山,流入秦淮河,长十余里。"青溪小姑",据《异苑》载为三国吴将蒋钦之三妹。《搜神记》说蒋钦为秣陵（今南京）尉,因击贼受伤而死。孙权封他为中都侯,并为他在钟山立庙。小姑被祀为神或在同时,最迟不超过晋代。诗与一个人神恋爱的传说有关。吴均《续齐谐记》载,宋元嘉五年（428）,会稽赵文韶为东宫扶侍,一夜坐青溪中桥,与尚书王叔卿家隔一巷。忽有女来,年十八九,行步容色可爱,以两婢自随，自称来自王宅，与之情歌互答，甚相契合。夜已深，遂相伫燕寝。竟四更，别去，脱金簪以赠文韶，文韶亦答以银碗、白琉璃匕（一种饭具）各一枚。既明，文韶出，偶至青溪庙歇，神座上见碗，屏风后，则琉璃匕在焉。祠庙中惟女姑神像，青衣婢立在前，细视之，皆夜所见者。于是遂绝。诗的内容情调与传说相通。前两句写青溪庙的位置，前临溪水，旁靠桥梁。后二句写小姑"独处无郎"，流露出怜惜之意、艳羡之情，不由令人想起传说中那位"私奔"的女姑，大概是因不堪"独处"而产生的举动吧？诗以清新秀逸的笔致、缠绵细腻的情感，表现了具有七情六欲、向往自由爱情的人间生活，富于浪漫风情，也充分体现了祭歌即情歌的创作特色。

（张亚新）

莫愁乐
（二首选一）

莫愁在何处？莫愁石城西。
艇子打两桨，催送莫愁来。

《莫愁乐》是南朝乐府清商曲辞西曲歌中的一个曲调，现存无名氏歌词两首，这是其中的第一首。西曲歌大抵产生于长江中游地区和汉水流域，南朝的京都在建康（今江苏南京），西曲歌产地在建康之西，故称为西曲歌。西曲歌一部分原为民间歌谣，经过贵族文人的选择和加工，被谱为乐曲；贵族文人模拟民歌，又创作了一部分。《莫愁乐》大概属于前一类。

诗中提到的石城，是当时竟陵郡的郡治（今湖北钟祥县），莫愁则是当地的一位善于唱歌的乐妓。据《旧唐书·音乐志》记载，刘宋臧质做竟陵郡长官时，在城上看到当地一群少年踏歌唱和，情绪欢畅，遂采撷歌谣制成《石城乐》曲。莫愁时常歌唱《石城乐》，恰巧《石城乐》中群人合唱的和声里有"莫愁"字样，和她的名字相应，因此人们又参照了《石城乐》制作了《莫愁乐》。

本篇上两句运用民歌常用的问答手法，说莫愁住在石城的西面。下两句大约是说，人们为了爱听莫愁的唱歌，催促她坐着船艇快些渡江（当是指紧靠石城西边的汉江，即汉水）前来，表现了人们对于莫愁女高超歌艺的倾倒和赞赏。全诗语言真率天然，表现出浓厚的民歌风味。

　　本篇大约产生于南朝宋、齐时代。稍后梁武帝萧衍有一首《河中之水歌》，中有"洛阳女儿名莫愁"句，这个洛阳女儿也叫莫愁，那是另一个人。世上同名的人是很多的。后代传说南京市也有莫愁女，还因此有莫愁湖。按南京古时也称石头城，简称石城，人们把竟陵石城和南京石城混为一谈，因此南京也就有了莫愁女。民间传说辗转流传，往往牵强附会，这种情况是颇多的。　　　　（王运熙）

采 桑 度

（七首选一）

春月采桑时，林下与欢俱。
养蚕不满百，那得罗绣襦。

《采桑度》在《乐府诗集》中属《清商曲辞·西曲歌》。其产生
时代大约为南朝梁或早一些时候。这一组歌共七首，这是其中的第
五首。诗中写一位女子和她的情人一起去采桑，在树下倾诉着自己
的担心：养的蚕太少，收不到多少丝，不够做一件绣衣。这位主人
公大约是贫家女。她和情人相约到林下，也许是为了定自己的终身
大事。但辛辛苦苦地采桑养蚕，到头来收的丝还不够作一件嫁时
衣，真是够可怜的。

全诗短短二十字，既表现了采桑者的辛苦和忧虑，也表现了她
对"欢"的钟情。其言简意赅，情真辞切，颇堪回味。这种真率、
自然而又能有含蓄的诗风，正是南朝民歌的一大特色。　　（曹道衡）

拔 蒲

（二首选一）

朝发桂兰渚，昼息桑榆下。

与君同拔蒲，竟日不成把。

　　《拔蒲》在《乐府诗集》中属《清商曲辞·西曲歌》，共两首，这里选的是第二首。这两首《拔蒲》大约在乐官们采集以后，在文字上作了加工。特别是第一首的"青蒲衔紫茸"，显然借用了谢灵运的名句；"拔蒲五湖中"的"五湖"，即今江浙二省间的太湖，亦非荆、襄之地所有。这第二首中的"君"，大约相当于多数民歌中的"欢"，这里用"君"不用"欢"，恐亦属文人口气。过去有些人认为：民歌到了文人手里，一定改坏。其实这是偏见。像这首《拔蒲》，显然经文人润饰，但仍然保存着民歌直率、自然的本色，而在文字上则显得更华丽。前两句对仗工整，已有齐梁诗的影响；后两句则坦率地表示和情人在一起，竟忘了"拔蒲"而"终日不成把"。这种对爱情的大胆吐露，与《子夜歌》等作品一脉相通。可见文人的润饰，不一定都会损害民歌，相反，有时还能为之增添一定的美感。

（曹道衡）

作蚕丝

（四首选一）

春蚕不应老，昼夜常怀丝。

何惜微躯尽，缠绵自有时。

《作蚕丝》在《乐府诗集》中属《清商曲辞·西曲歌》，凡四首，这里选的是第二首。但在徐陵所编的《玉台新咏》中有一首《蚕丝歌》，与此首全同，题作《近代杂歌》。这也许是因为此诗的风格更像《吴声歌》之故。可能当时的乐官以"吴歌"的笔调来谱"西曲"的曲调。所以诗中隐喻手法颇似《子夜歌》。特别是用"怀丝"来暗示"怀思"，这种谐音的情况，在《子夜歌》中最常见。诗中全用比喻，妙语双关。丝本是柔软缠绵的东西，借以喻人的柔情绻缱。"何惜微躯尽"二句，更意味着即使有生命危险，也得与情人相团圆，说得何等大胆、何等真挚！这纯是南朝民歌中常见的格调。本来，南朝民歌中"吴声"与"西曲"只是语音和唱腔有别，其歌辞的风格原很接近。所以《乐府诗集》从音乐的角度把它归入"西曲"；而徐陵则从文学家的立场来选录此诗，只以"杂歌"名之。

（曹道衡）

杨 伴 儿

（八首选一）

暂出白门前，杨柳可藏乌。

欢作沉水香，侬作博山炉。

　　《杨伴儿》在《乐府诗集》中属《清商曲辞·西曲歌》。此曲古辞凡八首，这是其中的第二首。西曲歌本是东晋南朝时流行于今湖北荆、襄一带的民歌，但此曲恐是长江下游的人拟作，所以诗中出现了"白门"（地名，在建康）；主人公还自称曰"侬"，显系吴语。这是因为宋齐间一些长江下游的人到荆襄做官，就把这音乐带回建康一带。齐梁两代的帝王均喜"西曲"。据说此曲产生于南齐中后期，未知确否？

　　这首诗以女子口吻表达了她对"欢"的钟情。她自比"博山炉"，而把"欢"比作"沉水香"。显然，香在炉中藏着，燃烧着，也就煎熬着炉膛。这不但是"中心藏之，何日忘之"（《诗经》），而且还使主人公因热恋而苦恼。"为郎憔悴却羞郎"，这种爱情非常大胆、真率。这正是民歌的优点。

　　　　　　　　　　　　　　　　　　　　　　　　（曹道衡）

长 干 曲

逆浪故相邀，菱舟不怕摇。
妾家扬子住，便弄广陵潮。

　　这首《长干曲》，原见《乐府诗集》卷七二，属于《杂曲歌辞》
一类。它大约是长江下游的民歌，其产生时代应在南朝。自从东晋
以后，在建康（今南京）建立了偏安政权，其财赋除了依靠江浙
外，富饶的湖北一带是它主要的供给来源。因此长江便成了南朝东
西交通的要道。著名的"吴声歌"和"西曲歌"中有不少都讲到了
长江航行。
　　在水上交通发达的条件下，产生了不少驾船的能手。诗中这位
女子显然是驾船的高手，她敢于驾着采菱的小船，在长江中逆浪而
进。"妾家扬子住，便弄广陵潮"，这语气是何等的豪迈和自信。长
江到了广陵（今扬州市）一带，江面宽阔。东晋到南朝时一些人，
把这一带江面视为海。广陵的潮水，又是历来著名的。一位女子竟
把这里的惊涛骇浪视为寻常之事，可见她的大胆和技艺高超。这和
《子夜吴歌》的缠绵柔情形成鲜明的对比，在南朝民歌中放出异彩。

（曹道衡）

西 洲 曲

忆梅下西洲，折梅寄江北。

单衫杏子红，双鬓鸦雏色。

西洲在何处，两桨桥头渡。

日暮伯劳飞，风吹乌桕树。

树下即门前，门中露翠钿。

开门郎不至，出门采红莲。

采莲南塘秋，莲花过人头。

低头弄莲子，莲子清如水。

置莲怀袖中，莲心彻底红。

忆郎郎不至，仰首望飞鸿。

鸿飞满西洲，望郎上青楼。

楼高望不见，尽日栏杆头。

栏杆十二曲，垂手明如玉。

卷帘天自高，海水摇空绿。

海水梦悠悠，君愁我亦愁。

南风知我意，吹梦到西洲。

这首《西洲曲》在《乐府诗集》中属《杂曲歌辞》，是一首经文人加工过的民歌。今本《玉台新咏》中有此诗，题为南朝梁江淹所作。其实此诗在明寒山赵氏复宋本《玉台新咏》中并未选录，显系后人窜入。一些较可信从的《江淹集》中也无此首，说明非出江氏手笔。明清人还有说是梁武帝作，也是无据臆说。此诗原是民歌，写定时经文人修改、加工，所以显得颇为细腻工致，应该是南朝乐府民歌发展到最成熟阶段的产物。

这首诗在形式上有个显著的特点，就是它基本上四句一韵，每四句的内容也有所变化，若断若续，好像是由八首短诗组成的。但它又是一个整体，因为每次转韵时，基本上都有钩句（即后一首的起句中必用前首末句中的意思或词汇）相连接。这种形式在《诗经·大雅·文王》等个别作品中已有出现，曹植的《赠白马王彪》也用了这种形式。但本诗使用"钩句"似显得更为成熟和精妙。因为此诗叙事成分较多，使用"钩句"更能加强全诗的联贯性。

关于《西洲曲》的产生地点，清人吴兆宜《玉台新咏笺注》倾向于建康（今南京）附近；现代一些研究者则认为可能在今江西南昌一带。这里正是"吴楚之交"，所以兼综了《吴声》《西曲》两种民歌的特点。诗中以"莲子"谐音为"怜子"的手法，就近于《子夜歌》，而柔情缠绵则更近于《西曲歌》。

关于这首诗的解释，学者们也不尽一致。一般来说，诗中的主人公当是一位女郎。她曾在梅花盛开的季节在"西洲"和情人相会，但情人后来到"江北"去了。她为了想念情人，又来到故地，当然，情人不在那里，这就引起了她无限的思念和惆怅。"单衫杏子红，双鬓鸦雏色"，尽管容貌依旧，但感到的只是"谁适为容"的寂寞。她苦待情人而不至，直到"日暮伯劳飞，风吹乌桕树"，这景象就使人愁绪满怀。接着，诗通过主人公的动作和景色的描写，显示出了时节的更迭。从梅花开放的春季，到"出门采红莲"的夏季；从"莲花过人头"的时令到了莲花已落，只剩莲子，并且已是"霜冷莲房坠粉红"（杜甫《秋兴》句）的季节；再往后，更是大雁飞临西洲，已到冬天，但远在"江北"的情人，仍无音信。这位女郎更惆怅和焦虑了，她终于登上高楼，手扶栏杆，向北遥望，却不见情人的踪影，只见"卷帘天自高，海水摇空绿"。她对情人还是十分信赖的，"在水一方"，还觉得两地相思，"君愁我亦愁"。她实在忍不住这种相思的煎熬，只能寄希望于梦魂，在南风相助之下，飞过江去，与情人相会。一片相思之情，写得十分真挚，令人回味。

这首诗的成功之处，在于巧妙地使用铺叙的手段，历叙时节的更迭，引起主人公相思之情的不断深化，时节越晚，相思愈苦。一层深一层，丝毫不显重复和繁冗。同时，在每一段中，都用了象征性的比喻、暗示和南朝民歌所常用的谐音和双关语。例如"日暮伯劳飞，风吹乌桕树"两句，前句据吴兆宜注认为伯劳"所鸣之家以为凶"，暗示主人公待人不至时的焦虑；后句引起萧瑟清冷之感，也更能衬托出主人公的心境。"采莲南塘秋，莲花过人头"两句，既用莲隐喻"怜"爱之意，又是写景。"莲花过人头"象征着初秋时的莲花，还未凋谢，生长茂盛。但时隔不久，莲花已经消失，剩下的只有莲子。"莲心彻底红"既暗示秋色已深，又隐喻主人公

"怜子"(情人)之心像火一样鲜红灼热。"鸿飞满西洲",既是写景,又暗用"雁足传书"的典故,表示主人公不见情人音信的焦急。最后两章都提到"海水",其实不管西洲究竟在何处,总之分隔主人公和她情人的只是江,不是海。这里言海不言江,也是突出主人公的心情,因为音信不通,相思情切,更觉路途遥远,一衣带水,竟成了茫茫大海。她只有借助于南风,才能与情人梦中相会了。

这首诗虽属古体,但已有不少句子符合后来的律体,说明加工的文人已在梁代中叶以后。这时不但"吴声""西曲"均已成熟,并且趋于融合。再加上文人的技巧加工,产生这首名作就不奇怪了。

(曹道衡)

河中之水歌

河中之水向东流，洛阳女儿名莫愁。

莫愁十三能织绮，十四采桑南陌头。

十五嫁为卢家妇，十六生儿字阿侯。

卢家兰室桂为梁，中有郁金苏合香。

头上金钗十二行，足下丝履五文章。

珊瑚挂镜烂生光，平头奴子提履箱。

人生富贵何所望，恨不嫁与东家王。

这首无名氏的歌辞和《东飞伯劳歌》一样，最早见于《玉台新咏》，后来被误作梁武帝萧衍的诗。其实后一说恐不足信，这道理在前首中已讲过。不过从此诗的一些情况看来，它虽非萧衍所作，却颇似一位文人仿民歌而作。因为像此诗这样比较成熟的七言诗，其产生年代，大约最早应在东晋以后。但到了东晋以后，洛阳已长期不在东晋手中。卢姓在魏和西晋虽颇贵显，但到了东晋南朝，卢氏并未随晋室过江，所以东晋以后南方高门中亦无卢姓。诗中盛夸卢氏的富盛，又把女主人公称作"洛阳女儿"；这就令人感到此诗大约是一位文人假托西晋以前情况仿作的。在这首诗的手法方面，显然有模拟《古诗为焦仲卿妻作》的痕迹。如"十三""十四""十五”“十六”这四句，当系学自“十三能织素，十四学裁衣，十五弹箜篌，十六诵《诗》《书》”等句。

这首诗对“莫愁”的生活享受和卢家的富盛，虽作了很多的渲染，但从它整个倾向看来，对“莫愁”还是表示了深切的同情。因为诗的结尾是：“人生富贵何所望，恨不嫁与东家王。”意谓卢家虽然富贵，生活享受虽高，但对莫愁来说，却并没有得到真正的幸福，反不如嫁个称心的丈夫——东家王，倒要幸福得多。因此，兰室桂梁也好，金钗丝履也好，珊瑚镜也好，奴婢侍奉也好，对莫愁来说，都是不足道的东西。这种看似热闹、华美的描写，反而更衬托出“莫愁”心中的寂寞和苦闷。此诗感人之处正在这里。

这首诗在文学史上产生了很大的影响。唐代诗人沈佺期《独不见》中“卢家少妇郁金堂，海燕双栖玳瑁梁”两句，即点化此诗中“卢家”二字而成，不过沈氏写的是征人之妻的闺怨。稍后的王维写了《洛阳女儿行》，在描写富贵之家的生活享受方面，可以说有异曲同工之妙。不过王氏所写，乃是寓讥讽，认为真正的美女并非那位“洛阳女儿”，而是“可怜贫贱自浣纱”的另一位女子。这都是各自要表现的主题不同，因此构思也各别。不管怎样，他们都在本诗中得到了启发。这也可以从某种程度上说明本诗在文学史上的地位。

(曹道衡)

东飞伯劳歌

东飞伯劳西飞燕，黄姑织女时相见。

谁家女儿对门居，开华发色照里闾。

南窗北牖挂明光，罗纬绮帐脂粉香。

女儿年几十五六，窈窕无双颜如玉。

三春已暮花从风，空留可怜与谁同。

　　这是无名氏古歌词《东飞伯劳歌》，原文最早见于徐陵编的《玉台新咏》卷九。后来宋郭茂倩《乐府诗集》说是梁武帝萧衍作。其实徐陵的《玉台新咏》是奉梁武帝子萧纲（简文帝）之命而编，不可能误将梁武帝之作当作无名氏歌辞，所以当从《玉台》。

　　当然，这首诗的情调颇似民歌，并不等于说它一定就是民间歌谣。首先，从形式方面说，这种七言诗每句押韵，近乎晋代以来盛行于江南的《白纻歌》，和后来流行的间句押韵的形式不大一样。所以很可能是齐、梁以前的作品。其次，从手法上讲，"东飞"两句用的是起兴，伯劳和燕都是鸟。"黄姑"据清吴兆宜《玉台新咏注》说，乃"河鼓"的音转。《尔雅·释天》："河鼓谓之牵牛。"晋郭璞注："今荆楚人呼牵牛星为檐鼓，檐者荷也。"这两句看似与全诗无干，却有着隐喻之意，笼括着全篇。这种手法，也是民间作品中常见的，六朝文人仿作民歌，用此手法者也很不少。所以此诗很可能经无名氏文人加工，或是文人模仿民歌之作。

此诗主旨在为一位美貌女郎空度岁月，无人求婚而叹息。开头两句起兴句实际上是暗寓主人公不遇知音的苦闷。东飞的伯劳和西飞的燕，虽各奔一方，也有相遇之时。牵牛、织女二星，古人传说一年只能相会一次。但比起主人公的寂寞来，牵牛、织女的每年一次相会也成了"时相见"，这显然极写其孤独的心情。"谁家"二字方点出诗的主人公是位美丽的女郎。"南窗"二句是借"明光"（珠帘）及脂粉的香气来进一步渲染女郎的美貌。最后四句是倒叙，意谓"女儿"十五六时，其貌确实美如玉。无奈如今年岁老大，就如"三春已暮花从风"，当然就更难有人问津了。从字面上说，这种解释本亦文从字顺。当然，此诗也未尝不可以说寓有一定寄托在内。例如：我国古诗有一种传统是"托男女以喻君臣"。如果此诗是一位无名氏文人的创作，他也可能借这位女郎自比，用女郎未能及时择偶来比喻自己没有得志和舒展自己才能的机会。这样抒写"怀才不遇"的情绪，在古书中也是常见的。不过，这样的解释毕竟比较迂曲，多少有点猜测的成分，所以只能姑备一说。　　　　　　　（曹道衡）

刘 昶

刘昶（435—498），字休道。宋文帝刘义隆第九子，封晋熙王。因宋废帝刘子业怀疑他有异志，被迫逃亡北魏。 （孙安邦）

断 句

白云满障来，黄尘暗天起。

关山四面绝，故乡几千里？

题为"断句"，即"联句未成，仅此片断"之意。

据《南史》记载，刘昶兵败奔魏，弃母妻，惟携妾一人骑马自随，在道慷慨作此断句。刘昶是宋文帝第九子，封晋熙王。宋废帝刘子业即位，对刘昶百般猜忌，怀疑他图谋不轨，因而被迫逃奔北魏。这首诗即作于逃亡途中。

"白云"二句写途中所见。诗人仓皇出逃，举目观望，白云从要塞城堡上空奔涌而来，黄土遮天蔽地、到处飞扬，一时间天昏地暗，形势险峻。"关山"二句接写心中所念。他被迫离开故国，身处四面关山，不见远在千里之外的故乡，心中无限惆怅。

全诗即境抒怀，流露出被迫逃亡的不得已和对故国的无限眷念。题作"断句"，内容却完整独立，在形式上成了后来四句格律诗——绝句的先声。 （孙安邦）

萧 综

萧综（500—529），字世谦。梁武帝第二子，封豫章王。普通六年（525）叛逃入魏，改名赞，字德文。授司空，封丹杨王。后娶魏孝庄帝姊寿阳公主，拜驸马都尉。尔朱兆入洛，其妻因拒绝凌辱被害，他潜往长白山为僧，至阳平病卒。有才学而性酷烈，善文章。

（孙安邦）

悲落叶

悲落叶，联翩下重叠。

重叠落且飞，纵横去不归。

长枝交荫昔何密，黄鸟关关动相失。

夕蕊杂凝露，朝花翻乱日。

翻乱日，起春风，春日春风此时同。

一霜两霜犹可当，五晨六旦已飒黄。

乍逐惊风举，高下任飘飏。

悲落叶，落叶何时还？

夙昔共根本，无复一相关。

各随灰土去，高枝难重攀。

悲秋是中国古代诗歌的传统题材。自宋玉以来，历代名人名作

910

层见叠出，灿若繁星。这首录自《艺文类聚》的《悲落叶》诗，我认为是萧综在尔朱兆入洛，其妻被害，他潜往长白山为僧，至阳平病卒前所作。诗人以落叶自况，表现出深沉的悲伤和十分复杂的心情。

诗一开头即点题。前四句就笼罩着一种悲伤的气氛，而且一直贯穿全诗。不乏花果色彩的秋季在萧综眼里，只有簌簌飘落的黄叶，这与他当时的际遇有关。据《梁书》《南史》和《北史》等史书记载，萧综逃离故国入魏后，"在魏不得志，尝作《听钟鸣》《悲落叶》以申其志，当时莫不悲之"（《南史》）。由于寒风、严霜的凌逼，深秋的无边落叶萧萧而下。那落叶带着几分惆怅、几分哀怜和无限柔情，离开支撑它的枝条，一片片、一簇簇，恋恋不舍地，重重叠叠地不断落在地面上；又不断地被风卷起、吹飞，但怎么也回不到原来的枝条上了。这种情景，正是萦绕在诗人心中的故国之思、沦落之苦、失意之情的生动写照。

"长枝交荫昔何密"四句，是诗人对往日的回忆。这片片落叶，在春天时也曾繁荣茂密、碧秀交荫，使黄鸟鸣啭于其间；清晨和傍晚，在夕阳或晨光的映照下，也曾托着凝满露珠的花蕊或姹紫嫣红的花朵，呈现出一片色彩绚丽的生机。"乱"字本为杂乱无序，而这里却表现了春天万物复苏的勃勃生机。

"翻乱日，起春风"六句，笔锋陡转：春天里春意盎然，树叶横亘蔽日，郁郁葱葱，经过一次两次秋霜，还无什么明显变化；但随着深秋严霜的凌逼，才五六天就枯黄了。它们刚追逐着惊风飞举，又高下自由地飘荡。"乍逐"二句奇妙，诗人不说惊风举落叶，却说落叶追逐惊风，从而增强了诗句的艺术效果。

"悲落叶，落叶何时还?"以下六句，是诗人的深深喟叹。本来落叶和树枝昔日共干同根，如今却无复相关，它们随风飘扬，再也难以重攀高高的枝干了。语调间充满了昔日已逝的深深悲哀，同时也暗寓着自己根在萧梁，一朝入魏，却再也不能回归了的遭遇，思想感情十分复杂、矛盾和痛苦。

《梁书》亦载有《悲落叶》诗，今附见于下：

悲落叶，连翩下重叠。落且飞，纵横去不归。

悲落叶，落叶悲，人生譬如此，零落不可持。

悲落叶，落叶何时还? 凤昔共根本，无复一相关。

(孙安邦)

温子昇

温子昇（495—546），字鹏举。太原（今山西太原）人。晋大将军温峤之后。博览百家，文章清婉。在后魏历任镇南将军、金紫光禄大夫等。生长于北朝，但善于摹仿南朝诗文的风格。与邢邵齐名，有"陵颜（延之）轹谢（灵运），含任（昉）吐沈（约）"之誉，深受庾信推许。后为齐高澄猜疑，下晋阳狱饿死。今存《温侍读集》一卷。 （李 丽）

捣 衣

> 长安城中秋夜长，佳人锦石捣流黄。
>
> 香杵纹砧知近远，传声递响何凄凉。
>
> 七夕长河烂，中秋明月光。
>
> 蠮螉塞边绝候雁，鸳鸯楼上望天狼。

　　六朝之际多有写妇女捣衣之诗。温子昇此作即其中之一。

　　前两句发端，点明地点、时间、人物、事件。那是长安城漫长的秋夜里，征人之妇正在执杵捣绢，为戍守边塞的丈夫赶制寒衣。"锦石"，精美而有纹理的石头，同下句的"纹砧"一样，极言捣衣石的精致；"流黄"，本指颜色，这里借指绢（《词林海错》）。三、四句采用烘托渲染和拟人手法，写佳人所用的"香杵纹砧"好像差解人意、知晓远近，连它传递出来的声响也若断若续，充满凄凉。从

"秋夜长"到"何凄凉",无论是秋夜的漫长,抑或杵声的凄凉,都传递出一种淡淡的而又蕴藏极深的哀怨。

"七夕"二句用七月七日牛郎织女鹊桥相会和八月十五中秋佳节合家团聚的民俗,反衬佳人孤身独处,进一步渲染了环境的凄凉和内心的哀愁。

结尾两句极写佳人与征夫音信断绝和盼望他早日归来的意愿。"蠮螉塞",《晋书·慕容皝载记》云:"(皝)于是率骑二万,出蠮螉塞,长驱至于蓟城。"似乎在今河北境内,故有人推测即今居庸关。"绝候雁",古人认为鸿雁能传递书信,既然候雁不至边塞,自然音信断绝。"鸳鸯楼",汉长安未央宫内有鸳鸯殿,这里借指佳人的住处。"天狼",星名,《晋书·天文志》:"狼一星在东井东南;狼为野将,主侵掠。"天狼星隐没,预示战争停止。诗人不正面直写佳人盼望停战、与夫团聚的愿望,而是用登楼远眺天狼星是否消失来喻示,不写"思"字,而思情全出,缕缕不绝。

这首诗五七言交错,自属乐府古诗。其用词华丽,又反映出当时崇尚艳丽的文风。

(李　丽　孙安邦)

萧 悫

萧悫（生卒年不详），字仁祖，南兰陵（今江苏常州西北）人。梁宗室子孙。历仕北齐、陈、隋，官终隋记室参军。工诗，为颜之推赏识。有集九卷。

（孙安邦）

秋 思

清波收潦泪，华林鸣籁初。
芙蓉露下落，杨柳月中疏。
燕帏缃绮被，赵带流黄裾。
相思阻音息，结梦感离居。

颜之推极推许此诗，他说："兰陵萧悫工于篇什，尝有《秋思诗》云：'芙蓉露下落，杨柳月中疏。'时人未之赏也。吾爱其萧散，宛然在目。"（《颜氏家训·文章》）

全诗八句，紧紧围绕"秋思"来写。前四句重在写"秋"，后四句则重在叙"思"，反映了思妇因与丈夫音信阻隔，秋夜相思之苦。从"华林"句看，这是一位贵妇人。因华林系古代吴宫的园林，相传到北齐、陈之际。这位妇人由于思夫心切，在秋风初起的华林园中暗自落泪，泪水一滴滴地掉在清澈的池水中；而秋月当空、秋露清冷，更使她心烦意乱！

　　前四句写罢室外，后四句转入室内。在思妇眼中，床帐是燕地织成的绫罗缎被，穿着是赵地出产的丝绢裾带，可谓绮丽华贵。然而，"女为悦己者容"，自己如此盛妆，又让谁来欣赏、谁来陪伴呢？"相思阻音息"（《玉台新咏》"息"又作"信"），连丈夫的音信都被阻隔了，又能和谁共度良宵？于是只好"结梦感离居"，用梦去弥补相思之苦了。但是春梦再好，毕竟不是现实，因此思妇之怨，悠长而无断绝。

　　全诗紧扣题旨，情景交融，风格婉转深沉，抑郁低徊。

（孙安邦）

庾 信

庾信（513—581），字子山，小字兰成，南阳新野（今属河南）人。十五岁入东宫为昭明太子萧统的讲读，十九岁时，为萧纲的抄撰学士。二十岁入仕途，历任安南府参军、湘东王国常侍、郢州别驾、通直散骑常侍等职，曾出使东魏，"文章辞令盛为邺下所称"。侯景之乱后，梁元帝即位于江陵，任御史中丞，不久，升为右卫将军，封武康县侯，加散骑侍郎。承圣三年（554），奉命出使西魏（都长安），被羁留北朝，遂仕魏、周，在西魏时官至车骑大将军。入北周后官至骠骑大将军，开府仪同三司，进爵义城县侯，故有"庾开府"之称。创作可以四十二岁为界，分为前后两期，前期文风绮艳，后期清新、流丽，反映乡关之思的《哀江南赋》和《拟咏怀诗二十七首》是其代表作，有《庾子山集》。

（刘文忠）

拟咏怀

（二十七首选四）

畴昔国士遇，生平知己恩。

直言珠可吐，宁知炭欲吞。

一顾重尺璧，千金轻一言。

悲伤刘孺子，凄怆史皇孙。

无因同武骑，归守灞陵园。

　　《拟咏怀二十七首》是庾信羁留北朝后所创作的组诗，表现作者的乡关之思和身世之悲是贯穿这组诗歌的中心主题。此诗所表现的思想感情，主要有以下几点：一、梁朝以国士待我，有知己之恩，如今却不能报答；二、出使西魏，被羁留北朝，没有完成梁王朝的使命；三、哀伤梁元帝江陵之败，元帝及诸子侄遇害；四、哀叹梁元帝死后，自己不能尽君臣之礼。这四种感情，一起撞击诗人的心头，可谓复杂多端，乡关之思与仕北的惭耻就寄寓在这复杂多端的感情中。

这首诗的艺术特色全表现在抒情手法中。作者的抒情方式并非直抒胸臆，而是借用历史典故，来表达自己的感情。因此感情被表现得既深婉又含蓄。诗中典故虽多，却不显得堆垛寡变，每个典故都充分发挥了它的作用，达到了"援古证今，用人若己"的境地。

诗的前四句用了两个典故，一是刺客豫让的故事，见《史记·刺客列传》。豫让是智伯的家臣，智伯后被赵襄子诛灭，豫让决心为智伯报仇，身上涂漆，又吞食木炭改变嗓音，数次刺杀赵襄子，事未成而被赵襄子捉住。赵襄子问他："你原来是范中行氏的家臣，智伯把范中行氏灭了，你不为范中行氏报仇，反而服侍智伯。现在智伯已死，你为何数次为他报仇呢？"他回答说："范中行氏皆众人遇我，我故众人报之；智伯国士遇我，我故国士报之。"吐珠的故事，见于《淮南子·览冥训》注："隋侯见大蛇伤断，以药傅之，后蛇于江中衔大珠以报之，因曰隋侯之珠。"庾信用这两个典故，比喻自己受梁主之深恩，既不能吐珠以报，也不能像豫让那样为主人复仇，所以内心充满痛苦。

　　"一顾重尺璧"两句，用蔺相如完璧归赵和季布重然诺的故事，分别见于《史记》和《汉书》本传。这两句隐含着对西魏重璧轻信、强行羁留自己的谴责。庾信在承圣三年（554）曾奉命使魏，恰遇西魏以十万大军进犯江陵，梁朝江陵败后，他被迫留于北朝，西魏背信弃义，与季布的重然诺当然不可同日而语，"时人有云：'得黄金百斤，不如季布一诺。'"西魏的统治者重视的是强权，哪会讲什么信义？可惜自己不能像昔日的蔺相如那样，在外交场合不辱使命，能够完璧归赵。

　　"悲伤刘孺子"两句，刘孺子指西汉末年的刘婴，又称孺子婴，他只做了两年皇帝，便被王莽篡位废掉。庾信以刘孺子喻梁敬帝，他在位三年，被陈霸先废为江阴王，后被杀。史皇孙为汉武帝的孙子，武帝的太子刘据（即戾太子）纳史良娣，生史皇孙。巫蛊事件发生，戾太子自杀，良娣、皇孙一起遇害。庾信用史皇孙喻指金陵、江陵两次战乱中被害的简文帝与元帝的诸子。最后两句，用汉代文学家司马相如的典故：司马相如在景帝时曾为武骑常侍，汉文帝葬灞陵，相如曾为文园令，在灞陵为文帝守陵。诗人庾信本为梁朝的文学之臣，自比司马相如，但却不能像司马相如那样归守先帝的园陵。

　　诗人连缀众多的典故，构成诗歌的完整意象，使诗歌具有丰富的内涵，十分贴切地表现了自己复杂多端的感情，其用典无疑是很成功的。

（刘文忠）

榆关断音信，汉使绝经过。

胡笳落泪曲，羌笛断肠歌。

纤腰减束素，别泪损横波。

恨心终不歇，红颜无复多。

枯木期填海，青山望断河。

　　此诗表现了诗人被迫留在北朝的苦闷心态和对故国的深切思念，以及报仇复国不能实现的痛苦。首二句说明由于当时南北阻隔，因此听不到故国的一点消息。"榆关"在今陕西榆林东，这里泛指北方边地。"汉使"借指南朝的使者。"胡笳"两句，是用北方的音乐衬托自己内心的痛苦，笳声悲凉，笛声凄怨，最易触动愁怀，所以闻之不禁伤心落泪。"纤腰"以下四句，托言闺中女子，描写她们的愁恨，其实这正是自喻。因为思念故国，忧愁哀思，饮食日减，所以形体日见消瘦，终日流泪也使眼睛失去了光彩，脸上失去了红润，人变得衰老了。"枯木"两句，是一篇的结穴，也是理解这首诗主题思想的关键。上句用"精卫填海"的神话故事，表明自己报仇复国的心迹。精卫本是炎帝的少女，游于东海，溺而不返，遂化为精卫鸟，常衔西山的木石，希望把大海填平，以示复仇的决心。后句各家注说纷纭，均不太合人意。黄彻《䂬溪诗话》说："凡作诗，有用事出处，有造语出处。"此句的造语出处，为宋鲍照《石帆铭》："青山断河，后父沉躯。"而用事出处，则为《山海经·中山经》:"青要之山，实惟帝之密都，北望河曲，是多驾鸟；
南望墠渚，禹父之所化，是多仆累，蒲卢。""青山"指青要之山，
断河指墠渚附近之河，"青山断河"是后父（即禹父鲧）沉躯之处。
庾信用"青山断河"指代"后父"的沉躯之处，以"后父"喻指梁
元帝，于"青山断河"四字中着一"望"字，以寄托对梁元帝被害
的深切悼念。结尾两句，连用《山海经》中的两个典故，以抒写弑
君、亡国之恨，与前文的"恨心终不歇"正相呼应。

　　此诗一开头诗人便把自己置身在绝域苍茫的北国，紧接着缀以
"胡笳落泪曲，羌笛断肠歌"两句，更增加了诗的悲凉气氛和异域
情调。在抒情方面，它突出了一个"恨"字，"恨心终不歇"是一
篇致意之点。它在抒写愁恨方面采用了"模糊表现"的方法，不言
所恨何事，所恨何人，先托言闺中女子的愁恨，不就己说，却暗落
己身。诗中较精细地描绘了闺中女子因愁恨而引起的种种变化：先
形体，次眼神，后容色，而这种描写正是诗人的自我写照。诗最后
又借用典故，隐晦曲折地表现出报仇复国的决心，手法十分含蓄。
诗的语言清新、流丽，格调悲慨苍凉，颇具特色。

（刘文忠）

摇落秋为气，凄凉多怨情。

啼枯湘水竹，哭坏杞梁城。

天亡遭愤战，日蹙值愁兵。

直虹朝映垒，长星夜落营。

楚歌饶恨曲，南风多死声。

眼前一杯酒，谁论身后名。

这首诗所描写的背景，是承圣三年（554）梁王朝的江陵之败。这年秋天，西魏以十万大军进犯江陵，十一月江陵陷落，梁元帝被害，江陵十万臣民做了俘虏，被解送长安。

诗的开头两句，化用了宋玉《九辩》的意境，借用悲秋的情怀，渲染江陵之败的悲剧气氛。"啼枯湘水竹，哭坏杞梁城"两句，用古代的两个传说，描绘江陵陷落时夫死妻啼的凄惨景象。相传舜帝死于苍梧，舜的两个妃子娥皇、女英追至苍梧，哭得很伤心，泪洒竹上，成为斑点，后人称这种竹子叫"湘妃竹"。（见《博物志》）又传说在春秋时代，齐国人杞梁殖战死，其妻抚尸哭于城下，城为之崩。（见蔡邕《琴操》）《哀江南赋》中"城崩杞妇之哭，竹染湘妃之泪"，用的也是这两个典故。"天亡遭愤战"以下六句，连用四五个典故，像喻梁军江陵之败及败亡前的种种征兆。"天亡"一词，出自《史记·项羽本纪》，项羽在兵败自杀之前，自言："此天之亡我，非战之罪也。"直虹映垒，长星落营，是古代观象与占卜的迷信说法。据《晋书·天文志中》记载："虹头尾至地，流血之象。"又据《晋书·天文志下》说："蜀后主建兴十三年，诸葛亮帅大众伐魏，屯于渭南，有长星赤而芒角，自东北西南流，投亮营。三投再还，往大还小。占曰：'两军相当，有大流星来走军上及坠军者，皆破败之征也。'九月，亮卒于军，焚营而退，群帅交怨，多相诛残。""楚歌"用《项羽本纪》四面楚歌的典故，"南风多死声"用

《左传》"南风不竞，多死声，楚必无功"的典故。庾信虽然把梁朝江陵之败归结于天意与命运，但他并未忽视人事方面的原因。《世说新语》记载张季鹰纵任不拘，曾言："使我有身后名，不如即时一杯酒。"结尾两句即用此典，讥讽梁朝君臣只顾眼前，缺乏长远打算。

　　此诗全借用典故来表现意象，灵活多变，中间八句，对仗工稳；惟写梁亡征兆连用数典，稍有语复词繁之嫌，是其不足。

（刘文忠）

萧条亭障远，凄惨风尘多。
关门临白狄，城影入黄河。
秋风苏武别，寒水送荆轲。
谁言气盖世，晨起帐中歌。

　　此诗为作者由南入北后所作。庾信羁留北朝后，再也没有回到南方去，而是"移居华阴下，终为关外人"了。他对南朝梁和风酥雨腻的江南是不能忘怀的，可是他的后半生只能在凄凉的塞外渡过，伴随着他的是塞上险要处的亭障和大西北的风沙。

　　首二句，便即景伤怀，把居地的景物，着上一层寂寞、冷落和萧条、凄惨的色彩。"关门临白狄，城影入黄河"两句，是对居处自然环境的描写。白狄是春秋时狄族的一种，居河东地区，地近关中，故言关门之外是狄族所居，给人以身近绝域之感。因长安一带地近黄河，故言城池的影子可以倒映在黄河之中。这本来是很美的景色，但由于整个大环境染上了萧条、凄惨的悲凉色彩，所以"城影入黄河"的景色也就显得寂寞冷清了。"秋风"两句由景入情，是诗的转折关口。其前句典出《汉书·苏武传》，苏武被扣匈奴十九年，归汉时与流落匈奴而不得归的李陵握手告别。李陵作为一个降臣与汉庭长绝，其身世有类于庾信，所以庾信在诗赋中屡用此典。荆轲事见《战国策》，荆轲在易水之上，与燕太子丹与众友分别时，曾慷慨悲歌："风萧萧兮易水寒，壮士一去兮不复还。"庾信羁留北朝，与荆轲刺秦事大不相同，但在入秦不还这一点却有相似之处。这两句是全篇的致意点，它寄托着作者深沉的身世感慨。结尾两句，用项羽垓下之围，夜起歌"力拔山兮气盖世，时不利兮骓不逝"的故事，像喻梁朝江陵之败及己穷途末路之悲，以此收束全文。

此诗用"即景伤怀"的手法，前四句写景，后四句言情，用悲凉的环境气氛衬托人物的身世之悲，格调与气氛显得十分协调。其前六句全用对偶，"关门临白狄，城影入黄河"两句"抽黄对白"，色彩十分鲜明。

（刘文忠）

和王少保遥伤周处士

冥漠尔游岱，凄凉余向秦。

虽言异生死，同是不归人。

昔余仕冠盖，值子避风尘。

望气求真隐，伺关待逸民。

忽闻泉石友，芝桂不防身。

怅然张仲蔚，悲哉郑子真！

三山犹有鹤，五柳更应春。

遂令从渭水，投吊往江滨。

这是一首和王褒的悼亡诗，题中的王少保即王褒，他也是由南入北的作家，在北朝与庚信齐名。陈敬帝时代南北通好，南北流寓之士，各许还其旧国，惟庚信、王褒，北周朝廷不愿放他们回去。周处士即周弘让，青年时不愿出仕，隐居于茅山（在南京市句容县），频征不出。侯景乱中，被逼迫出仕，后又仕梁元帝，庚信所以仍称他为处士，是用旧称。

开头两句，先将友人周弘让的死与自己的西入长安（古属秦地）作对比描写。古时迷信说法，认为泰山有天孙，管招魂之事，游岱即魂游泰山，指人的逝世。弘让的死与作者的西入长安，生死异路，本来不可相比；但在庾信看来，他们都永远回不了家乡，这一点是相同的。他好像觉得，对于故国来说，他虽生犹死，这里含有对不起故国旧主的惭耻和对江南家国的深深思念。"昔余仕冠盖"以下四句，插入回忆，兼叙死者生平。先说自己出仕之日，正值弘让避世隐居之时。"望气"两句借用老子的典故，形容周弘让是修真得道的隐者。据《列异传》说：老子西游，函谷关令尹喜望见紫气浮关，认为当有圣人过关，后果然见老子乘青牛而来。这里的望气即指望紫气。下句"逸民"指隐士，这两句意谓作者在函谷关（喻长安）正等待着弘让的到来。以上是就弘让生前而言。"忽闻泉石友，芝桂不防身"两句，是说没有等到与朋友见面，却忽然听到他逝世的消息。"泉石友"指隐士，"芝桂"指隐者所食的芝草丹桂，这句意思是说像周弘让这样的真隐之人，虽然重养生之道，常服食仙丹妙药，终没有防止自身的死亡。倪璠认为此句言"隐士死如芝草之焚，桂枝之落"，恐未得确解。"怅然张仲蔚"以下两句，伤悼友人的死亡。张仲蔚是东汉扶风（今陕西凤翔）人，他少年时代就与同郡魏景卿一起隐居，学问渊博，居处蓬蒿没人。郑子真为西汉末人，他修道守默，不应征召，隐居谷口。庾信用张、郑二人喻弘让。"三山"两句中的"三山"旧注谓海中三仙山，值得怀疑，南京市江宁县西南即有三山，与弘让隐居之地茅山相距不远，为了与"五柳"对偶成文，故作者不用茅山而用三山。五柳指隐逸诗人陶渊明的住宅，此代指弘让的居地。这两句想象友人弘让死后，茅山的鹤、柳依旧，而人已故去，令人黯然神伤。结尾两句应切题中"遥伤"二字，对于友人的逝世，诗人不能亲往吊唁，只好在渭水之滨，写诗遥伤了。

此诗与一般悼亡诗的写法有所不同，在追忆友人的生平方面，作者紧紧扣住弘让隐居时的情况，对两人的交往及友情不作正面描写，实际上周弘让在侯景之乱以后已不再隐居，不能再称处士了，而庾信对此却未置一词。另外，诗人在伤友人之亡的同时，突出了自伤身世的成分，他将友人的魂游泰山与自己羁留北朝作对照，认为和亡友一样，都是回不了故乡的人，可见作者的心情是异常沉痛的。有人认为庾信后期的诗，篇篇不离乡关之思，虽然有些过分，但从这首诗来看，却是事实。

（刘文忠）

寄 王 琳

玉关道路远，金陵信使疏。
独下千行泪，开君万里书。

　　这是庾信写给友人王琳的一首赠答诗。王琳字子珩，会稽山阴人，《南史》有传。他是一名武将，在平定侯景之乱中，卓有功勋。公元544年，西魏大军攻陷江陵，梁元帝遇害，西魏立投降者萧詧为梁王。王琳自岭南奉命援救江陵，兵至长沙，江陵已被攻陷。王琳乃为元帝举丧，三军缟素，又遣将攻萧詧。陈霸先代梁自立以后，王琳从北齐迎回永嘉王萧庄在荆州继梁统称帝号，与陈对抗，后军败被杀，年仅四十八岁。庾信写此诗的具体时间失考，是在王琳反陈之前还是之后尚不能断定；但从王琳在两次战乱中的表现看，他确是梁室的一位忠臣，庾信对他是钦佩的。

　　诗首句中的"玉关"即玉门关，这里代指长安，喻己身留长安，如远戍玉门；"金陵信使疏"句状写当时南北阻隔，使者很少前来。一个"远"字，一个"疏"字，突出了自己与朋友相距万里，天各一方，关山阻阻，少有书信联系。三、四两句，描写偶然收到王琳书信时的情状。当他看到友人万里之外的来信时，一下激动得热泪纵横，诸多复杂难言的感情，一下子涌上心头。其所下之泪，有得知友人消息的喜悦的泪，有与友人相隔万水千山而不能相见的思念友人之泪，有悲痛自己身世的泪，也有自惭不如友人始终忠于梁室的泪。"千行泪"三字，即将这种复杂的感情逼真地表现了出来。

（刘文忠）

重别周尚书

（二首选一）

阳关万里道，不见一人归。

惟有河边雁，秋来南向飞。

这是一首送别诗。诗题中的周尚书即周弘正，他在梁元帝时，曾为左民尚书、散骑常侍，地位与庾信差不多。江陵陷落时，周弘正遁围而出，逃至金陵，梁敬帝即位，任太常卿和都官尚书。天嘉元年（560），南北通好，陈朝想把留在长安的安成王陈顼（即后来的陈宣帝）迎回，遂派周弘正去长安联络，直到天嘉三年春正月，周弘正才得以护送陈顼南归。此诗约写于弘正南归之前。

诗首二句慨叹自己身在长安，如同远在关外，无法回归故乡。"阳关"在甘肃敦煌县西，"万里道"形容长安、金陵相距之远，"一人"是作者自指。如今诗人看到友人南归，更勾起了自己的乡思之情。寄居在北方的鸿雁，秋去春回，而诗人却没有这个自由，以己比雁，感慨尽在不言之中。因此这两句既有慕人之意，又有悲己之情，颇堪玩味。沈德潜评此诗说："从子山时势地位想之，愈见可悲。"（《古诗源》卷十四）实为知人论世之谈。

（刘文忠）

无名氏

琅琊王歌辞

（八首选一）

新买五尺刀，悬著中梁柱。

一日三摩娑，剧于十五女。

《琅琊王歌辞》共八曲，是古乐府横吹曲辞，这里选的是其中一曲，见录于《乐府诗集·梁鼓角横吹曲》。

崇尚武勇，是北朝民歌的突出内容。这首民歌就极其生动地表现了北国男儿"不爱佳人爱宝刀"的憨厚纯情。首句"新买五尺刀"，出语直陈，一个"新"字，将买刀人对五尺刀的久已向往、一旦得之的急切欣喜之情和盘托出。一般来说，短小的民歌多以比兴开头，用这样直率的语言来作叙述的，尚属少见。但正是这种平直质朴、奔涌而来的感情，才能真正扣人心弦。然而，第二句"悬著中梁柱"却偏偏把像骏马般奔腾的激情一下收住，展现了一个背景简洁而古朴的静场画面：一把耀眼的五尺宝刀悬挂在屋中间的梁柱上。对首句表现的热切、冲动的感情来说，这个静场是一种"蓄势"，旨在积蓄和提炼感情的浓度。下句"一日三摩娑"又变静为动，充分表现出一个粗犷慓悍的北方汉子，对新买宝刀所倾注的满腔深情。因为这个动作的内在意蕴，已远不止表面的对一把好刀的眷爱，而是集中显示了主人公尚武如命的豪爽性格和对人生力量的自信与憧憬。这是整首民歌感情的高潮。最后诗用"剧于十五女"作结，尤觉新颖、精彩。特别是一"剧"字，既表现了北朝民歌粗犷率直、大胆露骨的特色，又不露贯穿全诗气脉的痕迹，突出了人物爱宝刀胜爱美女的性格特点。

(施中宪)

折杨柳歌辞

（五首选一）

健儿须快马，快马须健儿。

跕跋黄尘下，然后别雄雌。

　　这是《梁鼓角横吹曲·折杨柳歌辞》第五首。据多数研究者意见，"梁鼓角横吹曲"是北朝歌曲，流传到南朝，由南朝乐官或文人加工，所以有些歌辞常能见出文人加工的痕迹。但这首歌辞似还没有经过多少加工，较多地保留了北方少数民族作品豪放和粗犷的本色。在这五首歌中，第四首说："遥看孟津河，杨柳郁婆娑；我是虏家儿，不解汉儿歌。"这"虏"字是汉人对少数民族的蔑称，尤其经常用来称呼鲜卑族。鲜卑本是一个强悍的游牧民族，自从北魏道武帝拓跋珪灭后燕，这个部落就占领了黄河以北地区，并经常出没于黄河以南的洛阳一带。这正是这些牧民在进军中原时自豪的凯歌。鲜卑族在文化上较汉人落后，但他们是过惯马上生活的。在骑射方面，不但汉人，即使其他少数民族，也只能甘拜下风。"健儿须快马，快马须健儿"两句强调了骑手与战马密不可分的关系。"跕跋（bié bō）黄尘下，然后别雄雌"两句，以豪迈的口吻，表示只有纵马驰骋，一决先后，才能分个雌雄。这种把骑术看作高于一切的壮语，真切地反映了少数民族骑手的性格。　　　　（曹道衡）

木 兰 诗

唧唧复唧唧，木兰当户织。

不闻机杼声，但闻女叹息。

问女何所思，问女何所忆？

女亦无所思，女亦无所忆。

昨夜见军帖，可汗大点兵。

军书十二卷，卷卷有爷名。

阿爷无大儿，木兰无长兄。

愿为市鞍马，从此替爷征。

东市买骏马，西市买鞍鞯。

南市买辔头，北市买长鞭。

朝辞爷娘去，暮宿黄河边。

不闻爷娘唤女声，但闻黄河流水鸣溅溅。

旦辞黄河去，暮宿黑山头。

不闻爷娘唤女声，但闻燕山胡骑声啾啾。

万里赴戎机，关山度若飞。

朔气传金柝，寒光照铁衣。

将军百战死，壮士十年归。

归来见天子，天子坐明堂。

策勋十二转，赏赐百千强。

可汗问所欲，木兰不用尚书郎。

愿驰千里足，送儿还故乡。

爷娘闻女来，出郭相扶将。

阿姊闻妹来，当户理红妆。

小弟闻姊来，磨刀霍霍向猪羊。

开我东阁门，坐我西间床。

脱我战时袍，着我旧时裳。

当窗理云鬓，对镜帖花黄。

出门看火伴，火伴始惊惶。

同行十二年，不知木兰是女郎。

雄兔脚扑朔，雌兔眼迷离，

两兔傍地走，安能辨我是雄雌。

　　这首《木兰诗》是我国古代著名的长篇叙事诗之一。长期以来，一直为读者所传诵。但是此诗究竟产生于何时，研究者们迄今存在着争论。有人认为它是《梁鼓角横吹曲》，陈代的僧智匠在《古今乐录》中已提到其名，因此该产生于北魏。另一些人则根据"策勋十二转"一语，认为是唐代制度，所以应产生于唐代。其实像这种民间叙事诗，其故事产生的时间和诗本身写定的时间并不相同。根据《旧唐书·音乐志》，从北魏到周、隋时期，都保存着一些鲜卑歌曲，其曲名有不少与《乐府诗集》中的《梁鼓角横吹曲》相同。说明《梁鼓角横吹曲》即传入南方的北朝乐歌。又据《旧唐书》说，那些鲜卑歌中有些已不可解。"其不可解者，咸多'可汗'之辞"，是燕、魏之际的鲜卑歌。据《乐府诗集》卷十六，南朝自齐至陈，宫廷中都有北方音乐。《木兰诗》疑即传入南方的鲜卑歌之一。诗中屡称"可汗"，与《旧唐书》所说北方歌曲相同。所以故事起源于北魏或十六国时代当无可疑。但这种民间叙事诗在流传过程中，不断地经人增益和修改的事，也属常有。不但"策勋十二转"是唐制，就连"朔气"四句的对仗工整、辞采绚丽看来，也不像北魏的民间作品，经齐梁文人或隋唐文人加工润饰都有可能。

不管此诗究竟写定于何时，但在杜甫时已流行，并对杜甫有过影响。如杜甫的《草堂》中"旧犬喜我归"以下八句，显然取法本诗的"爷娘闻女来"以下六句。据说此诗是从与杜甫同时的韦元甫处流传出来的。可见此诗一问世，就得到伟大诗人的欣赏。

的确，《木兰诗》实在是古代诗歌中的一篇奇作。在我国的古诗中，以女子为题材的作品可谓多矣。然而这些作品中写到的妇女，往往性格温柔、容貌美丽；诗文风格也往往以细腻、缠绵为主。这和封建社会中男尊女卑的思想束缚有关。这首《木兰诗》的情况不同，它原出民风强悍的鲜卑族，再加上十六国以后，北中国陷于长期混战的局面，即使汉族妇女，为时势所迫，也多少有了些尚武的风气。如《魏书·李安世传》中所录的《李波小妹歌》就是这样。但该诗的结尾为"妇女尚如此，男子那可逢"，还认为男子比女子强出一头。《木兰诗》则不同，最后归结为"同行十二年，不知木兰是女郎"。男子能做到的,女子也完全能做到。这种光辉的思想,在古代社会确属难能可贵。无怪乎历来读者常常从此诗中得到鼓舞,而且木兰的形象还不断地出现于戏曲之中,传为千古美谈。

《木兰诗》所表现的是一个刚强尚武的妇女形象,为了使木兰的形象更丰满、更引人入胜,诗中并没有具体去写木兰怎样杀敌立功的过程,只是用"策勋十二转"一句,轻轻带过。诗中谈到征战,只写了路途的遥远(从家乡到黄河,从黄河到黑山)和战地的苦寒("朔气"二句)。这样概括的叙述丝毫不显得浮泛。相反地,"朝辞"四句看似重复,正体现着民歌的高度技巧。从黄河到黑山,不但意味着距离的扩大,所见到的事物,呈现的情景亦颇不同。黄河水声虽有荒凉之感,而胡骑啾啾却已展示了即将开战的局面。诗中反复提到"不闻爷娘唤女声",读起来有寂寞、惆怅之感,但这种描写却更突出了木兰的坚强性格。紧接着用"万里赴戎机"等六句,对仗虽工,而词气豪放,更突出地表现了木兰的英姿奋发。《木兰诗》中花了较多的笔墨去描写的是归家的场面。父母、姊姊、弟弟以各各不同的热情态度,来欢迎英雄的归来。这种描写充满了浓厚的生活气息。更有趣的是写到木兰改换旧装,精心打扮,使"火伴"们惊讶的场面。这个情节不但幽默,也更突出地表现了木兰在军中,丝毫没有柔弱之气。最后插上"雄兔"四句,以比喻作结,更使人回味无穷。

(曹道衡)

敕 勒 歌

敕勒川，阴山下。

天似穹庐，笼盖四野。

天苍苍，野茫茫，

风吹草低见牛羊。

　　这是著名的《敕勒歌》。它究竟是谁作的？已难确考。北齐的创始者高欢进攻玉壁，被西魏将韦孝宽所败。他受了伤，为了安定军心，带伤开宴，叫大将斛律金唱这首歌。据古书记载，这歌本来是鲜卑语。近年又有人说"敕勒"本即高车族，亦即维吾尔族的祖先，斛律金又是高车族人，所以原文当为高车语。这当然有可能。但高欢是鲜卑化的汉人，在他军中通行鲜卑语，所以斛律金演唱时，大约用的是鲜卑语译文。汉文可能经过鲜卑语转译。

　　高车族从北魏初年就臣服鲜卑拓跋氏，成为北魏边防军（六镇）的重要力量，他们居住在今内蒙的大青山（亦称"阴山"）一带，此诗就是描写当地的自然风光：广阔的草原，一望无际，牧草丰饶，家畜蕃庶，一片欢乐的景象。这诗虽经移译，却完全保留了民歌的粗犷刚健本色。"天似穹庐"一句比喻亲切生动，就只有牧民才能道得。全诗一气呵成，纯出自然。所以金代诗人元好问称赞此诗为"穹庐一曲本天然"。但细玩此诗用辞，并非全不经意。"天苍苍"句令人想起《庄子·逍遥游》的"天之苍苍，其正色邪"；"野茫茫"句也会联想到阮籍《咏怀诗》的"旷野莽茫茫"。但正因为遣辞贴切自然，使人浑然不觉，这正是译者的高明之处。

（曹道衡）